庫

32-258-2

荒　地

T・S・エリオット作
岩崎宗治訳

岩波書店

目　次

荒地

『プルーフロックその他の観察』より

ダーダネルス海峡で歿した
ジャン・ヴェルドナル(一八八九—一九一五)に

これで私の
貴君《きくん》にたいする敬愛の情のほどがおわかりでしょう。
私どもの空《うつ》ろな身の上も忘れて、私は
影を実《じつ》のあるものと思って、振舞ってしまったのです。

J・アルフレッド・プルーフロックの恋歌

もし私の返事が現世へ戻るような人の耳に
かりそめにもはいるなら、
この炎はたちまちにゆすらぎを止めるだろう。
だがこの底からはかつて誰一人
生きて帰った人はないという。それが事実なら、
汚名を残す心配もない。君の質問に答えよう。

じゃあ、行こうか、きみとぼくと、
薄暮が空に広がって
手術台の上の麻酔患者のように見えるとき。
じゃあ、行こう、半ば人通りの絶えた通りを抜けて――
安宿で落ちつかぬ夜たちが

何かを呟《つぶや》きながらひそんでいたり
おが屑《くず》まいたレストランには牡蠣《かき》殻《がら》が散らばっていたり。
確たる当てもない
退屈な議論のように続く通りをたどって行くと
とてつもない大問題にぶち当たるのだ……
訊《き》かないでくれ、「なんのことだ」なんて。
さあ行こう、訪問しよう。

部屋の中では、女たちが行ったり来たり、
ミケランジェロの話をしている。

窓ガラスに背中をこすりつける黄色い霧、
窓ガラスに鼻づらすりつける黄色い霧が
薄暮の片隅に舌を差し入れて舐《な》めた後
排水溝の水たまりのあたりで歩みをとめると

背中に煙突の煤《すす》が落ちた。
テラスの横をすり抜け、ぴょんと一跳《ひとと》びして、
さて、今は十月の静かな夜だと見てとると
軒下でくるりとひとまわりし、背を丸めて眠りこんだ。

じっさい、まだ時間はあるさ、
音もなく通りを抜けて
窓ガラスに背中をこすりつける黄色い霧には。
時間はあるだろう、時間はあるさ、
これから出会う顔に会わせる顔を用意する時間も、
殺戮《さつりく》と創造の時間も。
それから、日々の手仕事のための時間、
皿の上で問題をつまみ上げ、また下に置く時間。
きみのための時間、ぼくのための時間、
これから先の百もの不決断の時間、

そして、百もの想定と修正のための時間も、
トーストを食べてお茶を飲むまえに。

部屋の中では女たちが行ったり来たり、
ミケランジェロの話をしている。

やっぱり時間はあるさ、
「やってみようか?」、「やってみるか?」と迷う時間。
いったん昇った階段をまた降りてくる時間、
ぼくの頭は天辺《てっぺん》が禿《は》げかかっている――
(女たちは言うだろう――「あら、毛が薄くなってる!」)
ぼくのモーニングは襟《えり》が高く顎《あご》までくっついている、
ネクタイは高価なもので、地味だがピンがアクセント――
(女たちは言うだろう――「この人、なんて痩せて細い手足!」)
やってみるか、ひとつ、

大宇宙を揺るがすようなことを？
一分間の中にも時間はある、
一分間でひっくりかえる決断と修正の時間が。

というのも、ぼくは知ってる、みんな知ってるんだ——
夕方も、朝も、午後も、みんな知ってるんだ。
自分の人生なんか、コーヒー・スプーンで量《はか》ってあるんだ、
遠くの部屋からもれてくる音楽に押しつぶされ
絶え入るように消えてしまう声など、知ってるんだ。
　今さら、踏んぎるなんて！

あんな目つきなど知ってるんだ、みんな知ってるんだ——
おきまりの言葉でこちらを決めつけるあの目つき。
ぼくは決めつけられ、ピンで磔《はりつけ》にされ、
ぼくがピンで刺され壁でもがいているというのに、

どうして始められよう、
日々の仕事の吸い殻を今さら吐き出すなんて？
　今さら、踏んぎるなんて！

あの前腕のことなど知ってるんだ、みんな知ってるんだ——
ブレスレットをつけた、あのむき出しの白い腕
（ランプの光で見ると薄茶色の産毛《うぶげ》が生《は》えている！）
ドレスの匂いのせいだろうか
こんなによろめくのは？
テーブルの上に置いた腕、ショールをまとった腕。
　今さら、踏んぎるなんて？
　どう始めればいいって言うんだ！

・　・　・　・　・

こう言ったらどうだろう——日暮れに裏通りを通りました、

目にとまったのはパイプから立ち昇る煙、
寂しげなシャツの男が窓から身をのり出していました、とでも？……

いっそぼくなんか蟹のはさみにでもなって
静まりかえった海の底をかさこそ這《は》えばよかったんだ。

・　・　・　・　・

それにしても、午後の時間、夕方の時間が、こんなに眠りこむなんて！
長い指に愛撫《あいぶ》されて
眠っている……疲れて……いや狸《たぬき》寝入りか。
床にからだを伸ばして、ここ、きみとぼくのそばで。
やっぱり、お茶とケーキとアイスクリームがすんだら
思いきって決定的瞬間をつくり出さなくちゃいけないだろうか？
いや、ぼくは泣いて断食もし、泣いて祈りもし、
自分の(毛の薄くなった)首をのせた大皿がもち込まれるのも見たが、

所詮ぼくは預言者じゃない——でも、それはたいした問題じゃない。
ぼくは一瞬、自分の自尊心が揺らぐのを見た。
永遠の〈従僕〉がぼくの服をつかみ、くすくす笑うのを見た、
つまり、ぼくは怯《おび》えていたのだ。

結局、そこまでやる値打ちのあることだったと言えるのだろうか、
もし紅茶茶碗とマーマレードとお茶の後
磁器の置物などのある部屋で、きみとぼくの加わった会話の後で、
そこまでやる値打ちのあることだったと言えるのだろうか、
微笑を浮かべながら問題を食いちぎり
大宇宙を丸めて一つに固め
何か途方もない大問題のほうへ転がして
「われは死から甦《よみがえ》りしラザロなり。
すべてを語らむがため、来しなり。いざ語らむ」と言ってみたとして。
もし女が、頭に枕を当てがいながら

こう言ったら――「そんなつもりじゃなかったのよ。
　そうじゃないのよ、ほんとに」

結局、そこまでやる値打ちのあることだったと言えるのだろうか、
やる値打ちのあることだったと言えるのだろうか？
日没と、玄関わきの庭と、ごみの散らかった裏通りの後、
小説と紅茶茶碗の後、床までとどく長スカートの後――
このことと、そしてもっといろんなことの後で――？
今さら思ったことをそのまま言うなんて！
まるで幻灯機で神経組織をスクリーンに映し出すようなものだ。
やる値打ちのあることだったと言えるのだろうか？
もし女が、枕を当てがいながら、あるいはショールを脱ぎながら
窓のほうを向いて、こう言ったら――
　「そうじゃないのよ、ほんとに。
　そんなつもりじゃなかったのよ」

・　・　・　・　・

おっと、ぼくはハムレット王子なんかじゃない、そんな柄じゃあない。
むしろ近習《きんじゅう》。側仕えの行列に
加わったり、ちょっとした場面のきっかけをつくったり、
王子にご忠告申し上げたり。ま、正直なところ、使い勝手のいい家来、
腰が低くて、こまめに用を果たし、
万事に如才なく、目先がきいて細心で、
格言、警句を振りまわし、だが、ちょっと血のめぐりの悪い男。
じっさい、ときには、ほとんど滑稽——
ときには、ほとんど〈道化〉。

ぼくは、もう齢《とし》だ……もう齢なんだ……
ズボンの裾《すそ》を折り曲げることにしよう。

髪を後ろで分けようか？　思いきって桃を食ってやろうか？
白いフランネルのズボンを穿《は》いて、海岸を歩いてやろう。
ぼくは聞いたことがあるんだ、人魚たちの歌い交わすあの声。

人魚たちがぼくに向かって歌うなんて考えられない。

彼女らが波に乗って、沖に向かって行くのは見たことがある、
長く白く流れる波頭に櫛《くし》を入れながら、
風が吹きわたり、海が白く、また黒く光るとき。

ぼくたちは海の部屋でどうやら長居をしてしまったようだ、
赤や褐色の海藻で身を飾った人魚たちのそばで——
つまるところ、ぼくたちは、人声に目覚め、溺れることになるのだ。

ある婦人の肖像

「やっただろう、おまえ――」

「姦淫《かんいん》のことか。いや、ありゃ外国での話だ。

それに女はもう死んじまったよ」

『マルタ島のユダヤ人』

I

霧立ちこめる十二月のある日の昼さがり、
「きょうの午後はあなたのために明けておいたの」という台詞《せりふ》で
舞台は自然にととのう――少なくともその気配だ。
暗くした部屋には四本の蠟燭《ろうそく》、
天井に四つの光の輪が見える、
ジュリエットの墓の雰囲気そのままだ。

これなら、何を言っても、何を言わずにおいても、よさそうだ。
じつは、ぼくたちは最近ポーランド人ピアニストの
振り乱した髪と指先から叩き出す〈プレリュード〉を聴きに行ったのだ。
「心にしみるわ、ショパンは。ショパンの魂って
ほんとの友だちの間でだけ甦《よみがえ》るものだって思うの。
ほんの二、三人のね。あの感動をコンサート・ルームであれこれ
議論するなんて――そんなこと思いもよらないお友だちの間でだけね」
――会話は、こんなふうに滑り出して、
淡い望みとかすかな悔恨をまじえ、
遠くのコルネットの音とからみ合い
ヴァイオリンの細い調べをくぐりぬけ、そして
また、始まる。
「あなたには、わかんないのよ。わたしにとってお友だちがどんなに大切か。
ほんとに、とりとめもないことでこんなに雑然とした人生で
お友だちが見つかるって、とっても稀《まれ》なこと、ほんとに不思議なことなのよ。

（わたし、好きじゃないの、こんな人生……わかってたって？　さすがだわ！
なんて鋭い！）
わたしがお友だちって言うのは、友情を育《はぐく》む心があって
人にもそういう心を
分け与えることのできるような、そんなお友だち。
あなたにこれを言うのは、とってもまじめな話なの――
こういう友情がなければ――人生なんて、ほんと悪夢《コシュマール》よ！」

ヴァイオリンの旋回音と
音の破《わ》れたコルネットの
小曲をくぐって
ぼくの頭の中で鈍いトン・トンという音が鳴り出して
不条理で自分勝手なプレリュードを叩いている。
気まぐれな単調さ、
こいつは間違いなく「調子はずれ」だ。

——外の空気に当たりましょうか、煙草《たばこ》のせいでぼうっとしてきちゃった、
記念碑を眺めて
最近の出来事を話題にしましょう、
腕時計を広場の時計に合わせましょう。
それから半時間ばかり腰を下ろして黒ビールでも飲みましょう。

Ⅱ

ライラックが咲きました、
彼女はライラックを生けた花瓶を部屋に置いていて
話しながら一本を手にとって、ねじってみせる。
「あなたはね、おわかりじゃないのよ、わかってないのよ、
人生ってどんなものだか、両手でつかんでるのに」
(ライラックの花の枝《え》をゆっくりねじりながら)
「あなたは人生をその手からこぼしてるのよ。こぼしちゃってるのよ。
青春は残酷で後悔なんて知らないの。

現実を前にして平気で微笑《ほほえ》んでるのよ、見えてないから」
もちろん、ぼくは微笑んで、
ゆっくりお茶を飲んでいる。

「でも、四月のこういう夕暮れには、なぜか思い出すのよ、
わたしの埋《うず》もれた人生、パリの〈春〉。
すると、かぎりなく安らいだ気持ちになって、この世界は、やっぱり
すばらしい、若々しい、って思うの」

あの声が、もどってくる、八月のある日の午後の
調子はずれのヴァイオリンの執拗なひびきのように――
「わたし、ずっと信じてるの。あなたなら、わたしの感情を
理解していてくださるって。きっと感じてくださる、
遠くはなれても、きっと手をさし伸べてくださるって。

あなたって難攻不落なのね、アキレス腱なんてないのね。
あなたは、このまま進んで行って、やりぬいて、言うのよね——
みんなはここで躓《つまず》いたんだ、って。
でも、わたしに何があるっていうの、ねえ、何が？
あなたにあげられるもの、あなたが受けとってくださるものって？
友情だけよ、友情と共感、
旅路の果てに近づいてる一人の女の。

わたしはここに坐って、お友だちにお茶を淹《い》れたげて……」

ぼくは帽子を手にする——彼女の言ったことに
臆病な気休め文句など、どうして言えよう？
ぼくのほうは、きっと朝はいつも公園で
漫画とスポーツ欄を読んでることだろう。
特に目にとめるのは

イギリスの伯爵夫人が舞台に立つとか
ギリシア人がポロネーズを踊っていて殺されたとか
また一人、銀行の公金横領者が自白したとか、そんな記事。
ぼくは顔色を変えたりしない。
ぼくは動じず、冷静そのもの。
ただ、手回しオルガンの音が、くたびれた機械的な調子で
聞き飽きた俗謡を繰り返し、
庭のほうから流れてくるヒアシンスの匂いが
世間の人が欲しがったものを思い出させるときは別。
こんな考えは間違ってるだろうか？

III

十月の夜が降りてくる。ぼくは舞いもどってきて、
まえより落ちつかない感じはかすかにするが
重い足で階段を昇り、ドアの把手《とって》をまわす——

まるで四つん這いになってよじ登ってきた気分だ。
「じゃ、外国にいらっしゃるのね。いつお帰りなの？
でも、お訊きしたって、むだよね。
お帰りがいつなんて、わかんないんでしょ。
あっちでは、学ぶこともたくさんおありでしょうね」
ぼくの微笑は骨董品《こっとうひん》たちの間にばったり倒れる。

「お手紙くださるわね」
ぼくの平静さが一瞬ゆらぐ。
やっぱり思ってたとおりだ。
「このごろずっと不思議に思ってたんですよ、
(付き合いの初めから終わりがわかるわけはないさ)
わたしたち、どうしてもっと親しくなれなかったのかしらって」
ぼくは感じる——自分が微笑み、その微笑みが鏡に映るのに突然
気づいた人が感じるような、そんな感じを。

ぼくの冷静さが瓦解《がかい》する。人間はみんな闇《やみ》の中にいるんだ。

「だって、みなさん言ってたのよ、お友だちみんな、
わたしたちがきっと親しい仲になるだろうって！
わたしには、よくわかりませんけどね。
運命にゆだねるしかありませんわね。
とにかく、お手紙くださいね。
今だって、手遅れってわけでもないかもしれませんわ。
わたしはここに坐って、お友だちにお茶を淹れたげるの」

こちらとしては、どんな仮面でもつけて
なんとか言わなくちゃ……踊れ、踊れ、
熊踊りでも、なんでも。
鸚鵡《おうむ》の鳴き声でも、猿のおしゃべりでも。
外の空気に当たりましょうか、煙草のせいでぼうっとしてきちゃった――

さて！　ある日の午後、もし彼女が死んでしまったら——
灰色に煙る午後、または黄色と薔薇色《ばらいろ》の夕方。
残されたぼくはペンを手にして坐り、
屋並みに霧が降りてきて
しばらくはぼんやりしたまま、
どう感じていいのかわからず、自分にわかることなのかどうかも、
賢明なのか、馬鹿なのか、手遅れなのか早とちりなのか……
結局、彼女に運が向いてなかったということだろうか？
この音楽も「漸次弱音終止《ダイイング・フォール》」で決まりのようだ、
なにしろ話は人が死ぬということなのだから——
それで、ぼくに微笑む権利はあるのだろうか？

前奏曲集

I

冬の夕闇《ゆうやみ》が垂れこめると
路地でステーキの匂いがする。
六時。
煙の色して過ぎていく日々の燃え殻。
今、驟雨《しゅうう》が風に乗って襲ってきた——
横なぐりの雨が、きみの足もとに散らばる
湿った枯葉と、空き地から飛んできた
新聞紙を、抱き込む。
雨は叩きつける、
こわれた鎧戸《よろいど》や煙突の頂きを。

四つ角では、辻馬車に繋《つな》がれた馬が
白い息を吐き、足を踏み鳴らしている。

やがて街の灯《あか》りがともる。

Ⅱ

朝が来ると意識に浮かぶ
気の抜けたビールのかすかな匂い——
早朝のコーヒー・スタンドにつめかける
大勢の泥足に踏み散らされた
おが屑《くず》のある通りの匂いだ。

ほかにも数あるこの世の仮面劇を
時がまた演じ始めると
目に浮かぶのは無数の手、手、手——

無数の家具付きアパートで
煤《すす》けたブラインドを押し上げている。

Ⅲ

きみは毛布をはねのけ
きみは仰《あお》向けに寝て、待っていた。
きみは少しまどろみ、それから見つめていた——
夜が、きみの魂を構成する無数の
薄ぎたないイメージを現出させるのを。
それらは天井で揺らめいていた。
それから、世界全体がまた舞い戻ってきて、
光が鎧戸の隙間《すきま》から這《は》い上がり
樋《とい》で囀《さえず》る雀たちの声がすると、
街路自身さえほとんど理解できないような
街路のヴィジョンを君は摑《つか》んだ——

ベッドの端に坐って、きみは
カール・ペーパーを髪から剝がしたり、
汚れた両手の掌《てのひら》で
黄ばんだ足裏を握りしめたり。

Ⅳ

空が街の後ろで色褪《いろあ》せていくとき
彼の魂は広い空にぴんと張り
あるいは、四時と五時と六時に
しつっこい足で踏みにじられる。
パイプを詰めるずんぐりした短い指、
夕刊紙たち、
何か確かな自信をもった目、
世界を摑もうとあせっている
黒ずんだ街の良心。

こうしたあれこれのイメージにからみつく想念に
ぼくは動かされ、とりすがる。
何かしら限りなく優しく
限りなく苦悩しつつあるものの観念。

きみはその手を口で拭《ぬぐ》い、笑いたまえ。
世界、世界、世界が廻《まわ》っている、
空き地で木切れを拾う老婆たちのように。

風の夜の狂想曲

十二時。
街路に続く街路が
月の綜合の中に溶け合って、
月の呪文《じゅもん》を囁きながら
記憶の床《ゆか》が溶解する、
もろもろの明晰な相関関係も
記憶の区分と明確さも。
街灯はどれも、ぼくが通り過ぎるとき
宿命の太鼓のような音がする。
そして、暗くつづく空間を貫いて
真夜中が記憶を揺さぶる、

狂人が枯れたゼラニウムを揺さぶるように。

一時半、
街灯が唾《つば》をとばし
街灯がつぶやき
街灯が言った――「あの女を見たまえ、
きみのほうを向いてためらっている、嗤《わら》うように
口を開けた玄関の光の中に立って。
ドレスの裾《すそ》が見えるだろう、
すり切れて汚れている。
目じりを見たまえ、
曲がったピンのようにねじれている」

記憶が岸辺に打ち上げる
ねじれたものたちの群れ。

汀《なぎさ》のねじれた流木は
表面が滑らかに磨滅し、まるで世界の骨格が
その秘密を明かしているように
みがき上げられた姿をしている、
白く、こわばって。
工場の中庭に落ちている発条《ばね》、
固い螺旋《らせん》の弾力の
残した形に、しがみついている銹《さび》。

二時半、
街灯が言った——
「溝に身を伏せている猫を見たまえ、
ぺろっと舌を出して
腐ったバターのかけらを喰らっている」
同じように自動的にするっと子供の手が出て

波止場を走っている玩具《おもちゃ》をポケットに入れた。
その子の目の奥に何があったか、ぼくには見えなかった。
ぼくは通りで人の目を見たことがある、
明るい鎧戸の奥を覗《のぞ》こうとしている目。
ある日の午後、浜辺で見た蟹、
背中にフジツボをつけた齢《とし》とった蟹、
ぼくのステッキの先端を鋏《はさ》んだ。

三時半、
街灯が唾を吐いた
街灯が暗闇《くらやみ》でつぶやいた
街灯が鼻歌まじりに言った——
「お月さまをごらん、
オ月サマハ何《ナン》ノ恨ミモ抱《イダ》イテイナイ
弱々しくウィンクし

そこの片隅まで微笑《ほほえ》みを投げかけ
草地の髪を撫《な》でつけている。
お月さまは記憶喪失。
痘痕《あばた》が洗い出されて顔は傷だらけ、
手は、埃《ほこり》とオーデコロンの匂いのする
造花の薔薇《ばら》をひねっている。
お月さまはひとりぼっち、
でも、頭の中ではいつもの夜の匂いが
右に左に行《い》き交《か》っている」
ふと記憶が甦《よみがえ》る、
日陰の枯れたゼラニウムや
壁の割れ目の埃や
街路の栗の木の匂い、
それから、鎧戸を閉め切った女の部屋の匂い、
廊下の煙草《たばこ》や

酒場のカクテルの匂い。

街灯が言った——
「四時だよ、
ほら、玄関扉に番地がついている。
記憶よ！
鍵はきみがもっている。
階段に丸い光の輪を落としている小さな灯《あか》り。
昇りたまえ。
ベッドはあいている。歯ブラシは壁に掛かっている。
戸口に靴を置いて、眠りたまえ、生を生きるために」

ナイフの最後のひとひねり。

『詩集（一九二〇年）』より

ゲロンチョン

おまえには青春も老年もない、
いわばその両方を夢みながら
食事のあと昼寝をしているようなものだ。

このわしは、乾燥した季節の老人。
子供に本を読ませながら雨を待っている。
わしは灼《や》ける城門にいたこともないし、
暖かい雨の中で戦ったことも
塩水の沼に膝まで浸《つ》かって剣を振るったこともない、
蚋《ぶよ》に刺されながら戦ったこともない。
わしの家は崩れかかった家。
ユダヤ人が窓の敷居に腰かけている、あれが家主だ。

あの男、アントワープのどこかの酒場で産み落とされ
ブリュッセルで水疱ができ、ロンドンで膏薬《こうやく》を貼って皮が剝《む》けた。
夜になると、頭上の草原で山羊《やぎ》が咳《せき》をする。
岩と苔《こけ》とべんけい草と鉄屑《てつくず》、それに糞。
女が台所仕事をし、お茶を淹《い》れてくれる。
夕方にはくしゃみをし、不機嫌な火を棒でつっつく。
わしは老人。

吹きさらしの土地のぼけた頭脳。

徴《しるし》は奇蹟とみなされる――「われら徴を見んことを願ふ!」
言葉の中の言葉、一語も発し得ないで
暗黒の産着《うぶぎ》に包まれている。年の甦《よみがえ》りのとき
猛虎キリストがやって来て

堕落した五月の、山グミと栗の木、花咲くユダの木、

やがては囁きの中で、食べられ、切り分けられ、
飲まれる——シルヴェロ氏によって。
彼は愛撫《あいぶ》する手をもち、リモージュでは
隣りの部屋を一晩じゅう歩いていた。
また、ハカガワによって。ティツィアーノの絵のまえでおじぎする男だ。
そして、ド・トルンクィスト夫人によって。彼女は暗い部屋で
蠟燭《ろうそく》をとりかえる。フォン・クルプ嬢は
玄関ホールでドアに手をかけて振り向く。空《うつ》ろな梭《ひ》が
風を織る。わしは魂というものはもたぬ。
隙間《すきま》風《かぜ》吹き抜ける古家の老人だ、
風吹く丘の下の。

ここまで知識を得てしまってから、どんな赦《ゆる》しが得られる？　考えてもみたまえ
歴史には多くの狡猾《こうかつ》な抜け道があり、仕掛けのある廊下や
出口があって、野心を囁きかけては欺き

虚栄の餌《えさ》でわれわれを釣る。考えてもみたまえ、
歴史が何かくれるのは、決まってわれわれが目を逸《そ》らしているとき、
彼女がくれるものは、いつもひどくしなやかに混乱していて
もらえばいっそう渇望が深まるのだ。あるいは手遅れになってから
もはや誰も信じないものをくれたり、まだ信じられるものなら
記憶としてくれるだけ、情熱の再考として。先走ってくれることもある、
まだひ弱い手に。断われば恐怖がひろがるというときまでは
なしでも済むものなのに。考えてもみたまえ、
怯懦《きょうだ》も勇気も、救いにはならない。道を外れた悪徳は
われわれのヒロイズムを父として生まれる。美徳は
われわれの傲慢《ごうまん》の罪がわれわれに押しつけるもの。
この涙は、怒りの実のなる樹から、はふり落とされるのだ。
年が改まり、虎が躍り出る。彼はわれわれをむさぼり喰らう。最後にもう一度考えてみたまえ、

われわれはまだ結論に達してはいないのだ——わしが
借家で冷たくなる時が来ても。もう一度考えてみたまえ。
こんな小劇《ショウ》を演じて見せたのには、それなりの意図があるのだ。
後ろ向きの悪魔たちに
唆《そそのか》されたわけではない。
あんたとは腹を割って話したいことがある——
わしは、かつてあんたの心のそばにいたのに遠ざけられ
恐怖の中で美を見失い、審問の中で恐怖を見失った。
情熱も失ってしまった。どうしてもちつづける必要があったろう？
もちつづけても、凌辱《りょうじょく》されるだけだというのに。
視覚も、匂いも、聴覚も、味も、触覚も、みんななくなってしまった。
だが、あんたと親しくするのに、感覚がなんの役に立つ。
こうした事柄が、千もの小さな配慮を伴って
冷たい錯乱から得られる利益を引き延ばし、

感覚が冷めると、薄膜を辛いソースで
刺激し、無数の鏡の中で
変種を増殖する。蜘蛛《くも》はどうするだろう？
動きを中断するか？　穀象虫《こくぞうむし》は仕事を延ばすだろうか？
ド・ベイラーシュ、フレスカ、そしてキャメル夫人が旋回する、
震える〈大熊座〉の軌道の向こうを
小さな原子となって。鴎《かもめ》が風に逆らって、風吹くベル・アイルの
海峡を飛び、ホーン岬をかすめる。
雪の中の白い羽根。〈湾流〉は呑み込もうとする。
そして、〈貿易風〉に吹き寄せられた老人ひとり、
眠たげな片隅の。

　　　　この家に間借りするあんたたち、
干《ひ》涸《から》びた季節の干涸びた頭脳のとりとめない思いさ。

ベデカーを携えたバーバンク
葉巻きをくわえたブライシュタイン

トラ-ラ-ラ-ラ-ラ-ラ-レイアー——神ならぬものは永続せず、すべて煙——ゴンドラが止まった、そこは古い宮殿、その灰色《グレイ》とピンクのなんという魅惑——山羊《やぎ》たちと猿たち、それがまたなんと豊かな毛——このようにして伯爵夫人はお進みになり、小公園を抜け、そこでニオベが小函《こばこ》を捧呈し、辞去した。

バーバンクは小さい橋を渡り
　こぢんまりしたホテルに降りていった。
ヴォルピーネ伯爵夫人がご到着、
　二人は出会った、彼は堕《お》ちた。

海底を這《は》う葬送の音楽は
　告別の鐘の音《ね》とともに沖に行った
ゆっくりと。神ヘラクレスは
　彼を見棄てた、あんなに愛していた男を。

轅《ながえ》につけた馬たちが
　イストリアから暁を曳《ひ》き出した、
足並みそろえて。鎧戸《よろいど》おろした彼女の屋形船《やかたぶね》は
　一日じゅう、水の上で輝いていた。

だが、ブライシュタインのやり方はこんなふう——
　膝と肘《ひじ》をだらしなく曲げて
手は両方とも掌《てのひら》を外に向けている。
　シカゴ生まれのウィーン系ユダヤ人。

鈍色《にびいろ》のとび出た眼が
　原生動物の粘液の中から
カナレットのヴェネツィア風景を見つめる。
　時間蠟燭《ろうそく》の燃えかすが煙り
消えかかる。むかしのリアルトでのこと。
　今は積荷の下に鼠《ねずみ》たち。
勘定台の下にはそのユダヤ人がいる。
　毛皮の商いで一財産。船頭が微笑《ほほえ》み
ヴォルピーネ伯爵夫人は手を伸ばす――
　貧相な、青い爪の、肺病やみの手。
水辺の階段を昇る。灯《あか》りだ、灯りだ、
　今夜のお相手は、サー・フェルディナント・

クライン。誰だ、ライオンの翼を切りとり

その臀《しり》の蚤《のみ》をとり、爪を剝がしたのは?

と、バーバンクは考えた——〈時〉の廃墟と

七つの掟《おきて》を瞑想《めいそう》しながら。

直立したスウィーニー

　それから、わたしのまわりの木は
みんな枯木にしてしまいなさい。岩壁は
絶え間ない寄せ波で呻《うめ》かせて。わたしの後ろは
荒れはてた景色にして。ほら、こんなふうに！

描きなさい、荒涼たる洞窟海岸を、
　水に浮かぶキュクラデス諸島の。
描きなさい、怖れを知らぬ奇巌怪石を、
　逆巻《さか》き咆哮《ほうこう》する荒海の岸辺の。

風の神イオラスが高みから
　吹《ふ》き荒《すさ》ぶ嵐を振り返っているところを描きなさい、

颶風《ぐふう》がアリアドネの髪をもつれさせ
　誓いを破った船の帆がふくらんでいる姿を。

朝が手足を動かし始める
（ナウシカアとポリュペモス）。
オランウータンの身振りが
　湯気の立つシーツから身を起こす。

この萎《しな》びた根は、もつれた毛が生《は》え
　下のほうが裂けている。切れ込んだところは目。
この卵形の穴には歯が見える。
　鎌の形の興奮が腿《もも》から起こり

膝に来てジャックナイフのようにぐいと立ち
　ついで踵《かかと》から腰へと直進する、

ベッドの枠を押しつけ
　爪を立てて枕覆いを引っつかむ。

スウィーニーは、桃色の首筋から尻までずっと
　末広がりに剃《そ》るように、言いつけた。
彼には女の気持ちがわかっていて
　顔についた石鹸《せっけん》の泡を拭《ぬぐ》う。

(歴史とは人間の長く伸びた影だと
　エマソンは言った。彼は
日向《ひなた》でスウィーニーが股をひろげて立つ
　シルエットを、見たことがなかったのだ。)

剃刀《かみそり》の切れ味を脛《すね》で試しながら
　悲鳴がおさまるのを待つ。

ベッドの上で癲癇《てんかん》を起こしている女は
　自分の脇腹をつかんでのけぞっている。

廊下にいる女たちも
　他人事《ひとごと》じゃないわ、恥ずかしい、と思い、
自分たちはもっと上品だと言わんばかりに
　慎みのなさを非難し、

ヒステリーはときとして
　とても誤解されやすい、とのたまう。
ミセス・ターナーも、これではお店の
　信用にかかわると言いたそう。

だが、ドリスは、湯上がりのタオル一つで
　足音も立てずに入ってくる、

気付けの炭酸アンモニウムと
生《き》のブランデーのグラスをもって。

料理用卵

ありとあらゆる屈辱を　この身に浴《あ》びた
時はまさに　わが三十歳の年だったが……

ピピットはいつも背筋を伸ばして椅子《いす》に掛けていた、
　ぼくの坐っているところから少しはなれて。
『オックスフォード学寮総覧』が
　編み物と一緒にテーブルに載っていた。

何枚かの銀板写真《ダゲレオ・タイプ》とシルエット――
　彼女の祖父と大伯母たちの肖像だ。
暖炉棚《マントルピース》の上で、みんなに支えられるように
　〈舞踏への招待〉があった。

・　・　・　・　・

天国でぼくは〈栄誉〉なんか欲しくない。
　サー・フィリップ・シドニーに会って
コリオレイナスや、同じくらい胆力のある英雄たちと
　一緒に語り合うんだ。
天国でぼくは〈資本〉なんか欲しくない。
　サー・アルフレッド・モンドに会って
五分《ぶ》の利率の〈国庫債券〉にくるまって
　二人で一緒に寝るんだ。
天国でぼくは〈社交界〉なんか欲しくない。
　ルクレツィア・ボルジアと結婚すれば
たとえピピットが打明け話をしてくれても

ルクレツィアの裏話の面白さには及ぶまい。

天国でぼくはピピットなんか欲しくない。
　マダム・ブラヴァツキーが、ぼくに
〈七つの聖なる恍惚《こうこつ》〉を授けてくれるし、
　ピッカルダ・デ・ドナティが指導してくれるから。

・　・　・　・　・

だが、部屋仕切りの陰でピピットと食べようと
　ぼくの買ってきたペニーの世界は、どこへ行った？
赤い目の野良猫たちが餌《えさ》をあさりに這《は》ってくる、
　ケンティシュ・タウンやゴールダーズ・グリーンから。

鷲《わし》とラッパはどこへ行った？

アルプスの雪深いところに埋《うず》もれてるんだ。
バター付きスコーンやホットケーキに覆いかぶさるように
おいおい泣きながら、大勢の人たちが
無数のＡＢＣレストランでうなだれている。

河　馬

この書《ふみ》を汝《なんぢ》らの中《うち》にて読みたらば、之《これ》を
ラオデキヤ人《びと》の教会にても読ませよ。

堂々たる背中をした河馬《かば》が
泥の中で腹ばいになって休息している。
あんなにどっしり堅固《けんご》に見えるけれど
なんのことはない肉と血のかたまり。

肉と血は脆弱《ぜいじゃく》、壊れやすいもの、
神経のショックには耐えられない。
だが〈真実の教会〉は揺るぎはしない、
岩の上に建っているから。

河馬の足どりは頼りなく、ときによろめく、
物質的な目的を追うときに。
だが〈真実の教会〉は居ながらにして
配当は自ずと集まってくる。

河馬はどう背伸びしてもとどかぬ、
マンゴーの樹のマンゴーの実までは。
だが柘榴《ざくろ》と桃の実は
海の向こうから〈教会〉に生気を与える。

交尾期になると河馬の声は
奇妙に嗄《しわが》れたひびきを洩らす。
だが日曜ごとに聞こえる歓喜の叫びは
〈教会〉が神とともにあることを喜ぶ声。

河馬は一日じゅう眠って過ごし、
夜になると餌《えさ》をあさる。
神の御業《みわざ》はまことに不思議——
〈教会〉は眠ったままで食事をとる。

ぼくは見た——河馬に翼が生《は》え
サヴァンナの湿地から飛び立つのを。
唱歌隊の天使たちがまわりを囲み
神を讃え、ホサナを叫んだ。

〈子羊〉の血が河馬を洗い浄め
天使が両手で彼を抱きとるだろう。
彼は聖者たちの仲間入りをして
黄金のハープをかき鳴らすだろう。

雪のように白く洗われて
殉教の処女《おとめ》たちが彼に接吻《くちづけ》するだろう。
だが、〈真実の教会〉は下界にとどまり
今も瘴気《しょうき》の霧に包まれている。

霊魂不滅の囁き

ウェブスターは死にとりつかれていて
皮膚の下に頭蓋を見ていた。
乳房《ちぶさ》のない女たちが地下で
のけぞる、唇のない嗤《わら》いを見せて。

眼球のかわりに水仙の球根が
眼窩《がんか》の中から睨《にら》んでいた！
彼は知っていた――思想が死者の手足にからみつき
その欲情と快楽を締め上げることを。

思うにダンもそういう人だった、

感覚に代わり得るものなど彼には見つからなかった、
摑《つか》んで締めて突き通す。
経験を越えた達人として

彼は骨髄の苦悶《くもん》を知っていた、
骸骨の悪寒《おかん》のことも。
肉体のどんな接触も
骨の熱病を鎮めることはできなかった。

・　・　・　・　・

グリシュキンはいい女。ロシア風の目は
アンダーラインで強調してある。
コルセットなしの親しみやすい胸が
霊妙な至福を約束している。

ブラジル産の雌豹《めひょう》が腰をかがめ
猫族の微妙な匂いを発すると
跳《は》ねまわるマーモセットもまるで金しばり。
グリシュキンは瀟洒《しょうしゃ》な部屋をもっている。

あの滑らかなブラジルの雌豹だって
森の中の暗がりでも
あんなに臭い猫の匂いは発しない、
客間のグリシュキンのような。

もろもろの〈抽象的実体〉までもが
彼女の魅力のまわりをうろつきまわる。
だが、われわれは乾涸《ひから》びた肋骨のあいだを這《は》い
われわれの形而上学を温存する。

エリオット氏の日曜の朝の祈り

ほら、旦那、毛虫坊主が二匹、やってきますぜ。
『マルタ島のユダヤ人』

「多産を愛する者」たる
主《しゅ》の賢人ぶった酒保《しゅほ》商人たちが
窓ガラスの向こうをうろつく。
初めに〈言葉〉あり。
初めに〈言葉〉あり。
〈一つのもの〉の二重妊娠が、
時間の閉経が迫ったころ
不能のオリゲネスを出産した。

ウンブリア派の画家が
石膏《せっこう》の下地の上に
洗礼を受けるキリストの光背を描いた。
背景の荒野は変色し、罅《ひび》割れている。

だが、青く浅い水をとおして
無垢《むく》の足が今も輝いている。
上のほうに画家が描いたのは
父なる神と聖霊だ。

・　・　・　・　・

黒衣をまとった長老たちが
改悛者《かいしゅんしゃ》たちの列に近づく。
赤い色の若者たちは、にきび面《づら》、

贖罪《しょくざい》の小銭を握っている。
見守る熾天使《セラフィム》たちに支えられた
悔い改めの門の下――
信仰篤き者たちの魂が
目に見えぬほど幽《かす》かに燃える。

庭を囲む塀に沿って蜜蜂たちが
毛深い腹をして、雄《お》蕊《しべ》と
雌《め》蕊《しべ》のあいだを往来し
祝福された二つの性の機能に加わる。

スウィーニーは、尻から尻へ重心を移して
お風呂の湯をかきまわす。
精妙派の学者先生たちは

みごとに論点をずらし博識である。

ナイチンゲールたちに囲まれたスウィーニー

お、おう、や、やられた、切っ先が、急所まで。

エイプネック・スウィーニーは股をひろげ
両腕をだらりと下げて高笑い。
顎《あご》に沿ったシマウマ模様が
ふくれて斑模様《まだらもよう》のキリンになる。

荒れ模様の空に浮かぶ月の暈《かさ》が
西のほう、プレート河に向かって滑っていく。
〈死神〉と〈鴉座《からすざ》〉が静かに漂い
スウィーニーは角《つの》の門を守っている。

陰気なオリオンとシリウスに
雲のヴェールがかかり、萎《しな》びた海が沈黙する。
スペイン風のケープ姿が
スウィーニーの膝に坐ろうとして

滑り、テーブルクロスを引っかけて
コーヒー茶碗をひっくりかえす。
床《ゆか》の上で姿勢を立て直し
欠伸《あくび》をし、ストッキングを引っぱり上げる。

チョコレート色の上衣《うわぎ》を着た男が、黙って
窓敷居に這《は》いつくばり、大口をあけている。
ウェイターが運んでくるのは、オレンジ、
バナナ、苺《いちご》、それに温室葡萄《おんしつぶどう》だ。

この暗褐色の脊椎動物は黙って
からだを固くし、意識を集中し、引っ込む。
レイチェルの旧姓はラビノヴィッチ、
殺意の匂う前肢《まえあし》で、葡萄の実をもぎとる。

この女とケープの女は、どうも
あやしい。ぐるになっている気配だ。
というわけで、重い瞼《まぶた》をした男は
指し手に迷い、疲れた様子。

部屋を出て行くが、また窓の外に
姿を見せ、覗《のぞ》きこむ。
藤の蔓《つる》が、ふち飾りのように
金歯の映える笑いをとり囲む。

この家の主人は、少し離れた戸口のところで
素性《すじょう》のしれぬ男と話をしている。
ナイチンゲールたちの鳴き声がする、
〈聖心修道院〉の近くだ——

むかしアガメムノンが悲鳴をあげたときにも
あの血なまぐさい森で鳴いていた鳥だ。
鳴きながら水っぽい糞を落とし
こわばった凌辱《りょうじょく》のシーツを、よごしたのだ。

『荒　地』

じっさいわしはこの眼でシビュラが瓶《かめ》の中にぶらさがっとるのを、クーマエで見たよ。子供がギリシア語で彼女に「シビュラよ、何が欲しい」と訊《き》くと、彼女はいつも「死にたいの」と答えていたものさ。

「わたしにまさる言葉の匠」
エズラ・パウンドに

I　死者の埋葬

四月は最も残酷な月、死んだ土から
ライラックを目覚めさせ、記憶と
欲望をないまぜにし、春の雨で
生気のない根をふるい立たせる。
冬はぼくたちを暖かくまもり、大地を
忘却の雪で覆い、乾いた
球根で、小さな命を養ってくれた。
夏がぼくたちを驚かせた、シュタルンベルク湖を渡ってきたのだ。
夕立ちがあった。ぼくたちは柱廊で雨宿りをして
それから、日射しの中をホーフガルテンに行って
コーヒーを飲み、一時間ほど話をした。
ワタシハロシア人ジャナイノ。リトアニア生マレノ生粋《キッスイ》ノドイツ人ナノ。

そう、わたしたち、子供のころ大公の城に滞在して、
従兄《いとこ》なのよ、彼がわたしを外につれ出して橇《そり》にのせたの。
こわかったわ。彼が「マリー、
マリー、しっかりつかまって」って言って、滑り降りたの。
山国にいると、とっても解放された気分になれます。
夜はたいてい本を読んで、冬になると南へ行きます。

つかみかかるこの根は何？　砂利《じゃり》まじりの土から
伸びているこれはなんの若枝？　人の子よ、
きみには言えない、思いもつかない。きみにわかるのは
壊れた石像《イメージ》の山。そこには陽が射し
枯木の下に陰はなく、蟋蟀《こおろぎ》は囁《ささや》かず、
石は乾いていて、水の音はしない。ただ、
この赤い岩の下の陰ばかり。
(この赤い岩の陰に来なさい)

きみに見せたいものがある――朝、きみの後ろを歩く
きみの影とも、夕方、きみの前に立ちはだかる
きみの影とも、違ったものを。
一握りの灰の中の恐怖を、見せたいのだ。
　　　サワヤカニ風ハ吹ク
　　故郷ニ向カッテ。
　　ワガアイルランドノ子ヨ
　　キミハ今ドコニイル？
「あなたが初めてヒアシンスをくださったのは一年まえ、
「みんなからヒアシンス娘って呼ばれたわ」
――でも、ぼくたちがヒアシンス園から晩《おそ》く帰ったとき
きみは両腕に花をかかえ、髪をぬらし、ぼくは口が
きけず、目はかすみ、生きているのか死んでいるのか
なんにもわからなかった。
光の中心を凝視したまま、静寂。

海ハスサンデ寂シイ眺メ。

マダム・ソソストリスは有名な占い師で
ひどい風邪をひいていたが、それでもやはり
ヨーロッパ随一の賢い女とされていて
邪悪なトランプをもっていた。ほら、と彼女は言った、
これがあなたのカード。水死したフェニキアの船乗りよ、
（この真珠は彼の目だったの、ごらん！）
これは、ベラドンナ、〈岩窟の女〉、
さまざまな情況の女。
これは三本の棒もつ男。これが〈車輪〉。
こちらは片目の商人。こちらのカードは
何も描いてないけれど、彼が背負っているもの。
でも、わたしは見ちゃいけないの。おや、
〈首吊り男〉が見つからないわ。水死の虞《おそ》れあり。

たくさんの人が見えてる、輪になって歩いてるわ。
ありがとう。エクィトーン夫人にお会いになったら
天宮図はわたしが自分で持参します、って言ってくださいな。
このごろは用心しなくちゃね。

〈非現実の都市〉
冬の夜明けの褐色の霧の下、
ロンドン・ブリッジを群集が流れていった。たくさんの人、
死神にやられた人がこんなにもたくさんいたなんて。
短いため息が、間《ま》をおいて吐き出され、
どの男もみんなうつむいて歩いていた。
坂道を登り、キング・ウィリアム通りを下《くだ》り、
セント・メアリー・ウルノス教会の九時の時鐘が
最後の鈍い音をひびかせるほうへ流れて行った。
見覚えのある男を見かけ、ぼくは呼びとめた。「ステットソン！

「ミュラエの海戦で一緒だったね！
「去年、きみが庭に植えたあの死体、
「あれ、芽が出たかい？　今年は花が咲きそうかい？
「それとも、不意の霜で花壇がやられた？
「あ、〈犬〉は寄せつけるなよ。あいつは人間の味方だから。
「前足で掘り出しちまうからね。
「きみ、偽善家の読者よ！　わが同類、わが兄弟よ！」

II　チェス遊び

女の坐る〈椅子《いす》〉は、磨き上げられた玉座のように
大理石の上で輝き、そばの姿見は
台座に実をつけた葡萄蔓《ぶどうづる》の飾り模様があり、
葉陰から黄金色《こがねいろ》のキューピッドがひとり覗《のぞ》いていて
（もうひとりは片方の翼で目を覆っている）
七つに枝分かれした燭台《しょくだい》の炎を倍にして照り返し、
テーブルに反射した光に応えるように
数々の宝石のきらめきが立ちのぼり
繻子《しゅす》の小函《こばこ》から豪華に溢《あふ》れ出ている。
象牙《ぞうげ》の壺《つぼ》や色ガラスの瓶《びん》は栓が抜かれ
中にひそんでいた珍しい合成香料が――
練り油、粉末、溶液――さまざまな匂いで感覚を

混乱させ、混濁させ、溺れさせた。窓から流れ込む
新鮮な空気に動かされて、これらは立ちのぼりつつ
長く伸びた蠟燭《ろうそく》の炎を太くし、
煙を格天井《ごうてんじょう》に吹きつけると
天井板に描かれた模様が揺れ動いた。
銅の付いた大きな流木が
色染め石で縁どった爐《いろり》の中で緑とオレンジ色に燃え、
悲しげな光の中を、レリーフの海豚《いるか》が泳いだ。
古風な暖炉の少し上のほうに、
ちょうど窓から見える森の情景のように
ピロメラの変身の絵がかかっていた。野蛮な王に
凌辱《りょうじょく》されたのだ。だが、ナイチンゲールの声までは
犯せなくて、声は沙《さ》漠《ばく》にひびきわたった。
彼女は鳴きつづけ、人間世界は今も追いつづけている、
穢《けが》れた耳に「ジャグ ジャグ」と聞こえる声を。

ほかにも枯れた時間の切り株のように
物語が壁にかかっていた。絵の中の人物たちは目を見開き、
身をのり出し、のり出しつつ部屋を沈黙で満たした。
階段を登ってくる摺《す》り足の音。
暖炉の火の輝きに照らされると、ブラシの下で、彼女の髪は
炎の形にひろがり、その尖端が
言葉に変容し、やがて獰猛《どうもう》な静寂に達するのだ。

「今夜、わたし神経がおかしいの。そう、おかしいのよ。一緒にいて。

「何か話して。なぜ話してくれないの。話してよ。

「何考えてるの？　なんなのよ？　何？

「さっぱりわかんない、あなたが何考えてるのか。考えて。」

われわれは鼠の路地にいる、とぼくは考える、
死者たちが自分の骨を見失ったところ。

「あの音は何？」

ドアの下から入る風だよ。

「今の音、何？　風は何してるの？」

なんにもしてないさ。なんにも。

「あなた、なんにも
「わかんないの？　なんにも見えないの？　思い出せないの？

「なんにも？」

ぼくは思い出す、
その真珠は、もと彼の目だった。
「あなた、生きてるの、死んでるの？　頭の中、何もないの？」
だが、
おお、おお、おお、〈あのシェイクスピヒアリアン・ラグ〉——
なんて優雅

なんて知的
「ね、わたし、どうしようかしら？　何しようかしら？
「このままの恰好《かっこう》で駆け出して、街を歩こうかしら、
「髪を垂らしたまま。明日《あした》、何しよう？
「いったい、何すりゃいいの？」
　　　　　　　　　　　　　十時にお風呂。
もし雨だったら、四時にセダンの車。
それから、チェスを一勝負やりましょうか、
ドアに目をこらし、ノックを待ちながら。

リルの亭主が除隊になるってとき、言ってやったのよ——
はっきり言うけど、って、わたし言ったの、
イソイデクダサーイ、時間デース
アルバートが帰ってくるんだから、もうちょっとスマートになさいよ。
虫歯の治療代、どうした、って訊《き》くわよ。

もらったじゃない、たしかに。わたしそばにいたんだから。
きれいに抜いちゃって入れ歯にしろよ、リル、
そんな顔、見ちゃいられないよ、って、彼、言ったじゃない。
わたしだってそう思うわよ。アルバートのことも考えてあげなくちゃ、
四年も兵隊に行ってたのよ。こんどは楽しくやりたいのよ。
よくしてあげないと親切な女が出てくるわよって、言ってやった。
あら、そう、って、彼女は言ったわ。まあね、って言ってやった。
どちらさまか知りたいわね、と彼女は言って、わたしをじろっと見たわ。
イソイデクダサーイ、時間デース
いやならそのままでいたら、って、わたし言ってやった。
あんたにその気がないんなら、誰かが面倒みてくれるわよ。
アルバートに棄てられても知らないよ。忠告はしたげたんだからね。
恥ずかしいわよ、そんなに老けちゃって、って言ってやった。
(あの子、まだ三十一よ。)
仕方ないのよ、って浮かぬ顔して彼女は言った。

子供を堕《お》ろすとき飲んだあのピルのせいよ、と彼女は言った。
（五人の子持ちで、末のジョージのお産のとき死にかけたの。）
薬剤師は大丈夫って言ったけど、あれからおかしくなったのよ。
あんた、ほんとに馬鹿よ、って言ってやった。
アルバートがひとりで寝ないって言うなら、そうするしかないじゃない、
子供が出来るのがいやなら、なんで結婚なんかするのよ。
イソイデクダサーイ、時間デース
それでね、アルバートの帰ってきた日曜日、ギャモン食べたの。
焼きたてを食べよう、って、夕食に呼んでくれたの——
イソイデクダサーイ、時間デース
イソイデクダサーイ、時間デース
おやすみ、ビル。おやすみ、ルウ。おやすみ、メイ。おやすみ。
バイバイ。おやすみ、おやすみ。
おやすみ、みなさん、おやすみ、ご婦人方、おやすみ、おやすみ。

Ⅲ　火の説教

河辺のテントは破れ、最後の木の葉の指先が
つかみかかり、土手の泥に沈んでいく。風が
枯葉色の地面を音もなく横切る。妖精たちはもういない。
美しいテムズよ、静かに流れよ、わが歌の尽きるまで。
川面《かわも》に浮かぶ空き瓶も今はない。サンドイッチの包みも、
絹のハンカチも、ボール箱も、煙草《たばこ》の吸い殻も、
もっとほかの夏の夜の証拠品も。妖精たちはもういない。
彼女らの男友達、シティーの重役連の彷徨《さまよ》える御曹子《おんぞうし》たちも
いなくなった、住所《アドレス》も残さないで。
レマン湖の岸辺に坐ってぼくは泣いた。
美しいテムズよ、静かに流れよ、わが歌の尽きるまで。
美しいテムズよ、静かに流れよ、ぼくは声高《こわだか》にも長くも話さないから。

だが、背後の冷たい風の中、ぼくの耳に聞こえる
骨たちのカラカラ鳴るひびき、そして、大きく裂けた口の忍び笑い。

鼠が一匹、草むらを音もなく這《は》っていった、
ぬるぬるした腹を引きずって。
ぼくは、よどんだ運河で釣りをしていた、
冬の夕暮れどき、ガス・タンクの裏、
破滅した兄王のこと、そのまえに死んだ
父王のことを、思いかえしながら。
低い湿地には白い剝き出しの死体がいくつか転がり、
低く乾いた狭い屋根裏部屋では、打ち棄てられた骨たちを
カタカタと鳴らす鼠の足、今年も来年も。
だが、背後でときどきぼくの耳に聞こえる
警笛とエンジンのひびき――スウィーニーが
泉でからだを洗うポーター夫人をご訪問だ。

おお、月に照らされミセス・ポーター
と、彼女の娘《ドーター》
足洗いにはソーダー・ウォーター
ソシテ聖堂デ歌ウ少年タチノ歌声！

チュッ　チュッ　チュッ
ジャグ　ジャグ　ジャグ　ジャグ　ジャグ　ジャグ
あんなにも乱暴に犯されて。
テリュー

〈非現実の都市〉
冬の正午の褐色の霧の下
ユーゲニデス氏はスミルナの商人で
無精髭《ぶしょうひげ》を生《は》やし、ポケットに乾葡萄《ほしぶどう》をつめこみ
「ロンドン渡し運賃保険料込み」一括払いの手形をもっていたが、

俗語まじりのフランス語でぼくを誘った——
キャノン・ストリート・ホテルで昼食をとって、
週末はメトロポールでご一緒しませんか、と。

すみれ色の時間、目と背中が
事務机からはなれ、人間エンジンは待っている、
動悸《どうき》を打ちながら待っているタクシーのように。
われテイレシアスは、盲目だが、男女両性のあいだで鼓動する者、
しなびた乳房もつ老人だが、見ているのだ、
すみれ色の時間、人みな家路をいそぐ時間、
船乗りを海から帰らせる夕暮れどき、
タイピストが夕食に帰り、朝食の後片づけをして、ストーヴに
火をつけ、缶詰め食品をテーブルに広げるのを。
窓の外には、危険な広がり方で
半乾きの下着が夕日の最後の光を浴びている。

長椅子（夜は彼女のベッド）の上には
ストッキング、スリッパ、キャミソール、そしてコルセットも。
われテイレシアスは、しなびた乳首もつ老人だが、
その場面は見ていたし、あとのことも予言しておいた――
わたしもまた客の来るのを待っていた。
男が到着する、にきび面《づら》の若者。
ちょっとした不動産屋の勤め人だ、ぎょろりと一睨《ひとにら》み。
生まれは卑しいが、不遜《ふそん》な面構《つらがま》えは
ブラッドフォードの富豪のシルクハットのようだ。
そろそろ頃合かな、と彼は推測する。
食事が終わり、女はいささか退屈ぎみ。
愛撫《あいぶ》にもち込もうと手を出してみると、
乗り気ではないにしても、いやでもなさそう。
顔赤らめ決断して、男の攻撃が始まる。
先遣隊をつとめる手は防衛軍に遭遇せず。

彼の自惚《うぬぼ》れは相手の反応など頓着《とんじゃく》せず。
無視されるのはむしろ望むところ。
（われテイレシアスは、ここのソファーベッドで
演じられることなど、とっくに経験したことばかり。
わたしはテーバイの城壁の下に坐し、
身分卑しき死者たちのあいだを歩いたこともあるのだ。）
旦那気取りのお別れのキスをして
手探りで、暗い階段を降りていく……

女は鏡のほうを振り向いて、ちらっと覗《のぞ》く、
さっきの男のことは、もう頭にない。
彼女の脳は半熟の思考がなんとか通れるくらい。
「やっとすんだ、やれやれだわ」
可愛《かわい》い女が誘惑に負け、またもとの
ひとりになって部屋を歩きまわるとき、

女は機械仕掛けの手つきで髪をなでつけ、
蓄音機にレコードをのせる。

「さっきの音楽は波間を這って過ぎていった」
ストランドを抜け、クィーン・ヴィクトリア・ストリートを通って。
おお、シティー、シティー、ぼくの耳にときどき聞こえる、
ロウアー・テムズ・ストリートの居酒屋のそば、
マンドリンの心地よい鳴き声と
家の中の食器のぶつかる音、おしゃべりの声。
魚市場で働く男たちの昼休みの場所だ。近くにある
マグナス・マーター教会の壁は、今も
イオニア様式の白と金色に輝いて、言葉につくせぬ華麗さ。

　　河は汗かき
　　油とタール

艀《はしけ》いくつか
潮《うしお》のままに
赤い帆布は
広がって
マストで揺れつつ、川下《かわしも》へ。
艀は洗う
漂う丸太
グリニッジの河筋下《くだ》る
アイル・オヴ・ドッグズをいま過ぎて。
　　ウェイアララ　レイア
　　ウァルラアラ　レイアララ

エリザベス女王とレスター伯と
オールは水打ち
舳《とも》の屋形は

金色《こんじき》の貝殻の形して
　紅《くれない》と黄金色《こがねいろ》
あざやかにうねりつつ
両の岸辺にさざ波打ちよせ
南西の風に乗って
川下へと流れていった
鐘の音《おと》
白い塔、塔
　　ウェイアララ　レイア
　　ヴァルラアラ　レイアララ

「電車と汚れた並木と。
ハイベリがわたしを生み、リッチモンドとキュウがわたしを
破滅させました。リッチモンドの近くでわたしは膝を立て
せまいカヌーの船底で仰《あお》向けになりました。

「わたしの足はムアゲイトに、心臓は
わたしの足の下。あのことがあったとき
彼は泣いて、もう一度やり直そう、って約束したの。
わたしは何も言わなかった。なんて怒ればいいっていうの？」

「マーゲイトの砂浜で。
わたしは何ひとつ
結びつけられないの。
汚れた手の割れた爪たち。
家の人たち、みじめな人たち、希望も
何もなくて」
　　　　ラ　ラ

それからわたしはカルタゴに来た

燃える　燃える　燃える　燃える
おお　主《しゅ》よ　あなたはわたしを引き出し給う
おお　主よ　あなたは引き出し給う
燃える

Ⅳ　水　死

フェニキア人フレバスは、死んで二週間、
鷗《かもめ》の鳴き声ももう忘れてしまった。深海の底波も、
収支損得の勘定も。
　　　　　　　　海底の潮の流れが
囁きながら彼の骨をひろった。流れのままに揺られながら
彼は人生の晩年と青春の段階を通り抜け
やがて渦にまき込まれた。
　　　　　　　　　　　　ユダヤ人であれ異邦人であれ
おお、舵輪《ウィール》をにぎり風上《かざかみ》に目をやるきみ、
思いたまえ、きみのように背が高く美青年だったフレバスのことを。

V　雷の言ったこと

汗にぬれた顔を赤く照らす松明《たいまつ》の輝きの後
庭や園を満たす冷たい沈黙の後
岩地での苦悶《くもん》の後
喚き声や泣き声がして
牢獄と宮殿、そして遠く見はるかす
山々に、とどろく春雷のひびき
生きていた者は今は死者
生きていたわれわれはいま死にかけている
わずかばかりの忍耐を示しつつ

ここには水はなく岩ばかり
岩だけで水はなくただ砂の道

水はなく岩ばかりの山地を
抜けてくねり行く道
もし水さえあればわれら立ちどまり飲むものを
岩のあいだでは立ちどまることも考えることもできない
汗は乾き足は砂にめり込む
岩のあいだに水さえあれば
虫歯の唾《つば》さえ吐けぬ死んだ山地に開いた口
ここでは立つこともからだを横たえることも坐ることもできない
山地には沈黙さえもなく
ただ雨を含まぬ乾いた不毛な雷鳴ばかり
山地には孤独さえなく
ただ赤い不機嫌な顔だけが歯を剝いて笑う
裂けた泥壁の戸口から
　　　　　　もし水さえあれば
岩はなく

もし岩があり
そして水もあれば
そして水が
泉が
岩のあいだの水たまりが
せめて水の音でもあれば
蟬《せみ》の声ではなく
枯れ草の歌う声ではなく
岩に落ちる水の音が
鶇《つぐみ》が松の樹にとまって歌うところに
ポトッ　ポト　ポトッ　ポト　ポト　ポト　ポト
だが水はない

いつもきみのそばを歩いている三人目の人は誰だ？
ぼくが数えると、きみとぼくしかいないのに

白い道の先を見ると
いつもきみのそばを一人の人が歩いている
褐色のマントに身を包みフードをかぶって
男だか女だかわからないが
——きみの向こう側にいるのは誰なんだ？

空の高みから聞こえるあの音はなんだ
母親が悲しみ嘆く押し殺した声
フードをかぶり罅《ひび》割れた地面に躓《つまず》きながら
果てしない平原を行くあの群集は何者だ
まわりは平らにつづく地平線ばかり
山地の向こうのあの都市はなんだ
裂け、歪《ゆが》み、砕け散る、すみれ色の大気の中、
堂塔が倒れかかる
エルサレム　アテネ　アレキサンドリア

ウィーン　ロンドン
〈非現実〉

女が長い黒髪をまっすぐ引っぱって
それを弦にして囁きの音楽を奏《かな》で
赤ん坊の顔をした蝙蝠《こうもり》たちがすみれ色の光の中で
きぃーっと鳴き、ばたばたと羽ばたいて
頭を下にしたまま黝《くろ》ずんだ壁を這《は》い降りていった
堂塔もまた空中に逆さになって
追憶の鐘を鳴らし、時を告げると
涸れた井戸と湧水の絶えた泉から歌声がした。

山地のこの崩れた穴で
幽《かす》かな月明かりの中で、草が歌っている
覆《くつがえ》された墓の上、会堂のあるあたり

空《うつ》ろな会堂は、今はただ風の住処《すみか》。
窓はなく扉がぱたぱた揺れている、
乾いた骨たちは人を傷つけはしない。
棟木《むなぎ》で雄鶏《おんどり》が一羽
コ コ リコ コ コ リコ
稲妻の閃《ひらめ》きの中。折しも湿った一陣の風、
雨を含んで

ガンジスの水位は下がり、群葉は萎《しお》れ
雨を待っていた。黒い雲が
遠く、ヒマラヤ山脈の上に湧き出た。
ジャングルは蹲《うずくま》り、静かに身をかがめていた。
そのとき、雷が言った
DA
ダッタ――与えよ。われわれは何を与えたか？

友よ、熱い血が心臓を揺さぶり
一瞬身を任せるあの猪突猛進
古老の分別も引きとめることはできない
これによって、これによってのみ、われわれは存在してきたのだ
それは新聞の死亡告知欄にも見られず
善意の蜘蛛《くも》の巣が覆いかくしてくれる回想録にも
人気《ひとけ》のない部屋で痩せた公証人の開く遺言状にも
現われはしない

DA

ダヤヅワム――相憐れめ。わたしはただ一度だけ扉で鍵が
回される音を聞いた、ただ一度だけ
われわれは鍵のことを思う、めいめい自分の独房にいて
鍵のことを思いつつ、めいめいの独房を確認する
ただ日暮れどき、霊気にも似た幽かな声が
一瞬、虐殺されたコリオレイナスを甦《よみがえ》らせる

DA
ダミヤタ――己を制せよ。船は従った
楽しげに、帆と櫂《かい》に熟達した人の手に
海は凪《な》いでいた。もし誘われれば、きみの心も快く
応じたことだろう、指図する者の手の動きに
従順に鼓動して

　　　　　　　　　　ぼくは岸辺に坐って
釣りをしていた。背後には乾いた平原が広がっていた
せめて自分の土地だけでもけじめをつけておきましょうか？
ロンドン・ブリッジが落っこちる落っこちる落っこちる
ソレカラ彼ハ浄火ノ中ニ姿ヲ消シタ
イツワタシハ燕《ツバメ》ノヨウニナレルノダロウ――おお、燕、燕
廃墟ノ塔ノ、アキタニア公
これらの断片を支えに、ぼくは自分の崩壊に抗してきた

では、おっしゃるようにいたしましょう。ヒエロニモふたたび狂う。
ダッタ。ダヤヅワム。ダミヤタ。
シャンティ　シャンティ　シャンティ

『荒地』原注

この詩は、その題も、全体的構想も、語やイメージの象徴的意味の多くも、聖杯伝説に関するジェシー・L・ウェストン女史の著書『祭祀《さいし》からロマンスへ』(ケンブリッジ)から着想を得ている。わたしがこの本に負うところはじつに大きく、詩の難解な個所《かしょ》の解明には、わたし自身の注よりもむしろウェストン女史の本のほうが役立つと思う。この詩が解明の労に値すると思う読者に、女史の本(それ自体たいへん面白いものである)を推薦する所以《ゆえん》である。もう一つ、わたしが広い意味で恩恵をこうむっている人類学の本がある。われわれの世代に深い影響を与えた『金枝篇』で、特にわたしが参考にしたのは、アドニス、アッティス、オシリスを扱った二巻である。これらの本についてすでにご存じの読者には、わたしの詩の中にある植物神崇拝儀礼への言及個所は、すぐにそれとわかっていただけると思う。

I　死者の埋葬

二〇行　「エゼキエル書」二章一節。

二三　「伝道の書」一二章五節参照。

三一　〔ヴァーグナー〕『トリスタンとイゾルデ』一幕〔一場〕五―八行目を見よ。

四二　同書、三幕〔一場〕二四行目。

四六　タロット・カードの正確な内容については詳しくは知らない。わたしは自分の詩に都合のいいように利用している。〈首吊り男〉は伝統的なカードの一枚だが、二つの点でわたしの目的にかなうものであった。一つは、彼がフレイザー『金枝篇』の〈縊《くび》られた神〉とわたしの中で結びついていること、もう一つは、第V部における使徒たちのエマオへの旅を扱った一節のフードをかぶった人物と結びつくこと、である。〈フェニキアの水夫〉と〈商人〉は、もっとあとで現われる。「大勢の人びと」と「水死」は第Ⅳ部で実現する。〈三叉の鉾をもつ男〉（伝統的なタロット・カードの一枚）は、きわめて恣意的《しいてき》ではあるが〈漁夫王〉と結びつく。

六〇　ボードレール参照。

「雑踏する大都会、妄想で一ぱいな大都会、
ここでは幽霊が真昼間現われて道行く人の袖《そで》をひく！」〔堀口大学訳、新潮文庫〕

六三　ダンテ『神曲』「地獄篇」三歌五五―五七行目参照。

「すこぶる長い亡者《もうじゃ》の行列が続いたが
まさかこれほど大勢の人々を死神が滅《ほろ》ぼしたとは

私には信じられない気持だった。」〔平川祐弘訳、河出文庫〕

六四　ダンテ『神曲』「地獄篇」四歌二五―二七行目参照。

「ここでは聞えたところから察すると、
永劫《えいごう》の空気をふるわせてみな
溜息《ためいき》をついていたが、声をあげて泣いてはいなかった。」〔平川訳〕

六八　わたしがしばしば気づいた現象。

七四　ウェブスター『白い悪魔』〔五幕四場一〇三行目〕の〈悲歌〉参照。

七六　ボードレール『悪の華』序歌を見よ。

II　チェス遊び

七七　〔シェイクスピア〕『アントニーとクレオパトラ』二幕二場一九〇行目参照。

九二　**格天井**　〔ウェルギリウス〕『アエネーイス』一巻七二六行目を見よ。

「天井飾りにつりさがり、
燃える炬火《たいまつ》夜に勝つ。」〔泉井久之助訳、岩波文庫〕

九八　**森の情景**　ミルトン『失楽園』四巻一四〇行目を見よ。

九九　オウィディウス『変身物語』六巻ピロメラの節を見よ。

一〇〇　第Ⅲ部二〇四行目参照。

一一五　第Ⅲ部一九五行目参照。

一一八　ウェブスター「ドアの下から入る風だよ」〔『悪魔の訴訟』三幕二場一六二行目〕参照。

一二六　第Ⅰ部三七、四八行目参照。

一三八　〔トマス・〕ミドルトン『女よ、女に心せよ』の中のチェス遊び参照。

Ⅲ　火の説教

一七六　〔エドマンド・〕スペンサー「プロサレイミオン」を見よ。

一九二　〔シェイクスピア〕『あらし』一幕二場参照。

一九六　〔アンドルー・〕マーヴェル「恥じらう恋人に」参照。

一九七　〔ジョン・〕デイ『蜂の会議』参照。

「耳をすませば突然、聞こえるだろう、
角笛《つのぶえ》の音、狩りの音――アクタイオンが
水浴するディアナの泉にやってくるのだ、
女神が裸になって肌を見せているところに……」

一九九　この数行のもとになったバラッドがどこで生まれたのか、わたしは知らない。この歌のことは、オーストラリアのシドニーから聞いた。

三〇三　ヴェルレーヌ『パルシファル』を見よ。

三一〇　干し葡萄の価格は「ロンドンまで運賃、保険、無料」として見積もられていた。〈船荷証券〉その他の請求書は、一覧払い為替手形の支払い時に買主に手渡されることになっていた。

二一八　テイレシアスは単なる目撃者で「登場人物」ではないが、この詩の中の最も重要な人物として、詩の残余の部分をすべて結びつけている。干し葡萄の売人である片目の商人が、〈フェニキアの水夫〉に変容していくように、また、水夫が〈ナポリの王子ファーディナンド〉とはっきり識別できないように、詩の中のすべての女は一人の女、さらに男性と女性はテイレシアスの中で一つになる。つまり、テイレシアスの見るものが、この詩の主題なのである。オウィディウス〔『変身物語』〕からの引用は、人類学的に非常に興味深いものである。

「……たまたま、ユピテルは、神酒《ネクトル》に陶然として、わずらわしい悩みを忘れ、これも無聊《ぶりょう》をかこっていたユノーを相手に、くつろいだ冗談をとばしていたというのだ。ユピテルは『これは確かなことだが、女の喜びのほうが、男のそれよりも大きいのだ』といった。ユノーは、とんでもないとそれを否定する。そこで、もの知りのテイレシアスの意見を聞こうということになった。この男は、男女両性の喜びを知っているからだが、それにはわけがある。

あるとき、彼は、緑濃い森のなかで交尾している二匹の大きな蛇を、杖ではげしくなぐりつけたことがあった。すると、不思議なことに、男であったテイレシアスが女に変わり、そのまま七年間を過した。八年目に、ふたたび同じ蛇たちに出くわして、こういった。『おまえたちを打つことが、その人間の性を変えるほどの力を持っているなら、もう一度おまえたちを打つことにしよう』この同じ蛇をなぐりつけると、もとの姿がもどって来て、生まれた時の状態に返った。

いま、冗談めいた争いの裁定者に選ばれると、彼は、ユピテルの意見のほうを正しいとした。ユノーは、もともと大した問題でもないのに、必要以上に気を悪くして、その裁定者を罰し、彼の目を永遠の闇でおおった。しかし、全能の父なる神は――ある神がおこなったことを無効にすることは、どんな神にも許されないので――テイレシアスが視力を奪われたかわりに、未来を予知する能力を彼に与え、この恩典によって罰を軽くした。」(中村善也訳、岩波文庫)

二二一　この行は、サッポー(「ヘスペルス」と題する詩)からの引用とは見えないかもしれないが、わたしは日暮れに帰港する近海漁業の漁師や平底舟の船頭のことを考えていたのである。

二五三　ゴールドスミス『ウェイクフィールドの牧師』の中の歌を見よ。

二五七　『あらし』前掲を見よ。

二六四　聖マグナス・マーター教会の内部は、わたしの考えでは、〔クリストファー・〕レンの造った教会内部のうちで最も美しいものの一つである。『ロンドン・シティー内の十九教会取り壊し計画書』（P・S・キング出版社）を見よ。

二六六　ここから「（三人の）テムズの娘たち」の歌が始まる。二九二行目から三〇六行目までは、三人の娘が交代で語る話。『神々の黄昏《たそがれ》』〔ヴァーグナーのオペラ〕三幕一場の「ラインの娘たち」を見よ。

二七九　フルード〔Froude〕『エリザベス』一巻四章、スペインのフィリップ王に宛てたデ・クワドラ〔de Quadra〕の手紙を見よ。

「午後わたしたちは屋形船に乗って水上競技を見物しました。（女王は）ロバート卿とわたしだけを伴って舳《とも》におられました。そのとき軽い雑談が始まって、ロバート卿は、わたしのいるところで、女王にそのお気持ちさえあれば結婚をさまたげる理由は何もない、とまでおっしゃいました。」

二九三　ダンテ『神曲』「煉獄篇」五歌一三三行目参照。

「思い出してくださいませ、ピーアでございます。

シエーナで生まれました私をマレンマが死なせました。」〔平川訳〕

三〇七　聖アウグスティヌス『告白』の「わたしはカルタゴに来た。すると、わたしのまわり到るところに、恥ずべき情事の大釜がふつふつと音をたてていた。」(服部英次郎訳、岩波文庫)を見よ。

三〇八 仏陀の「火の説教」(これはキリスト教の「山上の垂訓」に匹敵する重要性をもつ)の完全なテキストは、故ヘンリー・クラーク・ウォレンによる『翻訳仏教経典』(ハーバード東洋叢書)に出ている。ウォレン氏は、西洋における仏教研究の偉大な先駆者の一人であった。

三〇九 ここも聖アウグスティヌスの『告白』からの引用。ここに挙げた東洋と西洋の禁欲主義の代表例二つは、詩のこの部分の究極的表現をなすもので、たまたま並べただけというものではない。

V 雷の言ったこと

第V部の冒頭では、三つのテーマが扱われている――エマオへの旅、〈危険堂〉(ウェストン女史の本を見よ)への接近、そして東ヨーロッパの現在の衰退、である。

三五七 これは、Turdus aonalaschkae pallasii という鶫の類《たぐい》(隠者鶫)の泣き声で、わたしはケベック地方でそれを聞いたことがある。チャプマン(『アメリカ北東部の鳥類ハンドブック』)はこう言っている――「この鳥は、人里はなれた森林地帯や樹木の繁茂した隠れやすいところを最も好む。……鳴き声は調子に変化があるとか声が大きいとかは言えないが、澄んだ音調とその美しさ、すばらしい抑揚は、他に類を見ない」。この鳥の「水滴の歌」が有名な所以《ゆえん》である。

三六〇　ここからの数行は、南極探検記の一つ（はっきりとは憶えていないがシャクルトンの探検記の一つだったと思う）の記述によって着想した。そこでは、探検隊員たちが体力の限界に達すると、現実に数えられる隊員の数よりもう一人多いという幻想に絶えずつきまとわれる、と述べられている。

三六六―三七六　ヘルマン・ヘッセの『混沌《こんとん》を見る』参照。「すでにヨーロッパの半分は、少なくともヨーロッパの東半分は、混沌への途上にある。人びとは聖なる幻想に酔い、奈落へと突き進んでいる。そして、歩きながら、ドミトリ・カラマーゾフが歌ったように、陶酔して賛美歌でも歌うように歌っている。その歌を、市民は不快を感じつつ笑い、聖なる預言者は涙しつつ聞いている。」

四〇一　「ダッタ、ダヤヅワム、ダミヤタ」（与えよ、相憐れめ、己を制せよ）。雷の意味の寓話が『ブリハッド・アーラニヤカ・ウパニシャッド』五・一（正しくは五・二）にある。翻訳はドイッセンの『ヴェーダのウパニシャッド六十篇』の四八九頁にある。

四〇七　ウェブスター『白い悪魔』五幕六場参照。

「……奴らはすぐまた結婚するさ、

蛆虫《うじむし》が経帷子《きょうかたびら》を喰い破るまえ、蜘蛛《くも》が
墓石に巣をかけるまえに。」

四二　ダンテ『神曲』「地獄篇」三三歌四六行目参照。
「その時この恐ろしい塔の下の扉を
釘《くぎ》づけにする音が聞えた。」（平川訳）
また、F・H・ブラッドリーは、『現象と実在』の三〇六頁でこう言っている。
「わたしの外に現われる感覚は、わたしの思考やわたしの感情に劣らずわたしだけのものである。どちらの場合も、わたしの経験は、外の世界と接しつつそれ自体閉じたわたし個人の円周内の出来事である。つまり、その構成要素は似たものでありながら、すべての円周はそれぞれ、まわりの他の円周にとっては不透明なのである。……要するに、一個の魂の中に現象する存在として見れば、個々人にとって全世界はその魂にとって独自なもの、その人だけのものである。」

四四　ウェストン『祭祀からロマンスへ』の〈漁夫王〉の章（九章）を見よ。

四七　ダンテ『神曲』「煉獄篇」二六歌一四八行目を見よ。
「『貴君《あなた》を階《きざはし》の頂へ導き給ふ御力《みちから》によりまして
貴君にひとつお願ひがございます。その節にはなにとぞ私の苦しみをお想ひ起しくださりませ』
というと、彼は彼らの罪を浄める火の中へ姿を消した。」〔平川訳〕

四二八　『ヴィーナス前夜祭〔Pervigilium Veneris〕』を見よ。『荒地』第Ⅱ部、第Ⅲ部のピロメラ参照。

四二九　ジェラール・ド・ネルヴァルのソネット「遺産を奪われた者〔El Desdichado〕」を見よ。

四三一　〔トマス・〕キッド『スペインの悲劇』を見よ。

四三三　シャンティ　『ウパニシャッド』〔『カータカ・ウパニシャッド』〕の結語で、ここでと同じように反復される。われわれの言葉で言えば、「知的理解を超えた平安」ということになろう。

訳注

『プルーフロックその他の観察』（*Prufrock and Other Observations*）より

〈献辞〉　**ジャン・ヴェルドナル**　一九一〇年、パリでエリオットが知り合った友人。フランス人の医学生で、エリオットと同じペンションに住んでいた。「ダーダネルス海峡で歿した」の原語は'mort aux Dardanelles'で、フランス語。

エピグラフ　ダンテ（一二六五―一三二一）の『神曲』「煉獄篇《れんごく》」二一歌一三三―一三六行目からの引用（"Or puoi la quantitate/comprender dell'amor ch'a te mi scalda, /quando dismento nostra vanitate, /trattando l'ombre come cosa salda."）。訳は平川祐弘訳（河出文庫）による。煉獄にいるローマの詩人スタティウスの魂が、師ウェルギリウス（前七〇―前一九）の姿を見てうれしさに身をかがめ、その脚を抱こうとしたとき、その身が実体をもたぬ影であることを師に諭されて言う言葉。エリオットは、自分が身を置く現実世界を影とみなし、自分をスタティウスに擬して、より真実の世界にいる友人ジャン・ヴェルドナルへの愛を表明している。

詩集の題としては、普通なら「プルーフロックその他の詩」とあるべきところ。「観察」

となっているのは、ここに集められたエリオットの詩が、詩人による現実世界の「観察」の記録であって、ロマン派の詩人に見られるような強い感情の発露ではないということである。

J・アルフレッド・プルーフロックの恋歌
(The Love Song of J. Alfred Prufrock)

一九一〇年、ハーヴァードで書き始められ、一九一一年夏、ミュンヒェン訪問のとき完成。一九一五年六月、『ポエトリー(*Poetry*)』(シカゴ)に発表。

エピグラフ　ダンテ『神曲』「地獄篇」二七歌六一―六六行目のグイド・ダ・モンテフェルトロ(一二二三―一二九八)の告白からの引用("S'io credessi che mia risposta fosse/a persona che mai tornasse al mondo, /questa fiamma staria senza più scosse. /Ma per ciò che giammai di questo fondo/non tornò vivo alcun, s'i'odo il vero, /senza tema d'infamia ti rispondo.")。訳は平川訳による。彼は知を悪用した罪のために地獄の苦しみを負わされており、このエピグラフは、「J・アルフレッド・プルーフロックの恋歌」が単なる「恋歌」ないし「求愛できない男の独白」ではなく、もっと真剣な告白であることを暗示している。

一行　**じゃあ、行こうか、きみとぼくと**　「きみとぼく」は、今まで話し合っていたらしい。「きみ」とは「友人」だとエリオット自身が言ったことがあるが、一九六二年には、プルーフロックは四十歳くらいの男で、いくぶん自分自身だと言い、自己分裂の概念を認めている。つまり、この詩はプルーフロックの二つの自我――社会的自我と内面自我、対世間的自意識と性的自我――の内面対話／独白である。「半ば人通りの絶えた通り」を歩きながら、二人（二つの自我）の議論が続くのである。二つの自我の問題は、アンリ・ベルクソン（一八五九―一九四一）が『時間と自由（意識に直接与えられているものについての試論）』（一八八九年）で論じている日常的自我と深層自我とも関わる。

三　**手術台の上の麻酔患者**　昼とも夜ともつかぬ時刻に、生きているとも死んでいるともつかぬ無気力な人間のイメージ。この詩の憂鬱《ゆううつ》なムードを予告している。

一三　**女たち**　訪問先は社交界の教養ある女たち。プルーフロックは求愛しようか、それとも……と迷っている。

一四　**ミケランジェロ**　イタリアの彫刻家、画家、詩人（一四七五―一五六四）。ミケランジェロの話題は「女たち」のスノビズムを暗示する。

一五―二三　**窓ガラスに……眠りこんだ**　静かな夕方の裏通りを流れる霧を、一貫して猫の比喩で語っている。カール・サンドバーグ（一八七八―一九六七）の『シカゴ詩集』（一九一六年）所収の短詩「霧」に、「霧が来る／小さな猫の足どりで」という行がある。

二三-四八　じっさい、まだ……修正の時間が　「伝道の書」三章一―八節「天《あめ》が下の萬《よろづ》の事には期《き》あり　萬の事務《わざ》には時あり　生《うま》るゝに時あり死ぬるに時あり　植うるに時あり植ゑたる者を抜くに時あり……戦ふに時あり和《やはら》ぐに時あり」の変奏。アンドルー・マーヴェル(一六二一―一六七八)の詩「恥じらう恋人に」における時間の観念が、この一節の背景にある。マーヴェルの恋人は、「もし充分な世界と時間があれば」いつまでもきみの美しさを讃えているが、「翼ある〈時〉の凱旋車《がいせんしゃ》の急ぎ来る音」が聞こえるから、と言って女に愛の行為を迫るが、エリオットのプルーフロックは「まだ時間はあるさ」と言っていつまでも決断をのばす。

二九　日々の手仕事のための時間　原文の‘works and days’という句は、ヘシオドス(前八世紀頃)の『仕事と日々』への言及。

三八　「やってみようか?」……と迷う時間　ハムレット的「優柔不断」の時間。

四二　ぼくのモーニングは……くっついている　カトリックの僧服のように謹厳な感じ。

五一　自分の人生……量《はか》ってあるんだ　自分の人生には壮大な野心も希望もない。日常的卑俗と矮小《わいしょう》を出られない人生の見通しを優れて機知に富むイメージでとらえている。

五三　絶え入るように消えてしまう声　原語は‘the voices dying with a dying fall’で、シェイクスピア(一五六四―一六一六)の『十二夜』の冒頭、恋のメランコリーに陥ったオーシーノウが、静かな音楽の「絶え入るような調べ」に感傷的になるときの台詞《せりふ》の引喩。

㊂　ブレスレット……白い腕　ジョン・ダン（一五七二―一六三一）の詩「聖遺物」の「骨に巻きつけてある金髪のブレスレット」から。エリオットは「形而上派詩人論《けいじじょうは》」（一九二一年）でダンのこの一行を引用し、「ここでは『輝かしい髪』と『骨』にまつわる連想の唐突な対照によって、この上なく力強い効果が生み出されている。いくつかのイメージや増幅された多くの連想を圧縮するこのやり方は、ダンと同時代の劇作家たちの用いた語法の特徴となっている」と述べている。

七三―七四　いっそぼくなんか……這《は》えばよかったんだ　「蟹のはさみ」は、下等生物の、しかも肢体の一部として、プルーフロックの「自我」の卑小さを暗示する。この二行は、シェイクスピアの『ハムレット』二幕二場「きみも蟹のように後ろ向きに歩くことができれば、ぼくと同じくらいの齢《とし》になるさ」への言及と言われるが、むしろヘンリー・アダムズ（一八三八―一九一八）の『ヘンリー・アダムズの教育』（一九一八〔私家版一九〇七〕年）三〇章の「わたしはクィンシー湾のカブトガニにでもなったほうがよかった」への引喩と考えるべきである。そうとれば詩の結末の女たちのイメージにも合致する。一四一頁参照。

七五―七八　午後の時間……きみとぼくのそばで　「時間」が（一五―二二行の「霧」のように）猫のイメージで語られ、愛撫《あいぶ》されて眠っている。

八一　泣いて断食もし……祈りもし　「サムエル後書」一二章一二節「彼等……哭《な》きかなしみて晩《よひ》

まで食を断《た》てり」から。

八二　首をのせた大皿　預言者ヨハネの生首をのせた大皿は、「マタイ伝」一四章三―一一節、「マルコ伝」六章一七―二八節に言及がある。また、オスカー・ワイルド(一八五四―一九〇〇)の劇『サロメ』(一八九三年)の中の洗礼者ヨハネを思い出させる。もちろん、美と力と愛に見放された男プルーフロックは、ヨハネのような「預言者」でも、美女サロメに言い寄れるような魅力のある男でもない。ここはもちろんアイロニー。

八三　所詮ぼくは預言者じゃない　「アモス書」七章一四節に「我は預言者にあらずまた預言者の子にも非《あら》ず」とある。

八五　永遠の〈従僕〉　生涯、自分をはなれることのない自意識。または〈死神〉。ジョン・バニヤン(一六二八―一六八八)の『天路歴程』(一六七八、一六八四年)の「天国の従僕」からか。

九二　大宇宙を丸めて一つに固め　マーヴェルの「恥じらう恋人に」では、男は〈時〉は短いから、さあ、今すぐ「ぼくらの力と青春を／丸め一つの弾丸にして」爆発させよう、と愛をうながす。マーヴェルの恋の詩の引喩によって対照的にプルーフロックの卑小な自我、疎外、孤独が強調されている。アーサー・シモンズ(一八六五―一九四五)は『象徴主義の文学運動』(一八九九年)の「ジュール・ラフォルグ」の章に、「ラフォルグの場合、世界をボールにして遊び始めるまえに、世界から感情を絞り出してしまう」と書いている。

九四‐九五　**われは死から甦《よみがえ》りしラザロなり……いざ語らむ**　「ヨハネ伝」一一章一―四四節のラザロはマリアとマルタの兄弟でイエスによって復活させられた人（「ルカ伝」一六章一九―三一節の貧者ラザロは、富者が死んで炎の中で苦しんでいるのに、アブラハムの胸に抱かれた）。死者の告白は、エピグラフのダンテ『神曲』「地獄篇」からの引用とひびき合う。プルーフロックは死から甦ったラザロでもあり、グイド・ダ・モンテフェルトロでもある。

一〇五　**神経組織**　シモンズ『象徴主義の文学運動』の「ジュール・ラフォルグ」の章に「ラフォルグのこの芸術は神経の芸術である。もしわれわれが、神経がどこに向かおうとその跡を追いつめれば、すべての芸術はそこに赴《おもむ》くのである」と記している。

一一一　**おっと、ぼくはハムレット王子なんかじゃない**　プルーフロックは、自分の遅疑逡巡がハムレットに似ていると気づいて、あわてて自己卑下にもどる。この行で始まる一節は、エリオット自身、ジュール・ラフォルグ（一八六〇―一八八七）の影響があると認めている。ダンテ『神曲』「地獄篇」二歌三二行目に「私はアエネアスではありません、パウロではありません」（平川訳）とあり、また、ウォルター・ペイター（一八三九―一八九四）の『鑑賞論集』（一八八九年）の「シェイクスピア劇のイギリス国王たち」の章には、「いや、シェイクスピア劇のイギリス国王たちは、偉大な人物ではないし、そんな柄でもない」とある。

一一三‐一一九　**むしろ近習《きんじゅう》……ほとんど〈道化〉**　〈道化〉はシェイクスピアの『リア王』や『十二

夜』に見られるような「宮廷道化」——王のそばに仕えて機知ある冗談で楽しませるエンターテイナーで、王のための「魔除け」とも見られていた。プルーフロックは、『ハムレット』の中の世俗的で浅薄で格言好きの廷臣ポローニアスを〈道化〉と見て、自分を彼と引きくらべ、自嘲している。

二七　**格言、警句を振りまわし**　ジェフリー・チョーサー(一三四三頃—一四〇〇)の『カンタベリー物語』(一三八七頃—一四〇〇年執筆)の「総序の歌」三〇六行目に似た言葉があるが、ここでは『ハムレット』のポローニアスの台詞、特に一幕三場で、フランスに出かける息子レアティーズに教訓を垂れる台詞を思い出すべきである。

三一　**ズボンの裾《すそ》を折り曲げる**　齢《とし》でからだが縮《ちぢ》んできたから。裾を折り返したズボンが流行していたのは皮肉。

三三　**髪を後ろで分けようか?……食ってやろうか?**　ハーヴァード時代の友人コンラッド・エイキン(一八八九—一九七三)によれば、仲間の一人がフランスから帰ったとき、髪を後ろで分けていたという。大胆なボヘミアンのスタイル。「桃」には性的含意がある。小心なプルーフロックは些細《ささい》なことを大袈裟《おおげさ》に考えて逡巡していて、「ズボンの裾を折り曲げ」て海岸を歩くだけ。裸になって人魚の「海」に入る勇気はない。

三四　**人魚たち**　客間の婦人たちを指す。七三—七四行目の注でふれたように、『ヘンリー・アダムズの教育』に「女は過去にそうしていたように、未来においてもガー（硬鱗魚《こうりんぎょ》）や鮫《さめ》と一緒に大海を泳ぎまわることだろう」（三〇章）とある。「海」は生命の象徴、「女」は生命力そのもの。「人魚たちの歌」には、ジョン・ダンの「行ってとらえよ、流れ星」で始まる詩の「人魚」の連想もあるが、ホメロスの『オデュッセイア』一二歌で、航海中のオデュッセウスを歌で魅惑し殺そうとするセイレン（上半身は女で下半身は鳥の形をした怪物）たちを強く連想させる。オデュッセウスは船を漕ぐ部下たちの耳を蠟《ろう》でふさぎ、自分のからだを帆柱に縛りつけさせて、セイレンのいる海を通り過ぎた。

一三〇　**人魚たちのそばで**　シモンズは『象徴主義の文学運動』の「ジェラール・ド・ネルヴァル」の章の結末で、ネルヴァル（一八〇八―一八五五）の「人魚の泳ぐ洞窟で、わたしは夢を見た」という行を引用している。

一三一　**つまるところ……溺れることになるのだ**　現実世界の人間（客間の婦人たち）に会って、プルーフロックの「海の部屋」の白昼夢はさめる。詩冒頭の「きみとぼく」を、プルーフロックの分裂した自我、つまり、彼の性的自我と、世間の嘲笑《ちょうしょう》を恐れる世俗的自我と考えると、詩の結末で彼の自己分裂はいったん社交的会話の波に「溺れ」、内面自我は意識下に消える。初めの「きみ」を読者への呼びかけと取り、結末の「ぼくたち」を、プルーフロックと読者を含めて「近代人」一般と読むと、この詩の文明批評としての意味の層が見えてくる。この場合、生命の海から隔離された「ぼくたち」の不安と方向喪失は、マシュー・アーノルド(一八二二―一八八八)の詩「ドーヴァーの渚」の中の、かつては潮が満ちていた「信仰の海」と関わることになり、詩は、信仰を失った近代人の不安と彷徨《ほうこう》に対する警告と読める。

【鑑賞】「プルーフロック」という名前は'Prudence in frockcoat'つまり「フロックコートを着た〈慎重居士《こじ》〉」を暗示し、几帳面《きちょうめん》で万事に及び腰の小心男を連想させる。エピグラフにおけるダンテからの引用が地獄に堕ちたグイドの告白だということから考えると、この詩はプルーフロックの憂鬱、孤独、閉塞感《へいそくかん》の告白だと見てよいが、ここではもう少し深く読んでおこう。題は「J・アルフレッド・プルーフロックの恋歌」となっているが、これは詩の中で繰り返し(一二三―四八行目と九二行目)言及されるマーヴェルの「恥じらう恋人に」のような、普通の意味での「恋の歌」ではない。マーヴェルでは〈時〉は短く、死の「永遠の沙漠《さばく》」の到来は近いのだから、さあ、今すぐ「ぼくらの力と青春を/丸め一つの弾丸にして/激しい歓びで/人生の鉄の門を突き破ろう」と、若者が情熱的に恋人に愛を迫るのに対し、エリオットのプルーフロックは「大宇宙を丸めて一つに固め/何か途方もない大問題のほうへ転がして」と、マーヴェルに似た語彙《ごい》を使いながら、愛を告白する情熱も勇気もなく、躊躇《ちゅうちょ》、逡巡に終始している。

この詩は、女たちのいる社交の部屋から疎外された中年男の欲求不満、孤独、憂鬱の詩であり、「恋の歌」ではなく、むしろ「嘆きの歌」である。これが「ジュール・ラフォルグの直接の影響下に書かれた」とは多くの批評家の認めるところだが、エリオットがシモンズの『象徴主義の文学運動』から学んだラフォルグの喜劇的でシニカルな会話文体と、憂鬱ないし悲哀のこもった倦怠《けんたい》は明らかで、この詩の心情も技法もラフォルグ的であり、エリオットの「恋の歌」はラフォルグの「嘆き節」と同じ、ヨーロッパ中世以来の「嘆きの歌（complaint）」の伝統（一例はシェイクスピアの「恋する者の嘆き」）に属するものなのである。

詩の中で、プルーフロックも、ラフォルグの愛した『ハムレット』に言及しているが、プルーフロックの憂鬱はまたヘンリー・アダムズの憂鬱に似ている。エリオットはハーヴァードの学生時代、『ヘンリー・アダムズの教育』に圧倒的な影響を受けたが、その中のアダムズも、プルーフロックと同じように、社交界の不安におびえ「カブトガニになりたい」といった男であり、太古以来変わらぬ女性の生命力におびえる男であった（七三―七四行目の注参照）。「ワシントンにおいてさえ、社交界はこれ以上、思い悩みようもないほど不安であった。わたしはクィンシー湾のカブトガニにでもなって、すべては同じ、何ひとつ変わりはしない、女は過去にそうしていたように、未来においても相変わらずガー（硬鱗魚）や鮫と一緒に大海を泳ぎまわっていることだろうと考えたほうがよかったのだ」（『ヘンリー・アダムズの教育』三〇章）。アダムズにとってもプルーフロックにとっても、女は魚類と同じ永遠の生命力であり、生命の源である水あるいは海の中を泳いでいるのに対し、プルーフロックはただ「ズボンの裾を折り曲げ」て波打ち際を歩くだけである。

『ヘンリー・アダムズの教育』がヨーロッパ近代の歴史の驚くべき加速の中で方向を見失った一人の近代人の自画像であるとすれば、エリオットの「プルーフロック」もまた、信仰と情熱を失ってさまよう近代人の肖像である。あるいは、それは、マシュー・アーノルドが「ドーヴァーの渚」で

信仰の海も
かつては潮が満ち、世界の岸辺を
輝く帯のように 襞《ひだ》となってとりまいていた。
だが、いま聞こえるのは
憂鬱な、長く続く引き潮の怒号ばかり。

と「信仰の海」の退潮を嘆いた詩と同じ近代人のメランコリーの詩であると言える。

この詩の憂鬱についてのもう一つの見方は、エピグラフから与えられる。エピグラフは、詩の語り手プルーフロックがある意味でダンテの煉獄にいることを暗示しているが、煉獄において死者が生者に語るという情況は、詩の中のラザロの言葉「われは死から甦りしラザロなり」でも確認される。煉獄という地獄でも天国でもないところは、昼と夜の、意識と無意識の、生

と死の、境をさまよう人間としてのプルーフロックのあり方につながる。「ボードレール論」（一九三〇年）でエリオットは言っている。「人間であるかぎり、われわれのすることは善悪のどちらかである。善か悪をするかぎり、われわれは人間である。逆説的な言い方だが、何もしないよりは悪をしたほうがいい。そのとき、少なくともわれわれは存在する。たしかに人間の栄光は救済を受けることができる点にあるが、堕地獄の罰を受けることができる点にあることもまた確かである。」

　ここにある考え方からすれば、善も悪もなし得ぬプルーフロックは、地獄に堕ちる資格もないことになる。だが、プルーフロックの憂鬱に似たボードレール（一八二一―一八六七）のアンニュイについて、エリオットは次のようにも言っている。「どんなことも心理学的、病理学的に説明できるように、ボードレールのアンニュイもそれで説明できるであろうが、反対の立場から見れば、それは霊的な生命を求めて苦闘し、そこに到達できなかったことから来る種類の真の無気力である。」プルーフロックは、「ヨハネ黙示録」に言う「生ぬるい」状態（「なんぢは冷《ひやや》かにもあらず熱きにもあらず……ただ微温《ぬる》きが故に、我なんぢを我が口より吐き出《いだ》さん」（三章一五―一六節）にありながらも、ラザロを思い、預言者ヨハネを思い、地獄を思い、つねに「生ぬるい」現実を越えた彼岸に思いをはせている。プルーフロックの「無気力」は、「ボードレール論」に言う「真の無気力」なのかもしれない。プルーフロックの求めているものは、恋ではなく、もっと深い層における精神的価値なのかもしれない。そういう意味の層もこの詩には読みとれる。

ある婦人の肖像(Portrait of a Lady)

第Ⅰ部は一九一〇年十一月、第Ⅱ部は一九一〇年二月、第Ⅲ部は一九一一年十一月の作。一九一五年九月、『アザーズ(*Others*)』(ニューヨーク)に発表。

エピグラフの『マルタ島のユダヤ人』(一五八九年)は、クリストファー・マーロウ(一五六四—一五九三)の悲劇(エリオットによれば「野蛮な喜劇」)。引用の三行は、ユダヤ商人バラバスが過去に犯した女性凌辱《りょうじょく》の罪を告白するよう修道士にうながされ、言い逃れしようとしている台詞《せりふ》(四幕一場)。

第Ⅰ部は、ある年の十二月の午後、詩の語り手の青年が女性の客間を訪れたときの回想。場所はボストン。エリオットの学生時代からの友人コンラッド・エイキンによれば、この詩にはエリオットの個人的体験が織り込まれている。青年の訪問は、二人がショパンのピアノ・コンサートに行って数日経《た》ってからのことらしい。会話の中の女性の言葉だけが「　」を使った直接話法で書かれ、男の思いは地の文として書かれている。この形式はラフォルグの「ピエロ閣下のもう一つの嘆き節」（詩集『嘆き節』〔一八八五年〕所収）の模倣である。

六行　**ジュリエットの墓**　シェイクスピアの『ロミオとジュリエット』で、恋人たちに味方してくれる神父のくれた眠り薬を飲んでジュリエットは仮死状態になる。死んだものと思われた彼女は一族の霊廟《れいびょう》に葬られるが、そこは世間から隔離された暗い陰気な場所。「ある婦人」の客間は贅沢《ぜいたく》な調度でととのえられているが、暗い閉じられた空間で、ジュリエットの墓への言及は、詩の語り手と「ある婦人」が「不運な星」の下《もと》にあることを予感させる。

九　**〈プレリュード〉**　ポーランドの作曲家フレデリック・ショパン（一八一〇―一八四九）のピアノ曲。男と女を結びつけたのは音楽の趣味であったらしい。

二六　**悪夢**《コシュマール》　原語は'cauchemar'で、フランス語。ラフォルグから。

三一　**ぼくの頭の中で鈍いトン・トンという音**　女の話し声がヴァイオリンとコルネットの小曲のようにひびくのに対して、それとは不調和な太鼓を思わせるトン・トンという単調な音が、男の頭の中で鳴りだす。男は女の話にいらいらしている。

三五　**「調子はずれ」**　真剣な思いをこめた女の声の「ヴァイオリンの旋回音とコルネットの小曲」のひびきと男の「自分勝手なプレリュード」は調子が合わない。

三六―四〇　**外の空気に……飲みましょう**　客間の鬱屈した空気から逃れたいという男の心の中の思い。男は広場と酒場の男性的時間に回帰したいのである。

第II部は、「ある婦人」との翌年四月の再会の回想。ライラックとヒアシンスの香り。

四一　**ライラック**　ライラックは、青春、初恋、春、の象徴。

四六　**ライラックの花の枝《え》をゆっくりねじりながら**　男との感情的なつながりを求める女の挫折感と、男の側の違和感を暗示する。

四七　**人生を……こぼしてる**　エロティックなイメージ。この男の人生も、女の人生と同じように侘《わび》しく不毛である。

五三　**埋《うず》もれた人生**　原語は'buried life'で、マシュー・アーノルドの詩「埋もれた生」から来たものらしい。アーノルドでは「埋もれた生」は、われわれの「鼓動する心臓の神秘」、「胸の中の深いところを流れる生の川」を指すが、エリオットでは、もっとシニカルに、世間から隔離されて生きてきた女の過去の時間、その記憶と欲望を言っている。

〃　**パリの〈春〉**　成人して世間を知り幻滅を感じているこの女性は、ヘンリー・ジェイムズ(一八四三—一九一六)の小説『ある婦人の肖像』(一八八一年)のイザベル・アーチャーを思わせる。イザベルは美しいアメリカ女性。イタリアで不幸な結婚をする。

五七　**調子はずれのヴァイオリンの執拗なひびき**　女の声は(一九行目では「ヴァイオリンの旋回音」だったが)青年の耳に再びくどくどしくひびく。男には女の好意を率直に受け入れる気はない。

六一　**アキレス腱**　強い人の弱点を言う。アキレウスは、トロイア戦争を歌ったホメロスの叙事詩『イリアス』に出てくるギリシア軍の英雄。母である海の女神テティスは、赤ん坊のアキレウスを不死身にするために冥府の河ステュクスに浸《ひた》したが、そのとき右の踵《かかと》をつかんでいたので、そこだけ不死身にならなかった。「婦人」は、自分の孤独、寂しさを訴えて男の心に食い込もうとするが、どこを攻めても男の共感が得られないと感じている。

六七　**旅路の果てに近づいてる一人の女**　婚期を過ぎようとしている女。

七〇　**臆病な気休め文句**　女の気持ちを汲《く》んで真剣に慰めれば二人の関係が深まるかもしれないと、男は恐れている。

七一–七六　**きっと朝はいつも……そんな記事**　男の心の中の思い。彼は女性の気どった会話と嬌《きょう》態《たい》についていけないで、新聞のスポーツ欄や三面記事を熱心に読む低俗な人間としての心理的ポーズをとる。

七五　**ポロネーズ**　原語は‘Polish dance’で、三拍子のゆったりした感じのポーランドの舞踊。十九世紀に流行した。第Ⅰ部の「ショパン」と「ポーランド人ピアニスト」に呼応する。

七九–八二　**ただ、手回しオルガン……ときは別**　「婦人」の声の「ヴァイオリンのひびき」（五七行目）や彼女が手にしたライラック（四二―四三行目）ではなく、低俗な手回しオルガンの音とヒアシンスの匂いが一瞬、男に思い出させるもの、そして「世間の人が欲しがったもの」とは、人間一般がもつ「欲望」あるいは「記憶と欲望」(『荒地』第Ⅰ部の一―四行目と「ヒアシンス娘」の一節(三五―四〇行目参照))であろうか。手回しオルガンの音は、卑俗なるものへの憧れと恐怖を呼び起こす。

八三　**こんな考えは間違ってるだろうか？**　女の情緒的欲求に対し、男は冷たく「理性的」に、あくまで情況に巻き込まれまいとしている。

第Ⅲ部は、同じ年の秋の再会。第Ⅰ部から一年近く経《た》っている。エリオットがフランス留学のためアメリカを離れたのは一九一〇年十月。この詩の第Ⅲ部には詩人の自伝的要素が含まれている。

八四-八七　**十月の夜が……よじ登ってきた気分だ**　留学のため外国に行くことになったから、と別れを告げに来たのである。これで無難に女との関係を断つことができるかどうか、階段を昇る青年の気は重い。男は、強いて言えばベアトリーチェのところに向かうダンテのように(ダンテほど真剣にではないが)罪を悔いながら「婦人」の部屋に昇っていく。

九二　**骨董品《こっとうひん》たち**　原語は'bric-à-brac'で、フランス語。

九三-九四　**お手紙……一瞬ゆらぐ**　きっぱり手を切ることができないかもしれぬという不安が適

中する。

九九─一〇一　**ぼくは感じる……闇《やみ》の中にいるんだ**　男は、女の強い思いに対する自分の冷たさに気がとがめ、場違いな微笑を浮かべてしまったような気まずさを感じて動揺する。男が女を棄てたのだという印象を、女はついに男の心に刻みつけたのである。ついにアキレス腱を射当てたのだ。だが、男は「人間はみんな闇の中」、つまり人は誰でも自分のしていることを正しくは認識していないのだという一般論で、自分の動揺をおしつぶそうとする。

一〇七　**今だって……しれませんわ**　女は青年と結ばれる可能性を諦《あきら》めたくない。女にこう言われて、男はなんとか取り繕《つくろ》わなくては、とあせる。

一〇九　**仮面**　男は女に本心を語らない。あくまでも不作法、無責任とは思われたくないのである。

一一三　**外の空気に……ぼうっとしてきちゃった**　男は女の未練を無情な言葉で振りきれなくて、女のまえから逃げ出したいと思う。

一二四　**もし彼女が死んでしまったら**　ラフォルグの「ピエロ閣下のもう一つの嘆き節」の「ついにある晩、もし彼女がぼくの本の中で死んだら」の行が反響しているとされる。シモンズは『象徴主義の文学運動』のラフォルグの章でこの詩を引用している。

一三三　**「漸次弱音終止《ダイイング・フォール》」**　原語は'dying fall'である。「J・アルフレッド・プルーフロックの恋歌」の五三行目の注参照。

二四　**ぼくに微笑む権利はあるのだろうか?**　男は、婚期を逃しそうになっている女性の求愛を受けとめないまま彼女から離れ、そして、もし彼女が死んだら自分は冷静でいられるだろうか、と考える。

【鑑賞】　語り手の男は、三回、女性を訪問する――クリスマスの季節と、春と、秋と。

第Ⅰ部は、霧立ちこめる十二月のニュー・イングランドの町。「ある婦人」の客間。話題はショパンの音楽から「友情」へと続く。だが、女と男の会話はしっくり嚙み合わない。女の「友情」は、彼女の思うようには男に受けとめられない。二人の心情の不調和は、音楽のメタファーで語られている。

第Ⅱ部は、春が来て、再会。ライラックのイメージに始まり、四月の夕暮れの雰囲気の中、「パリの〈春〉」への言及をまじえた女のおだやかな求愛は、またも成就《じょうじゅ》を見ないまま、ヒアシンスの香りで締めくくられる。「わたしの埋もれた人生、パリの〈春〉」(五三行目)には、ヘンリー・ジェイムズの『大使たち』(一九〇三年)五章の影響があるかもしれない(Smith)。

第Ⅲ部では、男は女の愛情がひたむきであることに良心の呵責《かしゃく》を感じ始める。「お手紙くださいね」と、諦めず男の愛にとりすがる女心に男はついに動揺し、冷静を保てなくなる。男の心理的動揺が、いわば人間的「理性」の喪失として動物のイメージで表現される――四つん這いで階段を登る、置物たちの間にばったり倒れる、熊か鸚鵡《おうむ》か猿に変身したいと思う。

この詩の題は、ヘンリー・ジェイムズの小説『ある婦人の肖像』(*The Portrait of a Lady*)に似ているが、アイロニーを含んだ語り口もまたジェイムズ的である。また、これは「ある婦人の肖像」であると同時に「ある青年の肖像」でもある。詩の語り手の青年は、ボストン社交界の「上品さ」を身につけ、卑俗さをおそれ、「体面」に執着し、プルーフロックと同じように社交的に不器用で、そのため結局、女に対して残酷な結果を招いてしまう。女と男の感情的不調和は、第Ⅰ部だけでなく、第Ⅲ部まで一貫して音楽のメタファーで表現されている。ヴァイオリンとコルネット、太鼓のようなトン・トンのひびき、執拗なヴァイオリン、大道芸人の俗悪なピアノ曲、動物の鳴き声、「漸次弱音終止《ダイイング・フォール》」など。

詩の結末の「漸次弱音終止《ダイイング・フォール》」と「微笑む権利」の含む意味は、深刻である。青年と親密になりたがっていた「ある婦人」がもし死んだら、彼女の求愛に応えなかった青年は罪を感じるべきではないか、彼女を心理的に凌辱した青年は、女を凌辱して棄てた『マルタ島のユダヤ人』のバラバスと同じように責められるべきではないのか。外国に身を置いたとしても、やはり罪は逃れられないのではないか。良心の呵責を、男はいったんは「人間はみんな闇の中」という一般論で揉《も》み消すが、最後には「漸次弱音終止《ダイイング・フォール》」という音楽メタファーで揉み消そうとしても揉み消しきれない。詩の最後の一行には、罪意識におびえるピュリタンの心情が表われている。

前奏曲集 (Preludes)

ⅠとⅡは一九一〇年十月、エリオットがハーヴァードの学生のころ書かれた。Ⅲは一九一一年七月にパリで、Ⅳは一九一一年十一月頃にハーヴァードで書かれた。ⅠからⅣをまとめた形では、一九一五年七月、『ブラースト(*Blast*)』(ロンドン)に発表。

一―一三行　冬の夕闇《ゆうやみ》が……灯《あか》りがともる　暗い季節、陰気な天候、気の滅入《めい》る時間、汚い裏通りの情景は、フランス象徴派の影響であろう。ボードレール的観察。文体はイマジスト風。イマジズムとは、一九一二年頃、アメリカの詩人エズラ・パウンド(一八八五―一九七二)によって始められた新しい詩をめざす運動。一九一四年頃からはエイミー・ローウェル(一八七四―一九二五)が運動の中心になった。明確なイメージを提示すること、むだな形容文句を拒否すること、を主張した。日本の俳句の影響があったという。有名な例にパウンドの次の短詩「地下鉄駅で」(一九一二年)がある。

群集の中に浮かび出る顔、顔、顔
ぬれた黒い太枝についた花びらたち。

一九―二〇　**この世の仮面劇を……演じ始めると**　都市の朝、昨日と同じ一日が動き始める。意識に浮かぶのは人間たちではなくて、ビールの匂い、多くの泥足、無数の手。

二一―二三　**目に浮かぶのは……押し上げている**　人間を非人格化して、からだの部分を勝手に動くもののように見ている。

二四―二八　**きみは毛布を……握りしめたり**　「光が鎧戸の隙間から這い上がり……雀たちの声がする」時間の、都市の裏通りに住む女の目覚めの観察。シャルル＝ルイ・フィリップ（一八七四―一九〇九）の小説『ビュビュ・ド・モンパルナス』（一九〇一年）を強く連想させる。

二七―二八　**きみの魂を構成する無数の／薄ぎたないイメージ**　意識をイメージに翻訳している。あるいは、よごれた精神を言うために、その「客観的相関物」を提示している（「客観的相関物」とはエリオットの造った用語で、観念や感情を表象する具体的なイメージや事件の連鎖）。

三三―三四　**街路自身さえ……ヴィジョン**　認識する精神をもっている街路のヴィジョンを、人間が摑んだ、というのである。人間と街路の相互浸透。

四〇　**彼の魂**　「街路の魂」である。「広い空にぴんと張」った「彼の魂」は、「J・アルフレッド・プルーフロックの恋歌」冒頭の「空に広がる薄暮」のイメージの反復である。街路はまた「良心」（四七行目）をもっている。

四三–四七　**しつっこい足……街の良心**　足、指、目が、人格から独立したもののように扱われ、それと並べられた「街の良心」まで一つの「もの」と見えてくる。ベルクソンの言う「イマージュ(image)」の集合としての「記憶」の客観的相関物。

五〇–五一　**何かしら限りなく……苦悩しつつあるもの**　汚いイメージにからみつく想念が「限りなく優しく／限りなく苦悩」している、というのである。ここの「もの(thing)」は、感情をこめて「ひと」のことを言っているとも取れる。この憐れみの感情は、エリオットが兄のヘンリー・ウェア・エリオットを念頭に書いたものだとヴァレリー・エリオットは言う(『書簡集』I(一九八八年)が、エリオットが『ビュビュ・ド・モンパルナス』論(一九三二年)で言う「虐《しいた》げられた人びとへの激しい憐憫《れんびん》」ではないかという思いは消しがたい。

五三　**きみはその手を口で拭《ぬぐ》い、笑いたまえ**　直前の「限りなく優しく／限りなく苦悩しつつあるもの」に共感する自分をセンチメンタルだと気づいた「ぼく」は、そのセンチメンタリズムを振りすてる。

五三–五四　**世界、世界、世界が……老婆たちのように**　詩人のふだんの認識のスタンスにもどる。みじめな人間たちの「仮面劇」(一九行目)、「世界全体」(三〇行目)は、空き地の老婆のように醜く、どこに行き着くこともなく、無意味である(「世界、世界、世界」の原語は'the worlds'〔定冠詞のついた複数形〕で、「例の多くの世界」という意味)。人間の認識する世界は、それぞれの個人の認識する独自の世界である（『荒地』四一一行目へのエリオットの原注にあるF・H・ブラッドリーからの引用参照）。人びとはそれぞれ孤独で、互いに通じ合うものをほとんど共有せずに動きまわっている。

【鑑賞】　この詩は、ⅠからⅣへ、都市の裏通りの情景を、夕方、朝六時、夜の女たちの起き出す昼前、そして午後と、四つの場面としてスケッチしている。

ⅠからⅢは、最初の草稿では「ロックスベリ前奏曲」（Preludes in Roxbury）と題がつけられていた。ロックスベリはボストン郊外の貧しい街。Ⅲには「夜明け」、Ⅳには「たそがれ」という題がついていた。

ⅠとⅡを書いた時期のエリオットは、都市を主題とする詩をめざしていた。アーサー・シモンズの『象徴主義の文学運動』から知るようになったシャルル・ボードレールやジュール・ラフォルグに倣ったものであった。エリオットにとって都市とは、同じ時間に目覚まし時計の音で一斉に起き、事務所や工場に通勤する労働者たちがひしめく新しい世界、彼らの住む幾千ものアパートの窓のブラインドを押し上げる無数の「手」が、機械のように一斉に動く世界、であった。そこでは、人間は機械のように、「街」は「魂」と「良心」をもった人間のように、見えた。

Ⅲの「無数の／薄ぎたないイメージ」が構成する魂をもった女は「街のヴィジョン」を摑み、Ⅳでは「彼(=街)の魂」は空にぴんと張られ、「ぼく」は「限りなく優しく／限りなく苦悩しつつあるものの観念」にとりすがる。Ⅲは、フィリップの『ビュビュ・ド・モンパルナス』を素材にしたものであることをエリオット自身認めているが、意識の扱いはベルクソン的である。Ⅳの「イメージ」もベルクソン的である。ベルクソンの『物質と記憶』(一八九六年)によれば、知覚あるいは知覚されたものはイマージュであり、主観と客観はイマージュにおいて一つに溶け合う。つまり、意識と現実は一つのものである。記憶は全体としてのまとまりを形成し、事物の認識に影響を与えるという意味で、創造的なものである。

「前奏曲集」はイマジズム風ではあるがイマジズムではない。イマジズムは自然のイメージをそれ自体で完結したものと見るが、エリオットのイメージは「意味への憧れ」を秘めているからである(Kenner)。

風の夜の狂想曲(Rhapsody on a Windy Night)

一九一一年、パリで書かれた。一九一五年七月、「前奏曲集」とともに『ブラースト』に発表。「狂想曲」という題は、この詩の狙いが音楽的なものだということ、不規則で多様な事象が一つのムードに溶解することを暗示する。すなわち、伝統的形式を逸脱した「狂想」である。われわれの経験する非連続の出来事が記憶の中で溶解するというのはベルクソン的。

一行 **十二時**　十二時　この詩は、「風の夜」の十二時から未明の四時まで、月明かりの街を歩く孤独な男のモノローグである。一—一二行目は十二時から一時頃まで。

三 **月の綜合**　月明かりが街路を一つの雰囲気で包み込むことを言っている。「月の」の原語'lunar'は「狂気」を含意し、一二行目の「狂人」につながる。「月」は五〇—六一行目にも現われるが、ラフォルグの詩の主要モチーフの一つである。

五—七 **記憶の床《ゆか》が……明確さも**　イメージが記憶の中に流れ込み、そこで一つに溶け合う、というのは、ベルクソンの『物質と記憶』の考え方。

九 **宿命の太鼓のような音**　トマス・ヘイウッド(一五七四頃—一六四一)の『親切で殺された女』(一六〇三年)で、主人公フランクフォードが妻の不倫のベッドに近づくとき、自分のおののく心臓を「狂人が太鼓を打つよう」(四幕二場)と言っている。

一一—一三 **真夜中が……揺さぶるように**　街灯を過ぎるとき、記憶は論理的形式を失って狂う。「狂人が枯れたゼラニウムを揺さぶるように」は、ラフォルグ的。「おお、透明なゼラニウムよ、妖術の好戦者よ」で始まるラフォルグの詩(『最終詩集』(一八九〇年)所収)を、エリオットは「形而上派詩人論」で引用している。

一六‐二二　**あの女を……ねじれている**　街灯の声にうながされて、暗い通りで客を待つ娼婦を観察する。汚れたドレス、目じりの皺《しわ》。

二二‐三二　**記憶が岸辺に打ち上げる……しがみついている錆《さび》**　二二行目の「ねじれた」目じりに喚起されるように「ねじれたものたち」――汀の流木や錆《さ》びた発条《ばね》――が、記憶に浮かび上がる。「岸辺に打ち上げ」られた「ねじれたもの」、「みがき上げられた」ものは、サルヴァドール・ダリ(一九〇四―一九八九)の〈記憶の固執〉を思い出させる。「発条《ばね》」のイメージはフェルナン・レジェ(一八八一―一九五五)のようなキュビストやシュールリアリストたちの好むモチーフの一つとしての機械を連想させる。

三八‐三九　**同じように自動的に……ポケットに入れた**　ボードレールは『パリの憂愁』(一八六九年)の中で「貧乏人の玩具」について語っている――貧しい子供に小さな玩具をやってみると、「最初のうちは手を出そうともしない……それから彼等の手がさっと贈物を摑む、と共に大急ぎで逃げ出して行く。まるで……投げ与えられた食い物をわざわざ遠くへ持って行って食う猫のようなものだ」(福永武彦訳、岩波文庫)。

四〇‐四五　**その子の目の奥に……先端を鋏《はさ》んだ**　玩具をポケットに入れる子供の目、通りを行く人の目、浜辺の蟹。これらは記憶または想像の中のイメージ。現実に見た猫のイメージと溶け合う。

四六―六一　三時半……行《い》き交《か》っている　街灯にうながされて月を見るラフォルグ的情景。恋人たちの味方である月は、年老いて病んでいる。月は痘痕面《あばたづら》で、貧しい娼婦のように埃とオーデコロンの匂いがする。フィリップの世界。

五一　オ月サマハ何《ナン》ノ恨ミモ抱《イダ》イテイナイ　原文は'La lune ne garde aucune rancune'で、フランス語。ラフォルグの「美しいお月様の嘆き節」（『嘆き節』所収）から。

六二―六八　ふと記憶が甦《よみがえ》る……カクテルの匂い　甦るさまざまな匂いの記憶。あるいは、匂いが記憶を呼び起こすのか。

六五―六六　街路の栗の木……女の部屋の匂い　フィリップの『マリー・ドナデュー』（一九〇四年）から。

六九―七七　街灯が言った……生きるために　話し手の男の意識は、アパートに帰り、狭いベッドと歯ブラシの待つ侘《わび》しい部屋に入るベルト（フィリップの『ビュビュ・ド・モンパルナス』の中の純情な娼婦）の意識と重なっている。「前奏曲集」第Ⅳ節の「限りなく優しく／限りなく苦悩しつつあるもの」の反響。

七二―七三　記憶よ！／鍵はきみがもっている　記憶はアパートの部屋の番号をおぼえているが、現実の出口なき生への鍵もまた記憶の手にある。

七四―七五　階段に……昇りたまえ　プルーフロックや、「ある婦人の肖像」の青年のように、この詩の語り手の男も階段を昇る――侘しい安ホテルの狭い部屋へ。

七　戸口に靴を置いて　ホテルでは磨いてもらうために泊まり客はドアの外に靴を出しておく。

六　ナイフの最後のひとひねり　孤独でみじめな生活に対する憐愍《れんびん》の情が、ナイフの一刺しのように心を刺す。一日の終わりに、みじめで侘しい生活の苦悩が最後に胸を刺して、語り手（と彼の意識の中の娼婦ベルト）は眠りにつく、ということか。

【鑑賞】　この詩の細部――月のイメージ、街灯のイメージ、戸口に立つ娼婦、孤独な男、匂い、記憶、など――は、フィリップの小説『ビュビュ・ド・モンパルナス』と『マリー・ドナデュー』からとられている。デカダンスの文学である。

時間の流れは、十二時、一時半、二時半、三時半、四時と、深夜から未明にかけて。この暗い時間に「ぼく」は都市の裏通りを歩き、観察する。彼は街灯の明かりの中に見たものを記憶し、「記憶」は「溶解」し、深夜によって「揺さぶられ」、「ねじれた」イメージを甦らせ、記憶喪失に陥ったり回復したり、最後に来るものは、苦悩の「最後のひとひねり」と重い眠りである。

思考が溶解し、イメージの非合理な連続がほとんどシュールリアリズム的なコラージュになるのは、ベルクソンの言う「直観的意識」の法則による。流動的知覚は、イメージとして記憶に流れ込み、時間の層を越えて綜合される。この詩の中の観察者の歩行、外的な（クロノロジカルな）「時間」は街灯でその進行が示され、その時間の経過とともに新しいイメージが記憶の中に溶け込み、主観的な時間をつくる。

「風の夜の狂想曲」では、初期のエリオットのテーマである都市の裏通りの侘しく汚い情景と、孤独と挫折の悲しみが、ラフォルグ的な口語文体とアイロニーによって表現されている。この詩は、ボードレール、フィリップ、ラフォルグ、ベルクソンの、つまりは世紀の転換期のパリの精神風土のエリオット的観察である。繰り返し現われる「ねじれ」、「ひねり」のイメージは、シュールリアリズム的グロテスクの相を見せ、また、「生の恐怖」を暗示する。

『詩集(一九二〇年)』(*Poems 1920*)より

ゲロンチョン(Gerontion)

一九一九年八月、パウンドとフランス滞在中に脱稿。一九二〇年二月、詩集『我いま汝《なんじ》に請う(*Ara Vos Prec*)』(ロンドン)に発表。アメリカ版『詩集』(ニューヨーク)も同じ一九二〇年二月の出版。題の「ゲロンチョン」は、「小さな老人」の意('geron'はギリシア語で「老人」、'-tion'は「小さい」を意味する接尾語)。ここでは愛する力、霊的再生の力を喪失した老人を意味する。

ジョン・ヘンリー・ニューマン(一八〇一―一八九〇)の詩『ジェロンティウスの夢』(一八六六、一九一九年)、ジェイムズ・ジョイス(一八八二―一九四一)の小説『ユリシーズ』(一九二二年)二章「ネストル」(『エゴイスト』一九一九年一―二月号所収)の影響があるとされる。

エピグラフ　シェイクスピアの『尺には尺を』三幕一場からの引用。恋人との婚前交渉を違法と咎《とが》められ死刑判決を受けた若者クローディオに、修道僧に変装した公爵が「人生は儚《はかな》いもの、執着するな」と諭す。「ゲロンチョン」が、死を前にした人間の心に去来する思いを吐露したモノローグであることを予告する。

一-二行　**このわしは……雨を待っている**　「わし」とは、詩の語り手ゲロンチョンである。「乾燥した季節」とは、信仰の失われた現代という時代を暗示する。A・C・ベンソン（一八六二—一九二五）の『エドワード・フィッツジェラルド伝』（一九〇五年）に、「彼は、雨ふらぬ月に、老いて目も見えなくなり、童子に本を読ませながら雨を待って坐っている」という記述がある。

三-六　**わしは……戦ったこともない**　子供に読ませている本は、古い戦《いくさ》の物語であろう。老人は、英雄的で激烈な人生を自分は生きてこなかったと言うのである。「灼ける城門（hot gates）」は、ギリシアの地名‘Thermopylae’（紀元前四八〇年のギリシア・ペルシア戦争の古戦場）の直訳。

八　**ユダヤ人が……家主だ**　ゲロンチョンの住む家は、賃貸しアパートのようなところ。賄《まかな》いの女がいる。家主のユダヤ人は、アントワープ、ブリュッセル、ロンドンに住んだことのある「さまよえるユダヤ人」の一人である。

九　**酒場**　原語は‘estaminet’で、フランス語の‘café’のこと。第一次大戦のとき復員兵によって英語にもちこまれた語。

一〇　**水疱ができ……膏薬《こうやく》を貼って皮が剝《む》けた**　水疱、膏薬、剝けた皮膚（瘡蓋《かさぶた》）は、天然痘《てんねんとう》、狼《ろう》瘡《そう》、トラコーマ、湿疹、壊血病を暗示する。「膏薬を貼って皮が剝けた」(‘patched and peeled’)は、「(悪い病気で水疱ができ)膏薬を貼り瘡蓋が剝けた」と読めるが、「襤褸《ぼろ》をまとい(肉体労働で)皮膚が剝けた」とも読める。

二一—二三　**夜になると……それに糞**　家は低い土地にある。近くの風景は、岩、べんけい草、鉄屑、糞のある汚い風景。山羊は強い生殖力で知られるが、今は病んでいる。「べんけい草(stonecrop)」は山地に生《は》える多年草。

二四　**不機嫌な火**　夕食をつくる台所の火がつきにくいのであろう。

二六　**吹きさらしの土地のぼけた頭脳**　荒涼とした不毛の土地に住む老人の耄碌《もうろく》した頭脳。次に来る詩行が、愛も思考力も信仰も失った老人の戯言《たわごと》だということ。形式としては〈意識の流れ〉をたどっている。

一七—二〇　**徴《しるし》は奇蹟とみなされる……猛虎キリストがやって来て**　この一節は老人の頭に浮かぶヴィジョン。暗い罪の世界にメシアが来た。「われら徴を見んことを願ふ」は、不信のパリサイ人《びと》たちがキリストに、彼の教えの正しさを証《あかし》する証拠を見せろと迫る言葉(「マタイ伝」一二章三八節)。キリストは「邪曲《よこしま》にして不義なる代《よ》は徴を求む」と答える。そして今、虎としてのキリストの怒りが、信仰を失った古家の住人たちに向けられる。神の怒りが堕落した世界の民に下《くだ》されるということ。「言葉の中の言葉」(一八行目)の原語は‘the word within a word"で、「ヨハネ伝」一章一節の「太初《はじめ》に言《ことば》あり、言は神と偕《とも》にあり、言は神なりき」の「言」(つまり「ロゴス」「神」)を含意する。

一八―一九　**一語も発し得ないで/暗黒の産着《うぶぎ》に包まれている**　この二行は、一六一八年のクリスマスに、ランスロット・アンドルーズ(一五五五―一六二六)がジェイムズ一世(一五六六―一六二五)のまえでおこなった降誕日の説教からの引用。前行の「言葉の中の言葉」すなわちキリストの生誕に言及している。

一九―二〇　**年の甦《よみがえ》りのとき/猛虎キリストがやって来て**　「猛虎キリスト」は聖書の「仔羊キリスト」とは逆のイメージ。一六二二年の降誕節におけるアンドルーズの説教からとったもの。ウィリアム・ブレイク(一七五七―一八二七)の詩「虎」では、虎は神の力と怒りを象徴する。ここでは「咳をする山羊」(一一行目)に対してキリストは「生命の甦り」としての虎だと言うのである。

二一　**山グミと栗の木、花咲くユダの木**　ヘンリー・アダムズの『ヘンリー・アダムズの教育』一八章冒頭のメリーランドの春の異郷的豊饒《ほうじょう》の描写が反響している。山グミは槍の材料(ウェルギリウス『農耕詩』二巻四四七行目)。栗は官能性、肉欲を暗示する(ウェルギリウス『牧歌』二歌五二行目、オウィディウス『恋愛術』二巻二六七行目、三巻八三行目)。ユダの木には、キリストを裏切ったイスカリオテのユダが首を吊ったとされる木の連想がある。

二一-二二　囁きの中で……飲まれる　「囁き」はユダの裏切りの暗示(アイロニーとして聖餐式《せいさんしき》の祈りの声の暗示もある)。キリストはユダの裏切りによって役人たちに捕えられ、磔刑《たっけい》に処せられる。「食べられ……飲まれる」は、カトリックの聖餐式で司祭と信徒によって食べられるホスティア(聖餅《せいべい》)とワインの暗示。この詩では、「堕落した」木のある風景の中で、「生命」の原理であるキリストは、信徒によって聖餐のホスティアとワインとして食べられ飲まれるのでなく、信仰なき人びとによって食べられ飲まれる。

二一-二五　シルヴェロ氏……歩いていた　シルヴェロ氏はこの古家に住む住人の一人。「猛虎キリスト」を食べてしまう連中の一人。リモージュは陶器で有名なフランスの町。「愛撫する手」は、女を愛撫するのか、陶器をか。「一晩じゅう歩いていた」のは不眠症のためか。

二六　ハカガワ……おじぎする男　ティツィアーノ(一四九〇頃—一五七六)は有名なヴェネツィアの画家。腰をかがめて絵につけられた小さなプレートを見ている日本人のイメージ。

二七　ド・トルンクィスト夫人　スラヴ系の女の降霊術師であろうか。「暗い部屋で蠟燭をとりかえる。」

二八　フォン・クルプ嬢　ドイツ人らしいが、ド・トルンクィスト夫人の顧客か。

二九-三〇　空《うつ》ろな梭《ひ》が……魂というものはもたぬ　ヨブが長く続く苦悩を嘆く言葉「わが日は機《はた》の梭よりも迅速《すみやか》なり我《われ》望むところなくして之《これ》を送る　想ひ見よ　わが生命《いのち》は気息《いき》なる而已《のみ》」

（「ヨブ記」七章六―七節）から。キリストを裏切る人びとについての思いがゲロンチョン自身の「空ろな」内面を思い出させる。ジョイスの『ユリシーズ』一章「テレマコス」に「風を織る者たちすべてを待つものは、ただ空無のみ」、二章「ネストル」に「織るがいい、風を織る者よ」という句がある。

亖　**ここまで知識を得てしまってから……考えてもみたまえ**　魂のない自分を認識してしまったあと、どんな赦《ゆる》しが期待できようか。「考えてもみたまえ」を何度も（三六、四三、四八、五〇行目）繰り返して、「歴史」に目を向けるよう読者にうながす。「知識」はジョーゼフ・コンラッド（一八五七―一九二四）の『闇の奥』（一九〇二年）三章で、主人公クルツの死の直前の描写にある「いわば完全な知識を得た至上のその一瞬」という句から暗示されたもの。

亖‐亖　**歴史には……深まるのだ**　歴史は太古からの娼婦のようである。

亖‐四七　**歴史には……はふり落とされるのだ**　エリオットの念頭にあるのは『ヘンリー・アダムズの教育』。アダムズは、二十世紀のはじめ、歴史が驚異的に加速し、すべてが複雑化し錯綜《さくそう》してしまった、と述べた。「仕掛けのある廊下」は、いわゆる'Polish Corridor'（一九一九年のヴェルサイユ条約でドイツからポーランドに割譲された土地）のことかもしれない（Southam）。歴史は狡猾な抜け道のある迷路。野心と虚栄心を餌に人を欺き、結局、何も教えてくれない。もし何かを教えてくれるとしても、われわれは弱く怯懦《きょうだ》で、「道を外れた悪徳」すなわち肉欲と物欲の罪を繰り返すことしかできない。

四七　**怒りの実のなる樹**　エデンにある「智恵の樹」。イヴとアダムは禁断の木の実を食べ、神の怒りを招いた。ヒロイズムの生む悪徳や傲慢の生む罪を嘆く涙は、善悪を知る「智恵の樹」が源である。「怒りの実のなる樹」には磔刑の十字架への連想もあるのかもしれない。ウィリアム・ブレイクの詩「毒の樹」の中の「朝夕、涙を注《そそ》ぎ、微笑《ほほえ》みの光を当て欺瞞《ぎまん》で育てた毒の樹」の連想もある。

四八　**年が改まり……むさぼり喰らう**　一七—二〇行目のヴィジョンの続き。二〇行目の「猛虎キリスト」は不信の人びとに「食べられ……飲まれ」てしまったが、今度は虎が「われわれ」を喰らう。信仰なき人びとに神の怒りが向けられるのである。

五〇　**借家で冷たくなる**　生命は儚いもの、現世は仮の宿。人はみな「借家」で死ぬのだが、死もまた結論を与えてはくれない。

五一　**小劇《ショウ》**　劇全体の趣意(あるいは劇のある一面)を強調するように、劇の中に嵌《は》め込まれた小さな劇。たとえば『ハムレット』の劇中劇「ゴンザゴー殺し」のまえに置かれた黙劇。

五二　**後ろ向きの悪魔たち**　信仰なき歴史家たち。ダンテ『神曲』「地獄篇」二〇歌に出てくる占い師たち。生前、不遜にも未来を占った罪で地獄に堕ち、胴の上に頭を後ろ前につけられ、後ずさりをしながら歩く罰を受けている。

五四　あんたとは腹を割って話したいことがある　ゲロンチョンは、キリストに向かって直接話しかける。

五五　わしは、かつて……遠ざけられ　トマス・ミドルトン（一五八〇頃―一六二七）とウィリアム・ロウリー（一五八五頃―一六四二頃）の合作による悲劇『取り替えっこ』（一六二二年初演）五幕三場で、女主人公ヴィアトリス・ジョアナが情夫のデ・フロリスに刺されて死ぬとき、父に向かって言う台詞《せりふ》「わたしはあなたの健康のためにあなたから取り除かれた血の一部なのです」のもじり。

五六―五九　恐怖の中で……みんななくなってしまった　キリストから離れ、ゲロンチョンは、美も恐怖も情熱も感覚も、すべて失ってしまった。「審問」は、神のまえで義を問われること。宗教裁判の連想もある。

六一―六五　こうした事柄が……変種を増殖する　六〇行目までに記されたさまざまな思いが、多くの鏡を張りめぐらした部屋の中でのように幾重《いくえ》にも反射して、ただ目くるめくのみ。結論は出ない。ベン・ジョンソン（一五七二―一六三七）の『錬金術師』（一六一〇年初演）二幕一場に、ここで言及されているような「鏡」が、放蕩者《ほうとうもの》が自分の愛欲場面が見られるよう多くの鏡を配置した工夫として現われている。エリオットは「ベン・ジョンソン論」（一九一九年）でこの個所《かしょ》を引用している。

六七–六九　ド・ベイラーシュ……小さな原子となって　死者が原子となって宇宙に投げ出されるイメージは、ジョージ・チャップマン（一五五九頃―一六三四）の悲劇『ビュシー・ダンボア』（一六〇七年）から。チャップマンは、罪人は狂った軌道にのせられて無限宇宙に棄てられるという伝説を用いている。ここに挙げられた人たちは、死んで宙を旋回している。エピグラフに掲げられたシェイクスピアの『尺には尺を』三幕一場の公爵の台詞の少しあとに、クローディオが死後を想像してこわがる台詞「目に見えぬ風にとらえられ、この世界のまわりを激しく吹きまわされるなんて……」がある。

六八　震える〈大熊座〉の軌道の向こうを　チャップマンの『ビュシー・ダンボア』で、主人公のダンボアが自分の名声に呼びかける台詞の中に「雪のように白い熊座の凱旋車《がいせんしゃ》の下で」（五幕三場一五三行目）という句がある。「震える」は、熊のオルガスムは九日間つづくという俗信から来たものかもしれない。

六九　鷗《かもめ》が風に逆らって　風に逆らって飛ぶ鷗は、自分の仕事を中断しないで飛びつづけようとするが、これを「〈湾流〉は呑み込もうとする」（七一行目）。

〃　ベル・アイル　ベル・アイル海峡は、カナダのラブラドール半島とニューファンドランド島の間の海峡。北大西洋とセント・ロレンス湾を結ぶ海峡の一つ。

七〇　ホーン岬　南アメリカ大陸南端の岬。「ホーン（horn）」は「角」を意味するから、「角の門」の連想があるのかもしれない（「ナイチンゲールたちに囲まれたスウィーニー」八行目の注参照）。

七二　雪の中の白い羽根　雪には死の連想がある。人は死んで原子となって宇宙をめぐり、鳥は雪に埋もれる、あるいは「〈湾流〉に呑み込まれる」。〈湾〉はメキシコ湾。

七三　〈貿易風〉に吹き寄せられた老人ひとり　鷗のように風に逆らわず、ゲロンチョンは風のままに片隅に吹き寄せられて、迫りくる死を意識している。〈貿易風〉は、メキシコ湾から大西洋の北と南に吹く季節風。この行は、『ヘンリー・アダムズの教育』二一章の「アダムズは東洋にもどりたかった……南国の星の下の貿易風の吹く中で、永遠に眠ることができるなら」から来たものかもしれない。

七四　この家に間借りするあんたたち　歴史の迷路の中で、生命と思想を失った現代人（＝読者）への呼びかけ。老人の頭蓋の中に巣食う不毛な思想、ともとれる。

七五　干涸《ひから》びた季節の……とりとめない思いさ　ゲロンチョンの頭脳も、彼の住む借家（＝世界）も、甦りの雨を待ち望んでいる。雨を待ちながら、彼は「慈雨なき季節、死を間近に控えた老人の思いは、こんなところです」と、独白の詩を締めくくる。

【鑑賞】　この詩は、端的に言って、生気の衰えた老人ゲロンチョンのモノローグである。彼の考えることは(エピグラフでも暗示されているように)遠からず訪れる死のこと、キリストのこと、歴史のこと、自分がキリストから遠ざけられたこと、である。

詩は、六つの部分から成っているが、一―六行目は小柄な老人ゲロンチョンの自己紹介。雨のない不毛の季節、彼は子供に本(たぶん歴史の本)を読ませて、雨を待っている。彼の住むところは、病んだ山羊が咳をする丘の下。さまざまな国から来た雑多な間借り人たちの住む古い家で、家主はユダヤ人だという。家は、ハーマン・メルヴィル(一八一九―一八九一)の『白鯨』(一八五一年)のピークオッド号のように、ヨーロッパ世界の象徴であり、吹きっさらしの風景はヨーロッパ精神の象徴である。

一七―三二行目では、この精神的荒廃の地に怒りの相貌でキリストがやって来る。だが、彼はこの家の不信仰の人びとに裏切られ、食べられてしまう。神を食べること、それは聖体拝領の裏返しの儀礼である。不信の徒は奇蹟を信せず、「徴《しるし》」を見たがる。ゲロンチョン自身も「魂というもの」(三〇行目)をもたぬ不信の徒である。

三三―四七行目は、歴史についてのゲロンチョンの思索。歴史はいつもその姿を見定めることが難しく、隠された出口や秘密の廊下をもっていて、意表をついて顔を出したり、思わぬものをくれたりする。気になるのは、歴史が「救い」をくれるかどうかということ。ヒロイズム――英雄崇拝や英雄的行動への憧れ――は、高慢の罪を犯すことであり、美徳は美徳として認識されるときすでに高慢そのものである。「怒りの実のなる樹」とは、われわれの始祖がその実を食べて神の怒りを招いたエデンのあの樹のことであろう。

四八―五三行目で、果たしてキリストは、ふたたび恐ろしい相貌で現われ、今度は不信の人びとを食う。「もう一度考えてみたまえ」と、ゲロンチョンは読者に言う。

五四―六〇行目では、ゲロンチョンの独り言はキリストに向かう。「あんたとは話したいことがある」。老人は「かつてあんたの心のそばにいたのに遠ざけられ」たと言うのだ。「恐怖」と「審問」が彼を正道から外れさせた。老いて感覚もあらかたなくなってしまったが、彼はキリストと「親しく」したいらしい。

六一―七五行目では、こんな「とりとめない」ことでも、死んで粉塵になって宙に散る、あるいは海に呑み込まれるまえに、言わずにおれなかったのだと言って、老人は独り言を終える。これは、小さな老人ゲロンチョンの遺言であり、『荒地』の結末で「せめて自分の土地だけでもけじめをつけておきましょうか」という一行につながるものである。

『荒地』発表のまえ、エリオットは『荒地』のプレリュードとしてこの「ゲロンチョン」を置くことを考えていたというが、二つの詩は、霊的な生命の失われた不毛な世界――衰退したキリスト教文明の終焉《しゅうえん》――のヴィジョンとして、一つのテーマ、一つの雰囲気をもっている。

ベデカーを携えたバーバンク　葉巻きをくわえたブライシュタイン
(Burbank with a Baedeker : Bleistein with a Cigar)

一九一八―一九一九年の作。『芸術と文学(*Art and Letters*)』(ロンドン)一九一九年夏号に発表。題にある『ベデカー』は有名な旅行案内書。「バーバンク」はアメリカ東海岸出身の人物を思わせる名前。「ブライシュタイン」は、ドイツ系ユダヤ人の名前で、「道しるべとなる星」「北極星」という意味がある。この詩は、エリオットがパウンドにすすめられてテオフィル・ゴーチエ(一八一一―一八七二)の『七宝とカメオ』(一八五二年)の中の四行詩を研究した結果生まれたという。

エピグラフ　「トラ - ラ - ラ - ラ - ラ - ラ - レイアー(Tra-la-la-la-la-laire)」はゴーチエの連作詩「変奏曲ヴェネツィアのカーニヴァル」の中の「干潟《ひがた》で」と題する詩の冒頭部分。

「神ならぬものは永続せず、すべて煙("nil nisi divinum stabile est ; caetera fumus")」は、アンドレア・マンテーニャ(一四三一―一五〇六)の絵〈聖セバスチャンの殉教〉の中の蠟燭《ろうそく》につけられた巻物の言葉。

「ゴンドラが……なんという魅惑」は、ヘンリー・ジェイムズの『アスパンの手紙』(一八八八年）一章から。

「山羊たちと猿たち」は、シェイクスピアの『オセロー』四幕一場で、オセローが激しい嫉妬のあまり妻のデスデモーナを罵《ののし》るときの言葉。山羊と猿は性欲の強い臭い動物。

「それがまたなんと豊かな毛」は、ロバート・ブラウニング（一八一二―一八八九）の詩「ガルッピのトッカータ」の最終連にある句。生の力と衰えについての詩。ブラウニングは、ヴェネツィアの作曲家で「オペラ・ブッファの父」と呼ばれるバルダッサーレ・ガルッピ（一七〇六―一七八五）を、青春と愛、伝統と繁栄の都市ヴェネツィアと結びつけている。

「このようにして……辞去した」は、ジョン・マーストン（一五七五頃―一六三四）の仮面劇『ダービー伯爵未亡人アリスを歓待する』の終幕のト書きから。ギリシア神話では、タンタロスの娘ニオベは、テーバイのアムピオンに嫁《か》して七男七女を得たが、ティタン族の娘レトは、ゼウスに愛されたとはいえ、アポロンとアルテミスの二人の子供しかいなかったので、ニオベは自分のほうが優れていると自慢した。レトは怒ってアポロンとアルテミスに頼んでニオベの子供たちを殺させた。ニオベは嘆き、泣き疲れて石と化した。一方、マーストンの仮面劇では、ニオベは伯爵夫人に敬意を表して引き下がる。伯爵夫人の豪華《ごうか》絢爛《けんらん》たる「到着」は、詩の第一節の「ヴォルピーネ伯爵夫人」の貧相な「ご到着」と対照的。

エピグラフに引用された句は、最後のものを除いてすべてヴェネツィアに関わるもので、この詩では国際都市ヴェネツィアの過去の栄光と現在の退廃が対照され、現代の観光客二人の道徳的腐敗が描かれている。

一-八行　バーバンクは……愛していた男を　この詩の第一エピソード。旅行案内『ベデカー』を携えた観光客バーバンクにとってヴェネツィアは歓楽の町。彼は娼婦ヴォルピーネと寝て悪い病気にかかった。「こぢんまりしたホテル」は彼女の「屋形船《やかたぶね》」(一一行目)。

三　ヴォルピーネ伯爵夫人　「ヴォルピーネ」の原語は'Volupine'で'voluptuous'(肉欲の)と'vulpine'(狐のような)を合成して作った名前。「狡猾《こうかつ》な娼婦」を暗示する。

四　二人は出会った、彼は堕《お》ちた　アルフレッド・テニソン(一八〇九―一八九二)の詩「姉妹」から。テニソンでは「彼女」(伯爵に誘惑される美しい娘)となっているところを、エリオットは「彼」に変えている。

五　葬送の音楽　「葬送の音楽」は、シェイクスピアの詩「不死鳥と山鳩」(「愛と貞潔」の死を悼む悲歌)四節から。

七-八　神ヘラクレスは／彼を見棄てた　シェイクスピアの『アントニーとクレオパトラ』四幕三場への言及。クレオパトラの兵士たちが「ふしぎな音楽」を耳にし、「アントニーが敬愛していたヘラクレスが、今アントニーを見棄てるところだ」と言う。彼が愛のために戦いを蔑《ないがし》ろにするからである。ヘラクレスはギリシア神話の「英雄」だが、ここでは「神」とされている。

九‐二　轅《ながえ》につけた馬たちが……足並みそろえて　「馬たち」は、暁の神オーロラの凱旋車を曳く馬たち。ヴェネツィアから見ると、日の出（馬車に乗った暁の神オーロラの出現）は、アドリア海の向こうのイストリア半島の上に見える。「足並みそろえて」はホラティウス（前六五―前八）の『歌章《カルミナ》』一巻四歌一三行目で、王侯も乞食も一様に襲う〈死〉のことを言っている個所から。エリオットの朝の描写は、ヴェネツィアを舞台にしたジョン・マーストンの悲劇『アントニオとメリダ』（一六〇〇年初演）第二部一幕一場の朝の描写に似ている。

二　鎧戸《よろいど》おろした彼女の屋形船《やかたぶね》　シェイクスピアの『アントニーとクレオパトラ』二幕二場でアントニーの友人イノバーバスが、ナイル川に浮かぶクレオパトラの豪華な船を描写する言葉に似た言い方で、ヴォルピーネの屋形船の貧弱さをアイロニカルに述べている。

三　だが、ブライシュタインの　ここから二四行目の「一財産」までが第二のエピソード。ユダヤ人ブライシュタインは商人。ヴェネツィアで「毛皮の商いで」産をなした卑俗な男。

四‐一九　膝と肘《ひじ》を……見つめる　ブライシュタインの体型と姿勢は卑しく、彼は「原生動物」に似て、文明人の洗練を欠いている。「直立したスウィーニー」および「ナイチンゲールたちに囲まれたスウィーニー」のスウィーニーと同類。

一八　原生動物の　原語'protozoic'は「最も単純な生命体に関係する」という意味の語。

一九　**カナレットのヴェネツィア風景**　テオフィル・ゴーチエの詩行「カナレットの時代の／楽しい、自由な、明るい都市」を暗示しているのかもしれない。アントニオ・カナレット（一六九七—一七六八）はヴェネツィアの運河を数多く描いた。「原生動物」のブライシュタインには、カナレットの描いたヴェネツィアの絵を見ても、文化も芸術も見えていない。

二〇—二一　**時間蠟燭《ろうそく》……消えかかる**　ヨーロッパ文明衰退の比喩的イメージ。マンテーニャの〈聖セバスチャンの殉教〉右前景の蠟燭への言及。

二二　**リアルト**　ヴェネツィアにある古い取引所。シェイクスピアの『ヴェニスの商人』一幕三場でユダヤ人の金貸しシャイロックが「リアルト」を口にする。金貸しシャイロックの連想は二二—二三行目に続く。

二二—二三　**今は積荷の下に……ユダヤ人がいる**　ユダヤ人は鼠のように姿は見せないが（金融を通して）ヴェネツィアを支配している、という意味。この部分は反ユダヤ的と非難されるが、この詩のブライシュタインは、ヴェネツィアの他のすべてと同じ「時間蠟燭の燃えかす」、精神的伝統を蝕《むしば》む害虫である。

二五—二九　**ヴォルピーネ伯爵夫人は……クライン**　第三のエピソードでは、ヴォルピーネの三人目（？）の客はサー・フェルディナント・クライン。彼の名はドイツ系ユダヤ人を連想させる。英国で成功して「サー」の称号を得たのであろう。混血か。「クライン」はドイツ語で「小さい（klein）」を意味する。

二七　**灯《あか》りだ、灯りだ**　シェイクスピアの『オセロー』一幕一場で、夜中にデスデモーナが「ヴェネツィアのムーア人」オセローと結婚してしまったと知らされた父ブラバンショーが、「灯《あか》りだ、灯りだ」と叫ぶ。社会的慣習に反する秘密の性的結びつきを連想させる。

二九―三二　**誰だ、ライオンの……瞑想《めいそう》しながら**　翼をもつライオンは聖マルコのエンブレムで、ヴェネツィア共和国の紋章。二九―三〇行目は、バーバンクが「誰がヴェネツィアの栄光を失わせたのか？　シカゴ生まれのユダヤ人？　混血のイギリス貴族？　それとも万物の破壊者である〈時〉？」と考えているという意味。昔日のヴェネツィアの衰退は、ゴンドラで女と時を過ごすこの享楽主義者にもわかる。ジョナサン・スウィフト（一六六七―一七四五）は、『桶物語』（一七〇四年）の中で、すべてを滅ぼす〈時〉に対する三文文士《さんもん》の勝利を皮肉な言い方で褒め、彼らは「（時の）翼を切りとり、爪を剝《は》ぎ、歯を鑢《やすり》で鈍くした」と書いた。

三二　**〈時〉の廃墟**　ジョージ・ゴードン・バイロン（一七八八―一八二四）の『チャイルド・ハロルドの巡礼』（一八一二―一八一八年）から。ヴェネツィアの過去の偉大さを讃え、現在の衰退を嘆く一節の結び（四篇二五節）で、バイロンは、「滅びの中で瞑想し、廃墟の中で自分がもう一つの廃墟として立つ」と書いた。エドマンド・スペンサー（一五五二頃―一五九九）の詩「時の廃墟」（一五九一年）の連想もあるかもしれない。ジョン・ラスキン（一八一九―一九〇〇)は『ヴェニスの石』(一八五一―一八五三)で、ヴェネツィアのゴシック建築の偉大さとその衰退を、ヴェネツィア国家の道徳的、文化的衰退と結びつけて論じている。

三　七つの掟《おきて》　『建築の七灯』(一八四九年)でラスキンが述べた「美術としての建築」の七つの原理――犠牲の灯、真実の灯、力の灯、美の灯、生命の灯、記憶の灯、従順の灯――を指す。

【鑑賞】　ヴェネツィアは、シェイクスピアの『ヴェニスの商人』でも知られるように、商業、貿易、金融の町であり、また売娼婦の町である。エリオットのこの詩では、アメリカ人観光客バーバンク――彼はヴェネツィアの歴史、文化に関心があり『ベデカー』を携えている――と、富裕なユダヤ人ブライシュタイン――葉巻きを口にしているが、だらしない恰好《かっこう》の「原生動物」、カナレットの絵などまったく関心外――の二人が、娼婦ヴォルピーネと寝て悪い病気にかかる。娼婦ヴォルピーネは「伯爵夫人」を名乗っているらしいが、貴族の血統と称号をもつ落ちぶれた肺病やみの貧乏貴族かもしれない。ヴェネツィアのゴシック様式あるいはビザンチン様式の建物を背景に、人間は堕落し、輝かしい歴史をもつこの町の衰退を証言している。

ヴェネツィアに衰退をもたらしたのは誰か？　『ベデカー』を読んでいるバーバンクの目には明らかである――無教養な商人の物欲と享楽主義者の色欲が、ヴェネツィアの栄光を消し去ったのだ。

詩の技法は、コラージュ風。エピグラフと詩の本体を一貫してヴェネツィアに関わりの深い作家たち――ゴーチエ、ヘンリー・ジェイムズ、シェイクスピア、バイロン、ラスキン――からの引喩がつづれ織りのように連ねられている。

直立したスウィーニー（Sweeney Erect）

一九一七―一九一九年頃の作。『芸術と文学』一九一九年夏号に発表。題の「直立したスウィーニー」は直立猿人を連想させる。肉体も精神も動物的で粗野な青年スウィーニーは、オランウータンに擬せられている。「直立」には性的含意がある。

エピグラフ　フランシス・ボーモント（一五八四頃―一六一六）とジョン・フレッチャー（一五七九頃―一六二五頃）の『乙女の悲劇』（一六一〇年）二幕二場からの引用。愛する男に棄てられた傷心の乙女アスペイシアの台詞《せりふ》。ギリシア神話の英雄テセウスに棄てられたアリアドネの物語を題材にしたタペストリーを侍女たちが織っているそばに立って、この自分をモデルにして、絵をもっと荒涼としたものにしなさい、と言っている。

一-八行　描きなさい……ふくらんでいる姿を　アスペイシアが侍女たちにタペストリーの図柄を指示している。「キュクラデス諸島」はエーゲ海の群島で、ギリシア神話では浮き島（だから

「水に浮かぶ」)。英雄テセウスは、怪獣ミノタウロスの洞窟迷路で危うく殺されるところを、クレタの王ミノスの娘アリアドネに救われ、二人はクレタから逃亡するが、エーゲ海のキュクラデス諸島の島の一つナクソス島で、テセウスはアリアドネを棄て、彼女は悲しみのあまり縊死《いし》する。一―八行目は、棄てられたアリアドネの嘆きへの引喩。「誓いを破った船」とは、ナクソス島をあとにするテセウスの船。エリオットのこの詩は、男に棄てられて嘆くアリアドネとアスペイシアを、スウィーニーと寝た後、癲癇の発作《ほっさ》を起こしている娼婦ドリス(三二―四四行目)と並置している。

九-一〇　朝が……(ナウシカアとポリュペモス)　ここで場面は突然、現代の娼窟に変わる。娼婦ドリスと彼女の客スウィーニー(『オデュッセイア』のナウシカアとポリュペモスに擬せられている)がベッドから身を起こす。ナウシカアはスケリアの王アルキノオスの娘。海で遭難したオデュッセウスに食べ物と衣服を与えて助けた(ホメロス『オデュッセイア』六歌)。ポリュペモスは一つ目の巨人族キュクロプスの首領で、オデュッセウスとその仲間をとらえ洞窟に閉じこめたが、彼らは真っ赤に熱した丸太でポリュペモスの目を潰し、自分の体を羊の腹に縛りつけてポリュペモスの手を逃れ脱出した(『オデュッセイア』九歌)。一―八行目でアリアドネに比べられたドリスは、今度はナウシカアに、今ドリスに自身の世話をさせているスウィーニーは、ナウシカアに世話されるオデュッセウスに比べられているが、スウィーニーはまた、朝まだよく目がさめていないので片目のポリュペモスに比べられている。

一三―一五　**この萎《しな》びた根は……歯が見える**　「スウィーニー＝オランウータン」のからだを樹の根に見立てている（「根」は同時に男根のイメージ）。もつれた体毛に覆われ、裂けた下部は二本の脚、丸く開いた口の中に歯が見える。パーシー・ビッシュ・シェリー（一七九二―一八二二）の未完の詩「生の勝利」（一八二四年）に「古い根と見えたものは群集の一人、草と見えたものは薄くなった髪、穴はじつは目だった」という数行（一八二―一八八行目）がある。エリオットは『詩の効用と批評の効用』（一九三三年）でこれを引用している。

一六―二〇　**鎌の形の興奮が……引っつかむ**　スウィーニーの性的興奮とそれに続く行為。

二一―二四　**スウィーニーは……泡を拭《ぬぐ》う**　スウィーニーはベッドから起き上がって、ひげを剃る。エドガー・アラン・ポオ（一八〇九―一八四九）の短篇「モルグ街の殺人事件」（一八四一年）では、オランウータンが扉を壊して人間の部屋に入り、剃刀《かみそり》を手に鏡の前で顔を剃る真似事《まねごと》をし、そのあと殺人事件を起こす。

二五―二六　**歴史とは人間の……エマソンは言った**　アメリカの詩人・思想家ラルフ・ウォルドー・エマソン（一八〇三―一八八二）の『自恃論』（一八四一年）の二つの命題「制度とは一人の人間の伸びた影である」と「歴史とは強固な意志をもつ少数の人間の伝記に解消できる」に言及している。「自恃論」の最後から二つ目のパラグラフでエマソンは、自分の外にあるものに頼らず、自分の内なる力を恃《たの》む者は「直立して」奇蹟を起こすことができる、と述べているが、それに対するアイロニーとして、「直立猿人」に似たグロテスクなスウィーニーという人間像をエリオットは提示している。

三　**癲癇《てんかん》**　スウィーニーの相方の女(四一行目のドリス)は癲癇の発作を起こしている。この詩が書かれた頃、癲癇はヒステリーと同列に考えられていた。マックス・ノルダウ(一八四九―一九二三)の『退化論』(一八九二―一八九三年)では、ヒステリーは人間退化の徴候の一つ。この詩では、癲癇の女はオランウータンのような男と好一対と見られている。

三九　**ミセス・ターナー**　この娼家の女主人らしい。『荒地』のミセス・ポーターと同一人かもしれない。

四一-四四　**ドリスは……グラスをもって**　さっき癲癇の発作を起こしていたドリスが、何ごともなかったように気付け薬をもってやってくる。

【鑑賞】　この詩に読みとれる筋は――娼窟の朝、スウィーニーは女をベッドに残して(一―八行目)、眠たそうな顔で起き上がる(一二行目)。毛深い顔から首筋まで剃刀を当てるつもりで(一一―二二行目)剃刀の切れ味を脛で試す(二九行目)と、ベッドの女は(殺されると思ったのか)癲癇の発作を起こし、のけぞって悲鳴をあげる。別の女たちは、悲鳴をヒステリーのせいにして、自分たちはそんな野暮な真似はしないといった顔をする。だが、じきにドリスは発作がおさまり、気付け薬をもって平然と入ってくる。

「直立したスウィーニー」は人間の退化をテーマにした詩である。ヨーロッパ文明の衰退に深い関心のあったエリオットは、十九世紀末に流行した「退化論」に当然興味があった。

この詩は、四行一連の押韻定型詩である。第一連と第二連には、多綴語の多用や、'snarled'（古い語法で「もつれた」「ねじれた」の意）や'me'（感情的与格）といった古風な語法が見られる。こうした形式と語法は、素材の卑俗さをやや距離を置いた視点から客観的に、批判的あるいは冷笑的に、扱うことを可能にしている。

料理用卵（A Cooking Egg）

一九一七年の作。一九一九年五月、『コーテリー（*Coterie*）』（ロンドン）に発表。題の「料理用卵」は、少し古くなりかけていて料理用に使う卵。ここでは三十歳の男の比喩。
エピグラフ　フランソワ・ヴィヨン（一四三一頃—一四六三以降?）の『遺言詩集』第一節からの引用（"En l'an trentiesme de mon aage/Que toutes mes hontes j'ay beues. . . "）。訳は鈴木信太郎訳（岩波文庫）による。三十歳の詩人は、来世に向かうまえに、自分がこれまで犯した罪を懺悔《ざんげ》している。エリオットも三十歳を過ぎた「料理用卵」。過ぎ去った青春を惜しんでいる。

一行 **ピピット** 語り手の子供時代に親しくしていた少女であろう。ピピットについては、エリオットの乳母、子供時代に優しくしてくれた身内の女性など、いくつかの解釈がある。「ピピット」には、卵についての学問的な冗談がこめられている。'Pipi'は、ヘブライ語の「ヤーウェ」(神)をギリシア語に誤訳したもので、ゆで卵にこの文字を書くと叡智《えいち》の核心を開くとされる(Southam)。

三 **『オックスフォード学寮総覧』** たぶんオックスフォード大学の各学寮の写真を載せた本。

五 **銀板写真《ダゲレオ・タイプ》** 写真が発明された最初期(一八四〇—一八六〇年頃)の技術で撮影・現像した写真。フランス人ルイ・ジャック・マンデ・ダゲール(一七八九—一八五一)がニセフォール・ニエプス(一七六五—一八三三)と共同で一九三七年に発明。

八 **〈舞踏への招待〉** このタイトルの一枚刷りの楽譜。十九世紀には〈舞踏への招待〉という題の歌やピアノ曲が幾つかあった。ピピットが居間に坐っている情景がすでに過去のものであることを、身のまわりのものが語ってくれる。

九―一四 **天国でぼくは……指導してくれるから** 語り手は、自分とピピットがいま生きている時代の凡庸さに飽きて、輝かしかった過去に憧れ、過去の英雄、偉人に天国で会うことを夢みている。

九　**欲しくない**　原語は'I shall not want'で、「詩篇」二三篇一節の「ヱホバはわが牧者なりわれ乏《とも》しきことあらじ（The Lord is my shepherd; I shall not want）」から。

一〇　**サー・フィリップ・シドニー**　エリザベス一世時代に〈名誉〉の鑑《かがみ》とされた人物（一五五四—一五八六）。宮廷人、政治家、詩人、芸術庇護者、軍人として卓越した「完全な紳士」。

一一　**コリオレイナス**　シェイクスピアの『コリオレイナス』の主人公。自己中心的で英雄主義に駆られた人物。『荒地』第V部四一六行目にも現われる。

〃　**胆力**　原語の'kidney'（腎臓、気質）は、コリオレイナスの豪胆さを少し茶化している感じ。原文で二行上の'Sidney'との脚韻が、その感じを強めている。

一三−一六　**天国で……一緒に寝るんだ**　ダンテ・ゲイブリエル・ロセッティ（一八二八—一八八二）の詩「天国の少女」（一八五〇年）の「繁みの奥で〈鳩〉の気配が／ときどき感じられる／あの神秘の樹の陰で／二人で一緒に寝ましょう」（一五節）のパロディ。ロセッティの詩では、現世を去って天国にいる少女が、地上に残された恋人が来るのを待ちこがれている。

一四　**サー・アルフレッド・モンド**　イギリス財界・政界の名士（一八六八—一九三〇）。ガスとニッケルで産をなした。

一五　**〈国庫債券〉**　イギリス政府発行の債券。

一七　**天国でぼくは〈社交界〉なんか欲しくない**　ジョン・ラスキンは知人に宛てた手紙に書い

ている、「ぼくがロージーと一緒にいたいのは、ここでなのだ。天国に行ったら、ぼくはピュタゴラスとソクラテスとワレリウス・プブリコーラと話がしたい。そこではロージーに用はない。彼女もそれを考えなくていい」(Matthiessen)。

一八　**ルクレツィア・ボルジア**　十五世紀イタリアの専制君主チェーザレ・ボルジアの妹(一四八〇―一五一九)。政争に巻き込まれ悪徳の権化《ごんげ》のように非難されたが、よい社交界をつくった。ロドリゴ・ボルジア司教(のち教皇アレキサンデル六世)の娘で、フェッラーラ公爵夫人。六回婚約し、四回結婚。イタリアの多くの名門家族と強いつながりがあった。

二一　**マダム・ブラヴァツキー**　ヘレナ・ペトロヴナ・ブラヴァツキー(一八三一―一八九一)のこと。ドイツ貴族とロシア王女のあいだに生まれた女性で、神知学者。著書『秘密教義』(一八八八年)は「七」でいっぱい。

二三　**〈七つの聖なる恍惚《こうこつ》〉**　神知学で、修行を終えた者だけの知る原理を言う。神知学的実在には七つの段階があり、地上的存在では到達できない。「天国で」のみ得られる。

二四　**ピッカルダ・デ・ドナティ**　ダンテ『神曲』「天国篇」三歌二五―三〇行目で、ダンテに呼びかけて神の意志について説明する尼僧《にそう》。現世で破誓を強いられた者として、天国の最下層に置かれている。

二五　**部屋仕切り**　十九世紀には、家族の食事のとき、子供の食卓と大人のテーブルはしばしば板壁《スクリーン》で隔てられていた。

二六　**ペニーの世界**　「ペニーの世界」は菓子やパン製造の業界でよく使われた製品名。ここで含意されているエデン的無垢《むく》は、「卵」のように脆《もろ》く儚《はかな》い。

〃　**どこへ行った？**　「〜は、今いずこ？」という言い方は、‘ubi sunt (=where are)’と呼ばれる喪失を嘆く詩的慣用表現。ヴィヨンの「去年《こぞ》の雪いまいずこ？」(『遺言詩集』「古の美姫のバラッド」のリフレイン)が有名。

二七　**赤い目の野良猫たち**　睡眠不足のごみ漁《あさ》り人たち。新しく出来た郊外に住む物質主義者たち。ヴィヨンの放浪時代への連想もある。

二八　**ケンティシュ・タウンやゴールダーズ・グリーン**　どちらもロンドンの郊外。地下鉄が通じるようになった一九〇七年頃から発展した新しい街。ユダヤ人が多い。

二九−三〇　**鷲《わし》とラッパ……埋《うず》もれてるんだ**　鷲はローマとその軍隊の紋章。ローマ軍が戦《いくさ》に負け、アルプス横断のとき雪に埋もれてしまった、というイメージ。雪は「死」と「忘却」の象徴。

三一　**バター付きスコーンやホットケーキ**　ピピットの時代の「ペニーの世界」は今はなく、大衆喫茶レストランのスコーンとケーキばかり。

三二−三三　**おいおい泣きながら……うなだれている**　大衆食堂でお茶を飲んでいる「大勢の人たち」は、過去の栄光の喪失を嘆き、泣いているように見える。

亖 ABCレストラン 'Aerated Bread Company' の経営する大衆喫茶レストランのチェーン店。大量の「卵」を使う。

【鑑賞】 フランソワ・ヴィヨンが三十歳の自分を省みて書いた詩に擬して、三十歳を越えたエリオットが自分の過去を省み、〈失われた時〉を懐かしがっている。

一―八行目は、銀板写真《ダゲレオ・タイプ》や〈舞踏への招待〉から見て、語り手の子供時代の静かな居間の情景であろう。九―一四行目は、三十歳の今、思うこと。少年時代にはいくらかの野心も希望もあったが、今、栄誉も、資産も、社会的名声も、手に入れていない。幼なじみのピピットとは結婚できなかった。手に入らなかったもののあれこれを彼が欲しくないと言っているのは強がりである。一五―二三行目は、失われた過去の栄光を嘆いている。青春の夢は今やぶれ、無垢の時代の「ペニーの世界」は失われ、薄汚れた都市ロンドンの喧噪《けんそう》の中で、大勢の人たちが大衆レストランでうつむいてホットケーキを食べている。無垢の喪失と歴史の衰退が重ねられている。

卵は時が経《た》つと悪くなるように、人は大人になると青春の夢を失い、社会は先祖の写真や〈舞踏への招待〉のある家族的な暖炉の部屋から大衆食堂へ俗悪化する(Smith)。

河　馬（The Hippopotamus）

一九一七年の作。この年の七月、『リトル・レヴュー（*Little Review*）』（シカゴ）に発表。教団組織に安住して信仰を失ったキリスト教徒を、自然の衝動だけで生きている河馬に劣るものとして諷刺《ふうし》している詩。

エピグラフ　「コロサイ人への書」四章一六節から。一世紀にコロサイ人とラオデキヤ人は、キリスト教とユダヤ教のあいだで信仰を決めかねていた。

一－四行　堂々たる……肉と血のかたまり　泥の中で休んでいる河馬は、志操堅固に見えるが、魂をもたぬ肉のかたまり。霊や教会とは無縁である。

七－八　〈真実の教会〉は……岩の上に建っている　ローマ・カトリック教会は、自らを聖ペテロから直接受け継いだものとして〈真実の教会〉であることを自認している。「岩の上」は、イエスのペテロへの言葉「汝《なんぢ》はペテロなり、我《われ》この磐《いは》の上に我が教会を建てん」（「マタイ伝」一六章一八節）から。この二行はここではアイロニー。

一一－一二　居ながらにして……集まってくる　教会はなんの努力もなく富を集める組織をもっている。寄進が「配当」と呼ばれているのは、教会が世俗化しているから。

一五　**柘榴《ざくろ》と桃の実**　キリスト教の図像体系では、「柘榴」は永遠の生命、霊的豊かさ、の象徴。また、多くの種《たね》が集まっているところから、信徒の集まりとしての〈教会〉を象徴する。桃は救済、葉のついた桃は(果実と葉の形から)徳高き心と舌(＝言葉)を表わす。石榴と桃のキリスト教的含意は、ここではアイロニー。

一七―二〇　**交尾期になると……喜ぶ声**　俗説では、交尾期になると河馬はかすれた声をあげて交尾する。教会は神との結婚(教会はキリストの花嫁とされる)を言祝《ことほ》ぎ歓喜の声をあげる。

二一―二三　**河馬は……餌をあさる**　河馬は夜行性で、昼間は眠り、夜、餌をあさる。教会は、昼も夜も「眠ったままで」信徒を食いものにしている。

三三　**神の御業《みわざ》はまことに不思議**　ウィリアム・クーパー(一七三一―一八〇〇)の詩「暗黒から輝き出る光」の冒頭の「神はまことに不可思議やり方で／驚異をおこなう」から。エリオットの引用の仕方は諷刺的。

三五―三六　**ぼくは見た……包まれている**　河馬は肉体的存在。教会は霊的存在という認識に反し、河馬が天国に迎えられ、教会は「瘴気」の霧の中に残される。自然な衝動に生きる河馬のほうが偽善に生きる教会よりも天国に近い。

三六　**ホサナ**　神を讃える叫び(言葉)。「マタイ伝」二一章九―一五節、「マルコ伝」一一章九―一〇節。

二九　〈子羊〉の血が河馬を洗い浄め　キリストの磔刑《たっけい》では、生贄《いけにえ》の子羊の血が人類の罪を浄めると比喩的に理解された（「ヨハネ伝」一章二九節）。「ヨハネ黙示録」七章一四節では、神に選ばれた民は「大《おほい》なる患難《なやみ》より出《い》できたり、羔羊《こひつじ》の血に己《おの》が衣《ころも》を洗ひて白くしたる者」とされている。

三〇　天使が両手で彼を抱きとるだろう　「ルカ伝」一六章一九―三一節の譬《たと》え話では、貧者ラザロは死んで天国に行きアブラハムに抱きとられたが、富者は死後、黄泉《よみ》で苦しみの中に置かれた。

三二　黄金のハープ　天国のハープ。ハープは人を来世に導くもの。

三三　雪のように白く洗われて　「イザヤ書」一章一八節に「汝《なんぢ》らの罪は緋《ひ》のごとくなるも雪のごとく白くなり」という句がある。「詩篇」五一篇七節にも類句がある。二九行目の注も参照。

三四　殉教の処女《おとめ》たち　初期キリスト教会では、敬虔な未婚の女性が尊ばれた。たとえば四世紀アレクサンドリアの殉教者聖カテリナ、ローマの殉教者聖ウルスラなど。

三六　瘴気《しょうき》　原語は'miasmal mist'で、腐敗したものから出る細菌を含んだガス。

【鑑賞】　詩の冒頭は河馬の肉体の脆弱さに対して〈教会〉の信仰の揺るぎなさを讃えている

ように見えるが、ほどなくアイロニカルな調子になって、詩の後半は既成組織としての〈教会〉に対する諷刺になっている。「居ながらにして配当」を集め、「眠ったままで食事をとる」〈教会〉は、霊的に死んでいる。夜、餌をあさり、交尾期に雌を追う河馬のほうが生きている。河馬が昇天して「聖者たちの仲間入り」をするとき、〈教会〉は「下界にとどまり……瘴気の霧に包まれている」だろう。

エピグラフにこめられた意味は、既成の教会組織の中の牧師たちはいわばラオデキヤ人、信薄き者たちである。河馬のように自然な衝動に従って生きる動物に劣るということであろう。神に愛されるのは「河馬」のほうである。

この詩はゴーチエの詩「河馬」から発想を得ていると言われるが、ルイス・キャロル(一八三二―一八九八)の『シルヴィーとブルーノ』(一八九三年)の中の次の歌も発想の一部になっているかもしれない。

てっきり銀行員が
バスから降りてくると思ったら
見直すと、とんでもない
河馬さんだった。
こいつと食事をしたら

おれたちの分はなくなるね。

エリオットはここから河馬のイメージと一緒にキャロル的ユーモアとアイロニーを得たのかもしれない。エリオット初期の詩の中では、引喩を意識しないで読める数少ない詩の一つである(Kenner; Smith)。

霊魂不滅の囁き (Whispers of Immortality)

一九一七年から一九一八年の五月から六月にかけての作。一九一八年九月、『リトル・レヴュー』に発表。エズラ・パウンドの意見を容《い》れて何度も書き直した。詩の前半は、イギリス十七世紀の形而上派詩人ジョン・ウェブスター（一五七八頃―一六三八頃）とジョン・ダン（一五七二頃―一六三一）について、後半は性的魅力に富む女性グリシュキンについて、述べている。題は、ウィリアム・ワーズワス（一七七〇―一八五〇）の詩「霊魂不滅の啓示――幼年時代の回想から」（一八〇七年）のもじりになっている。ワーズワスが幼少時代の〈無垢〉を回想して、そこに魂の不滅を感じとろうとしたことに対するエリオットの反論と読むことができる。

一行　**ウェブスター**　ジョン・ウェブスターはシェイクスピアとほぼ同時代の劇作家。彼の劇では、情欲、暴力、死が特徴的。

一　**死にとりつかれていて**　死の観念にとりつかれていて、と同時に、死に抱きつかれていて。

二－四　**皮膚の下に……嗤《わら》いを見せて**　生きた女の皮膚の下に頭蓋を見、死んだ女の骸骨に性的恍惚《こうこつ》の姿態と表情を見ていた。頭蓋と骸骨は「死を忘れるな《メメント・モリ》」を主題とする中世、ルネサンスの文学と美術における主要なモチーフ。

五－六　**眼球のかわりに……睨《にら》んでいた**　ウェブスターの『白い悪魔』(一六一二年)五幕四場で、女主人公ヴィットリアの不倫相手ブラッキアーノ公爵の亡霊が、百合《ゆり》の花と頭蓋を入れた鉢をもってくると、ヴィットリアの弟フラミネオが「花の根の下の頭蓋」と言う。「荒地」七四行目の注参照。

七－八　**思想が死者の……締め上げることを**　ウェブスターにとって死の思想は性交の感覚と一つであった。この二行はウェブスターにおける「感性の統一」の客観的相関物としてのイメージ。

九　**ダン**　ジョン・ダンは十七世紀の形而上派詩人の一人。エリオットは「形而上派詩人論」で、ダンにおける「感性の統一」について「テニソンもブラウニングも……思想を薔薇《ばら》の匂いのように直接に感じることはない。ダンにとって思想は経験であった。それは感性に変化を与えた」と述べている。後述の【鑑賞】参照。

一〇－一一　**感覚に代わり得るもの……突き通す**　この二行は版によって、つまり『我いま汝に請う』（一九二〇年）と『詩集一九〇五―一九二五』（一九二五年）と『詩選集一九〇九―一九三五』（一九三五年）では句読記号に異同があるが、ここでは本訳書の底本（一九六九年）に従う。エリオットはウィリアム・エンプソン（一九〇六―一九八四）の『曖昧《あいまい》の七つの型』（一九三〇年）における「不死の囁き」の分析に影響を受けたのかもしれない（Smith）。「掴んで締めて突き通す」はもちろん性的イメージ。

三―六　**彼は骨髄の苦悶《くもん》を……鎮めることはできなかった**　ダンの経験した骨髄の苦悶、悪寒、熱病は、思想と感覚を含む「統一された感性」の問題であり、単なる感覚的要求の満足によって鎮められるものではなかった。

一七―二〇　**グリシュキンはいい女……約束している**　グリシュキンのモデルはセラフィマ・アスタフィーヴァ（一八七六―一九三四）。ディアギレフのバレエ団に属したバレリーナで、ロンドンにバレエ・スクールを開いていた。エリオットを彼女に会わせたのはパウンドだという（Southam）。この詩では、グリシュキンは「霊妙な至福」を約束する性的魅力をもった「いい女」。ここからこの詩は、現代の「霊」と「肉」はどう重なるのかを問いかけている。

一九　**コルセットなし**　アラン・シーガー（一八八八―一九一六）の連作詩「パリ」に、「コルセットをつけないで」という句がある。エリオットはシーガーの詩集の書評を『エゴイスト』一九一七年十二月号に載せている。

二〇 **霊妙な至福** 原語は'pneumatic bliss'で、'pneumatic'はギリシア語源で「霊的な」という意味。性的快感を修飾する語として使っているのはアイロニー。

二一 **ブラジル産の雌豹《めひょう》** グリシュキンのこと。グリシュキンの性的魅力は動物的次元のもの。彼女のパートナーも動物的。

二九 **〈抽象的実体〉** 疑似哲学的ジョーク。グリシュキンの魅力は哲学的観念までもひきつける。だが、ウェブスターやダンの場合のような感覚と思想の統一はここにはない。

三一 **われわれ** 原語は'our lot'で、'lot'は「群れ、組」の意味。「われわれ」とはウェブスターとダンのことだとする読み(Smith)に従えば、グリシュキンと交わることで(彼女は結局のところ「肋骨」なのだから)「われわれ」は性を通じて死の実相を知ることになる。だが、もし「われわれ」は「エリオットとパウンド」を指すと読めば、「われわれ」はグリシュキンの「まわりをうろつきまわる」のでなく、蛆虫《うじむし》のように彼女の死体の「肋骨のあいだを這い」まわることで、死の形而上的感覚を得ることができる。

【鑑賞】 この詩は対照的な二つの部分から成る。前半はウェブスターやダンを知る読者を想定した形而上詩、後半は性的人間グリシュキンをテーマにしたデカダンスの詩に形而上詩の重りをつけたもの。異質な詩の並置になっている。

前半の一―一六行目では、形而上派詩人ウェブスターとダンにとって思想と感覚は一つのものであった、と言っている。つまり、「死の思想」と「性の感覚」は彼らにとって一つの経験であった。形而上派詩人たちは女を抱擁《ほうよう》しつつ墓を感じ、性愛から知的洞察を得た。彼らは、肉体的経験と切り離せない真実を、思想と感覚の統一体である「感性」を通して獲得することができたというのである。

後半の一七―三二行目では、ボードレールやフィリップのモチーフである娼婦を扱っていて、「いい女」グリシュキンがわれわれの感覚に訴える魅力を述べる。グリシュキンは、ダンが女の「皮膚の下に」見ていたような「乳房のない」「唇のない」骸骨ではなく、その「ロシア風の目」と「親しみやすい胸」と猫族の匂いが〈抽象的実体〉までも引きつける魅力的な女である。「だが」と詩人は言う。「だが、われわれは乾涸びた肋骨のあいだを這い／われわれの形而上学を温存する」と。この二行は曖昧だが、おそらく、「われわれ」は女の発する猫の匂いに惑わされないで、蛆虫になって死んだ女を味わい、ロマン派的感傷ではない知的感受性を維持する、というのであろう。エリオットと彼の仲間は「分裂」以前の「感性」をもちつづける、と言うのである。

この詩は難解である。これは、エリオットが「形而上派詩人論」で展開した〈感性の分裂〉論を詩的イメージで言い換えたもので、そのエッセイでエリオットはチャップマンとテニソンの詩行を引用して言っている、「この〔チャップマンとテニソンの詩行に見られる〕相違は……ダンやチャーベリのハーバート卿の時代とテニソンやブラウニングの時代とのあいだにイギリス精神に起こったもので、知的詩人と反省的詩人の相違なのである。テニソンもブラウニングも詩人であり、彼らには思想がある。だが、彼らは思想を薔薇《ばら》の匂いのように直接感じることはない。ダンにとって思想は経験であった。それは感性に変化を与えた」。

この「感性」は十七世紀以後分裂し、思想と感覚は別々のものとなった、とエリオットは言う。だが、エリオットとその仲間は、「思想を薔薇の匂いのように直接感じる」能力としての「統一された感性」を維持しつづける、と宣言する。「霊魂不滅の囁き」は、形而上派詩人としてのエリオットのマニフェストである。

エリオット氏の日曜の朝の祈り(Mr. Eliot's Sunday Morning Service)

一九一七年から一九一八年五—六月頃の作。一九一八年九月、『リトル・レヴュー』に発表。

エピグラフ　クリストファー・マーロウの『マルタ島のユダヤ人』四幕一場から。ユダヤ商人バラバスは、娘をキリスト教に改宗させた教会への復讐《ふくしゅう》として尼僧院《にそういん》の尼僧たちを毒殺し、彼を改宗させ財産を没収した教会を愚弄する。バラバスの奴隷イサモーは、二人の修道僧を見て「毛虫」と罵《ののし》る。教会への寄進を強要する修道僧たちは強欲だと見なしているからである。

一二行　**「多産を愛する者」たる……酒保《しゅほ》商人たち**　「酒保商人（軍隊の移動について歩く兵隊相手の商人）は子だくさん」という言葉があって、「多産を愛する者」と「酒保商人」はここでは同義。フリードリッヒ・シュトラウス（一八〇八―一八七四）の『イエスの生涯』（一八三五―一八三六年〔英訳一八六五年〕）に出ている 'philoprogenitive'（生殖を愛する）という語にさらに接頭辞 'poly'（多い）を付けた 'polyphiloprogenitive' はエリオットの造語である。「主の賢人ぶった酒保商人たち」とは牧師たちのこと。彼らは聖餐《せいさん》のパンを信者たちに与えるという意味で、また多産者であるという意味で、「酒保商人」である（八行目の「オリゲネス」の注参照）。「多産」のモチーフは、後出の「蜜蜂たち」（二五行目）、「精妙派の学者先生たち」（三一行目）に続く。

四　**初めに〈言葉〉あり**　「ヨハネ伝」一章一節「太初《はじめ》に言《ことば》あり、言は神と偕《とも》にあり、言は神なりき」からの引用。初めの〈言葉〉が二重妊娠によって増殖されていくと言うのである。

六　**〈一つのもの〉**　原語は 'τὸ ἕν' で、ギリシア語。

〃　**二重妊娠**　原語は 'superfetation' で、妊娠中の母体が重ねて妊娠することを意味する生物学の術語。オリゲネス（八行目の注参照）の理論では、「二重妊娠」はキリストを意味することになる。「神との関係において、このロゴスあるいは息子は本体のコピーであり、したがって本体より劣った存在である。」神の〈言葉〉は、キリスト、オリゲネス、教父たちへとコピーされることで、だんだん曇らされる。

七　**時間の閉経が迫ったころ**　「歴史の盛期が終わって」の意味。原文は“And at the mensual turn of time”だが、‘mensual’という語は辞書にはない。‘menstrual’(毎月の、月経の)の間違いかもしれない(Southam)。

八　**オリゲネス**　アレキサンドリア学派の神学者(一八五頃—二五四頃)。六千冊の著書と膨大な聖書釈義で有名。「ヨハネ伝」一章の釈義は特に詳しいもので、一つの〈言葉〉から多くの言葉が生まれたと説く。オリゲネスは(「マタイ伝」一九章一二節に従って)霊的生活のために自らを去勢し「不能」になった。彼の言うところでは、「神は無限の存在、永遠に創造するもの」である。オリゲネスは、ギリシア哲学に由来する観念、特にロゴスの観念をキリスト教に結びつけた「賢人ぶった酒保商人」、つまり多産な著述家であった。だが、それによってキリストの〈受肉〉の真理は曇らされた。第一位優越説では、神は無限に創造するが、創造されるものは順次、劣ったものになる。つまり、イエスは神に劣る。オリゲネスは生物学的には劣った「不能者」だが、逆説的にも神の〈言葉〉から多くの言葉を生み出し、結局、〈教会〉を不毛にした。

九　**ウンブリア派の画家**　十五世紀にイタリア中部のウンブリアを中心に活躍した画家たち、ピエロ・デッラ・フランチェスカ（一四二〇頃―一四九二）を含む。フランチェスカの〈キリストの洗礼〉（一四五二―一四五三年）は有名。

一〇　**石膏《せっこう》の下地**　壁画のための石膏の下塗り。

一一　**洗礼を受けるキリスト**　〈キリストの洗礼〉を主題にした絵では、多くの場合、キリストが浅い川水の中に立ち、その頭にバプテスマのヨハネが水を注《そそ》いでいる。また、キリストの頭上には精霊の鳩、さらにその上の雲間からは神が見下ろしている。「マタイ伝」三章一七節「これは我《わ》が愛《いつく》しむ子」参照。

一七　**長老たち**　教会の長老たち。贖罪《しょくざい》の小銭を集めている。オリゲネスも長老だった。

二〇　**贖罪《しょくざい》の小銭**　原語は‘piaculative pence’で、寄進のお金のこと。若者たちは、信仰からでなく、犯した罪に対する罰を恐れる心から小銭を寄進する。

二一―二四　**見守る熾天使《セラフィム》たち……燃える**　教会の壁に描かれた〈煉獄の門〉の絵の叙述。死者の魂が天国に入るまえ煉獄で罪を浄められる情景が、描かれている。熾天使《してんし》は九天使の中で最高位の天使。燃える愛を特徴とする。

二四　**目に見えぬほど幽《かす》かに燃える**　ヘンリー・ヴォーン（一六二一―一六九五）の詩「夜」に、「このわたしが彼の中にあって目に見えず生きていられるような、そんな夜が願わしい」という行がある。

二五‐二六　蜜蜂たちが……機能に加わる　視点が教会の中から戸外《こがい》に移り、花の雄蕊から雌蕊へと花粉を運ぶ媒介者としての蜜蜂を、キリスト教にロゴスの観念を結びつけた媒介者オリゲネスと比べている。オリゲネスは（マルタ島の修道僧たちのような）「毛虫」ではなく「蜂」として、蜂が花粉を運ぶように神の〈言葉〉を伝達し、結果的に宗教論争と異端を数多く生み出した。不能者であり「多産者」であるオリゲネスは、神であり同時に人間である創造者としてのキリストに似ているが、その「多産」は神の〈言葉〉から遠ざかる堕落である。

二九　スウィーニー　「直立したスウィーニー」および「ナイチンゲールたちに囲まれたスウィーニー」参照。

三〇　お風呂の湯をかきまわす　スウィーニーの入浴は、ウンブリア派の画家の描いた〈キリストの洗礼〉（九行目）のアイロニカルな対照物である（スウィーニーは「直立したスウィーニー」の場面のあと今はお風呂に入っている）。スウィーニーは去勢されていないが、洗礼も日曜の朝の祈りもまったく意識にない動物的欲望だけの存在である。人類は退化していく。

三一　精妙派の学者先生たち　二―六世紀のキリスト教会の神学者たちは細かい議論を好み、神学の理論や注釈が複雑化し増殖したという意味で彼らは「多産」であった。教会は初めの

〈言葉〉から遠ざかり堕落した。

【鑑賞】　エピグラフは、強欲な修道僧たちを思い出させることで、教会の腐敗を暗示している。詩の前半は、教会内部の不毛な神学論争の批判である。一―八行目では、〈教会〉の神学者たちは神学理論を複雑化するという意味で〈言葉〉から言葉を生み出した「多産の人」であると言う。九―一六行目では、絵の中のキリストの「無垢の足」が「今も輝いている」ように、教会の「多産」による堕落にもかかわらず、キリストの真理は消されてはいないという意味。

後半は、教会の多産の機能を批判している。一七―二四行目では、改悛者から小銭を集めて罪を赦免《しゃめん》する教会のやり方は正しくない、煉獄における罪の浄化こそが真の贖罪である、と言っている。二五―三二行目では、花から花へ、雄蕊から雌蕊へ、多産な生殖の営みに励む蜜蜂は自然の秩序にかなっていると言うことで、自らを去勢し言葉を増殖させた教父オリゲネスは神の心に反すると言おうとしている。「精妙派の学者たち」の神学論争は、お風呂の湯をかきまわすスウィーニーの尻にも似て無意味である。多産によって種としての人類は維持されてきたが、人間はだんだん退化し、バラバスや、にきび面の若者や、スウィーニーのような劣った存在になった。去勢されて多産になったオリゲネスとは対照的な堕落である。

ナイチンゲールたちに囲まれたスウィーニー
(Sweeney Among the Nightingales)

一九一八年五月から六月にかけての作。一九一八年九月、『リトル・レヴュー』に発表。詩の題は、エリザベス・バレット・ブラウニング(一八〇六―一八六一)の詩「ナイチンゲールたちに囲まれたビアンカ」のもじり。エリオットのこの詩では「ナイチンゲール」は「娼婦」を意味する俗語。

エピグラフ　アイスキュロス(前五二五頃―前四五六頃)の悲劇『アガメムノン』で、トロイア戦争からアルゴスに帰国したアガメムノン王が、不倫の妻クリュタイムネストラに致命傷を与えられたとき発する言葉(一三四三行目)からの引用(“ὤμοι, πέπληγμαι καιρίαν πληγὴν ἔσω.”)。訳は久保正彰訳(岩波文庫)による。この詩のスウィーニーは、クリュタイムネストラに風呂場で殺されるアガメムノンの卑俗化されたイメージとして提示されている。エピグラフは、「スウィーニー殺害」を暗示し、この詩は「不吉な予感」の客観的相関物を意図したものである。

一行　**エイプネック・スウィーニー**　スウィーニーがふたたび登場。彼のファースト・ネームは

「エイプネック(Apeneck)」。「猿の頸《くび》」の意味である。この人物の動物性は(「直立したスウィーニー」でも描かれていたが)ここでもオランウータンのような姿勢、シマウマからキリンに変わる肌の色など、視覚的に示されている。

四　**斑模様《まだらもよう》の**　原語は'maculate'だが、その反対語は'immaculate'で、'Immaculate conception'つまり聖母マリアの「無原罪の懐胎」を連想させる。そこから「斑模様」は「罪」を含意する。

五　**月の暈《かさ》**　気象学的に言うと、月の暈は嵐の接近を表わす。ここは不吉な事件の前兆。

六　**プレート河**　ウルグアイとアルゼンチンのあいだを流れる河。河口は南アメリカの岸になる。「スウィーニー殺害」劇の場面は、南米ウルグアイの首都モンティヴィデオ(ラフォルグの生誕地)のとある酒場。主人公スウィーニーは、食事のあとコーヒーを飲んでいる。

七　**〈死神〉と〈鴉座《からすざ》〉**　星座が不吉な事件の予兆を見せている。鴉は「死の鳥」。

八　**角《つの》の門**　ウェルギリウス『アエネーイス』(六巻八九二行目以下)では、「眠り」には門が二つあり、角《つの》で造られた門からは正夢《まさゆめ》が、象牙《ぞうげ》の門からは逆夢《さかゆめ》が出てくる。「角の門」でスウィーニーの見る〈死神〉と〈鴉座〉は、彼の死を予言していることになる。

九　**オリオンとシリウス**　オリオンは星座。シリウス(天狼星)を含む。ギリシア神話の巨人オリオンは猟師、シリウスは彼の猟犬(シリウスの原語は'the Dog')。オリオンは、女神アルテミスを凌辱《りょうじょく》しようとしたため、彼女の送った蠍《さそり》に刺されて死んだ。ここからオリオンは、女に殺されるアガメムノンとスウィーニーに結びつく。

一一　スペイン風のケープ姿　娼婦。酒場でスウィーニーに戯《たわむ》れかけている。

一七　チョコレート色の上衣《うわぎ》を着た男　娼婦たちと共謀してスウィーニーを殺そうとしている男。

一九―二〇　オレンジ……温室葡萄《おんしつぶどう》　スウィーニー虐殺を人類学で言う季節儀礼に擬したものと考えると、ここの果物は収穫祭で植物神に捧げる供物と見ることができる(植物神については『荒地』四七行目の注および「『荒地』へのイントロダクション」参照)。

二一　この暗褐色の脊椎動物　「チョコレート色の上衣を着た男」のこと。

二三　レイチェルの旧姓はラビノヴィッチ　ユダヤ系の女。「ケープ姿」の女と共謀している。

二四　殺意の匂う前肢《まえあし》で……もぎとる　レイチェルの野獣的感情と殺意を含んだ身振り。クリストファー・マーロウの悲劇『カルタゴの女王ダイドー』(一五八七年頃初演)二幕一場に、「殺意をこめた前肢」という句がある。

二七―二八　重い瞼《まぶた》をした男は／指し手に迷い　スウィーニーは身の危険を感じるが、どうしてよいか、とっさにはわからない。

三三―三四　この家の主人は……話をしている　「素性のしれぬ男」は「刺客」であろう。スウィーニーがこの家を離れたとき、森まで追って殺害するのである。この二行は、シェイクスピアの『マクベス』三幕四場で、マクベスが宴席を離れ、戸口で刺客にバンクォー殺害を命じる場面を思い出させる。

三六　〈聖心修道院〉　原語は'The Convent of the Sacred Heart'で、〈聖心〉は、ローマ・カトリック教会の尼《に》僧《そう》修道院。南アメリカにも同じ系列の修道院がある。〈聖心〉は、古代にはディオニュソスの「心臓」を意味したが、近代では独身生活を誓った尼僧のエンブレム。この詩では、娼婦（ナイチンゲール）たちは尼僧になって、スウィーニーの弔いの歌をうたっているらしい（〈教会〉の腐敗！）。

三七―三八　むかしアガメムノンが……鳴いていた鳥だ　ソポクレス（前四九六頃―前四〇六）の『コロノスのオイディプス』（一五行目）では、〈復讐《ふくしゅう》の女神〉エウメニデスの「聖なる森」にナイチンゲールの歌がひびいている。エリオットはこの森を念頭に置いていたという。もっともアイスキュロスの『アガメムノン』（一五三九―一五四〇行目）にもナイチンゲールへの言及があって、こちらではアガメムノンの捕虜となったトロイアの王女カッサンドラが、アガメムノンが不倫の妻クリュタイムネストラに殺されることを予見し、ともに死ぬ運命にある自分を「不幸に満ちた一生を嘆く」鳥ナイチンゲールになぞらえている。

三九―四〇　鳴きながら……よごしたのだ　「凌辱」は、クリュタイムネストラと情夫アイギストスの不倫を連想させる。また、アテナイ王の娘ピロメラがトラキア王テレウスに凌辱されてナイチンゲールに変身したこと(オウィディウス『変身物語』巻六)を思い出させる(『荒地』二〇四—二〇六行目参照)。三九行目の「糞」は、神話をスウィーニーの卑俗な日常レヴェルに結びつけ、古代の凌辱と殺人をめぐる悲劇を、現代の卑俗な事件と並置している。

【鑑賞】 この詩は、曖昧な表現の下にかくすように、一つのストーリーを仄《ほの》めかしている。登場人物はそのアクションだけが描かれていて、行為の動機はいっさい書かれていない。黙劇か影絵芝居を見る感じである。題名にある「ナイチンゲール」は「娼婦」を意味するが、ここでは死を予告する鳥でもある。二人の娼婦のあいだでスウィーニーは自分の死を予感するが、詩の狙《ねら》いはストーリーを語ることよりも、殺人が起こるまえの不吉な雰囲気をつくり出すことにある。

冒頭、スウィーニーは、「エイプネック」という名が暗示するように、オランウータンに似た姿勢で坐っている。空の月も、星座も、不吉を予言している。スペイン風のケープをまとった女がスウィーニーに近づいて、コーヒー茶碗をひっくりかえす。もう一人の女レイチェルが、スウィーニーのそばに来て果物を食べはじめる。彼は無気味な空気を感じて部屋を出るが、また、窓から中を覗き込む。この酒場の主人は「素性のしれぬ男」に何か指示を与えている。やがてナイチンゲールの鳴き声がする。スウィーニーがアガメムノンのように殺されたことの暗示である。

支配的イメージは、不吉を仄めかすイメージ、鴉、オリオンとシリウスにかかる靄《もや》、黙した海、血腥《ちなまぐさ》い森など、死の前兆となるイメージである。そして、もう一つ、動物のイメージがある。登場人物はすべて動物のイメージで語られている。

詩の不吉な雰囲気をつくり出しているのは、スウィーニーにまつわりつくアガメムノンの影である。アガメムノンとスウィーニーに共通する悲劇と恥辱には、宗教と儀礼的秩序が支配的であった古代と、無秩序な現代の対比が暗示されている。クリュタイムネストラによるアガメムノン虐殺を思い出させるエピグラフは、この詩にとって不可欠である。詩の要点である英雄的過去と卑俗な現代文明の対照が失われれば、この詩は成り立たないからである。英雄の虐殺は悲劇的であるが、人間的威厳のないスウィーニーにおける性の感覚と死の意識は悲劇にはならない。無意味である。信念と人間性は失われたのだ。

『荒　地』(*The Waste Land*)

『荒地』へのイントロダクション

『荒地』は難解な詩である。絵画や文学におけるモダニズムに親しみをもっている読者は、シュールリアリズムにおけるコラージュを見るように、この詩を読みとることもできるかと思う。だが、この詩は意味を拒否したコラージュではない。一見ばらばらな断片の集積に見えようと、この詩は意味への意志をはっきりともっている。『荒地』の「全体的構想」と「語やイメージの象徴的意味」については「原注」でもふれられているが、読者の理解に役立つと思われる基礎的な事柄を以下に記しておく。

A　主題について

『荒地』は、発表当時、第一次大戦後のヨーロッパの荒廃を意味するものとして受けとられた。一九二二年の歴史的情況において、それは正しい理解であった。だが、この詩はそうした時事的関心を越えて、人類史の中の死と再生についても深い洞察を含んだ詩である。『荒地』

という題名は、中世ヨーロッパのアーサー王物語の中の「聖杯伝説」から来ている。〈最後の晩餐《ばんさん》〉のときキリストが用い、磔刑《たっけい》のときキリストの血を受けたとされる聖杯は、アリマタヤの聖ヨセフによってイングランドのグラストンベリーにもたらされ、その後、見失われていたが、アーサー王の時代に聖杯探究の旅に出た騎士パーシヴァルによって見出されたとされる。ジェシー・L・ウェストン（一八五〇―一九二八）の『祭祀《さいし》からロマンスへ』（一九二〇年）によれば、この〈聖杯探究〉のロマンスは、キリスト教以前の東方の宗教における植物神崇拝の祭祀――植物神の死と再生の秘儀（儀式に用いられた杯と槍《やり》は性的シンボル）――がキリスト教信仰と習合し、さらにそれが騎士道ロマンスに取り入れられたものだという。「聖杯伝説」では、〈聖杯の城〉の王は〈不具の王〉、その国土は〈荒地〉で、騎士は、ある問いを正しく問うことによって、生命力の衰えた王と荒廃した国土を再生させる。王は太古の生命シンボルである魚と結びつけられ〈漁夫王〉と呼ばれる。

〈漁夫王〉について、ウェストンは言っている。「王の人格、彼を苦しめている身体的障害、それが国土と民衆に与える苦しみ、それらは、かつて王とその国土のあいだに存在すると考えられていた不即不離の関係に呼応する。すなわち、王とは、生命と豊穣《ほうじょう》の聖なる原理と一つのものであるとする認識に立つ関係である」（『祭祀からロマンスへ』九章）。ウェストンはまた、〈漁夫王〉という名前について、それは魚をキリストの象徴とするキリスト教の考えや、ケルトの神話、伝説とは無関係であり、むしろ、魚を「聖なる食べ物」とする神秘宗教の考え方、またあらゆる生命の根源は「水」であるという考え、魚は豊穣を約束する要素であるという先史時代の人びとの考えから〈漁夫王〉の観念が生まれたと言い、「魚釣り」はあとから付け加えられたモチーフだとしている(同九章)。

「聖杯伝説」には死と再生神話が内包されているが、典型的な再生神話としてエジプトの植物神オシリスの再生神話がある。ジェイムズ・フレイザー(一八五四—一九四一)の『金枝篇』(全十二巻、一八九〇—一九一五年)によれば、王であったオシリスは弟のセト(チュポン)に殺され、死骸は寸断されてナイル河に棄てられたが、オシリスの妻イシスがそれを拾い集めたとされ、一説では太陽神ラーに遣わされたアヌビス神の力でオシリスは甦《よみがえ》ったという。オシリス神の礼拝儀礼では、土と穀物で造られたオシリスの人形《ひとがた》が地中に埋葬され、その発芽が神の再生として祝われた。

『荒地』は一見、言葉とイメージの自由連想的な集合とも見えるが、「聖杯伝説」と「再生神話」を軸に解読すれば、そこに一貫した「意味」を読みとることができる。ただ、その「意味」は、普通の叙述の糸によって表現できるものではなく、論理的な整合性の見えない幾本かの糸がからまって、つまりはモダニストの詩法によって、音楽的に紡《つむ》ぎ出される「意味」である。

できる。

B　詩法について

二十世紀モダニズム詩の傑作としての『荒地』の詩法は、端的に言えば、次の四点に要約できる。

㈠　〈意識の流れ〉。『荒地』は、通常の意味での論理的／物語的シークエンスをもっていない。詩行を追う読者は、いわば映画のモンタージュに似たプロセスを通して、論理的構造としてではなく、詩全体を一つの〈意識の流れ〉として、受けとっていくことになる。

㈡　引喩性。『荒地』は過去の詩や劇からの引用やパスティーシュを材料に組み立てられている。いわば「本歌取り」の技法が徹底的に用いられている。

㈢　並置。古典的な詩や劇からの引用や引喩は、現代文明の諸々の情景と並置されることで、異質なイメージの衝突の面白さとアイロニー、同時にまた、これまで知られなかった新しい意味の地平をつくり出す。

㈣　神話的方法。論理的あるいは物語的一貫性の見えない言葉／イメージの連続は、神話的な枠組を浮かび上がらせることで、初めて一つのまとまりとして受けとられる。ジョイスがホメロスの物語を軸に『ユリシーズ』を書いたように、エリオットは、中世騎士物語の「聖杯伝説」、および、その背後にある「植物神の再生神話」を軸に、神話的、コラージュ的で、「観念の音楽」とも言われる新しいコンポジションをつくり出したのである。

C　成立事情

第Ⅰ部「死者の埋葬」は一九一九年十月に、第Ⅱ部は一九二一年春、草稿が出来た。第Ⅲ部は一九二一年春に書き始められ、同年秋、エリオットがマーゲイトで療養中、第Ⅰ部から第Ⅲ部の草稿がまとまった。第Ⅳ部と第Ⅴ部は、一九二一年十一月中旬から十二月下旬にかけて、エリオットがローザンヌのサナトリウムで療養しているときに書かれた(第Ⅳ部は、これよりまえ一九一六―一九一七年に書かれたフランス語の詩「レストランで」の最後の七行を書き直したもの)。『荒地』全体は、一九二一年十一月から一九二二年一月にかけて、エズラ・パウンドの大幅な編集を経て完成され、イギリスでは一九二二年十月に『クライティリオン』創刊号(十月十六日)に、アメリカでは同年の『ダイアル』十一月号(『クライティリオン』創刊号より数日あとに刊行)に発表された。詩の末尾に置かれた「原注」は、一九二二年十二月、この詩が単行本として出版されたとき、付けられたものである。

題　『荒地』という題は、「聖杯伝説」の中の〈不具の王〉の荒廃した国土を言う語「荒地」から。トマス・マロリー(一四一六頃―一四七一)の『アーサー王の死』(一四八五年没後刊)一七巻三章。

エピグラフ　じっさいわしはこの目で……答えていたものさ　ペトロニウス（?—六六頃）の『サテュリコン』の「トリマルキオンの饗宴」四八節で、トリマルキオンが酒席で語る話からの引用（"Nam Sibyllam quidem Cumis ego ipse oculis meis vidi in ampulla pendere, et cum illi pueri dicerent : *Σίβυλλα τί θέλεις*; respondebat illa : *ἀποθανεῖν θέλω.*"）。訳は国原吉之助訳（岩波文庫）による。

クーマエのシビュラ（アポロンの神託を告げる巫女《みこ》）は、ウェルギリウスの『牧歌』四歌と『アエネーイス』六巻一—一五五行目にも現われる。アエネアスは冥界の父を訪れるためにシビュラの助言を仰ぐ。またオウィディウスの『変身物語』巻一四の一〇一—一五三行目では、シビュラは若い頃アポロンに愛され、その手に掴《つか》める砂粒の数の歳まで生きることを許されたが、若さを求めることを忘れたので、老い衰えて蟬《せみ》のように小さくなった、と語られている。また、シビュラの占いは、文字を記した何枚かの木の葉を宙に投げ、拾い集めたものを言葉になるように並べて判読した。『荒地』は、詩句の断片をつなぎ合わせたものとして、シビュラの占いの木の葉と見なすことができる。

〈献辞〉　わたしにまさる言葉の匠　ダンテ『神曲』「煉獄篇《れんごくへん》」二六歌一一七行目からの引用（"il miglior fabbro"）。先輩詩人アルナウト・ダニエルへのダンテの讃辞。エリオットは自分の詩稿をエズラ・パウンドに見せ、パウンドが大きく手を加えた形で『荒地』は発表された。この献辞が付けられたのは、一九二五年に『詩集一九〇九―一九二五』に『荒地』が収められたときから。エリオットは、パウンドに敬意を表しつつ、自分はダンテの顰《ひそみ》に倣《なら》おうとしているように読める。

I 死者の埋葬 (The Burial of the Dead)

題 「死者の埋葬」は、英国国教会の「死者の埋葬」式の「われら生の最中《さなか》にありて死の中にあり」という祈りの言葉を思い出させる。穀物神の埋葬儀礼が暗示されている。

一行 **四月は最も残酷な月** ジェフリー・チョーサーの『カンタベリー物語』の「総序の歌」冒頭では「四月がその優しい春雨《はるさめ》を／三月の渇きの根にまで滲《し》みとおらせ……」とあって、「四月」は植物を甦らせる優しい慈雨の月であるが、『荒地』では四月は「記憶と／欲望をないまぜに」する残酷な月。ジェイムズ・フレイザーの『金枝篇』によると、植物神アドニスの死と再生の儀礼は、フェニキアでは、雨で山から洗い流された赤土でアドニス河が血の色になる春におこなわれた(『金枝篇』三二章)。四月は「残酷な」血の季節なのである。

二―三 **記憶と／欲望を……** 記憶と欲望をないまぜにするのは、過去と未来の相互浸透、つまりベルクソン的な「純粋持続」であり、エリオットの「伝統と個人の才能」論に言う「歴史的感覚」につながる。この句は、フィリップの小説『ビュビュ・ド・モンパルナス』一章の「われわれの体にはどんな記憶でもすっかりきちんとしまわれている。われわれはそいつを自分たちの欲情とまぜっこにする」（淀野隆三訳、岩波文庫）の反響かもしれない。

八　**ぼくたち**　この詩における一人称の人物のアイデンティティは見きわめがたい。いわば変幻自在（第Ⅲ部二一八―二一九行目のテイレシアスについての注参照）。ここの「ぼくたち」は、この詩の主人公の男とその恋人のドイツ女性を指すように読める。八―一一行目は二人の遠足の話。一二―一八行目はこの女性の言った言葉と読める。素材になったのは、エリオットがバヴァリアのマリー・ラリッシュ伯爵夫人（一八五八―一九四〇）に会ったときの会話だという。一五行目の注参照。

〃　**シュタルンベルク湖**　ミュンヒェンの南西にある湖で、リゾート地として有名。一八八六年にバヴァリア王ルートヴィヒ二世（一八四五―一八八六）がここで水死した。エリオットが訪れたのは一九一一年。なお、八―一八行目はシュタルンベルク湖での恋の話。『カンタベリー物語』では四月に人びとは巡礼に出かけるが、『荒地』では大陸（ヨーロッパ本土）への旅の回想。この一節では、会話と地の文が引用符なしに続けられている。いわゆる〈意識の流れ〉の手法。

一〇 **ホーフガルテン** ミュンヒェンにある公園。「ホーフガルテン(Hofgarten)」はドイツ語で「宮廷庭園」を意味する。この公園はバヴァリアの名門ヴィッテルスバッハ家の広大な城館と向き合っていて、隣接して「柱廊」があり、その向こうにアーケード・カフェがある。

一三 **ワタシハロシア人ジャナイノ……ドイツ人ナノ** 原文は"Bin gar keine Russin, stamm' aus Litauen, echt deutsch"で、ドイツ語。リトアニアは長いあいだロシアに支配されていたが、第一次大戦後の一九一九年に独立した。リトアニアの支配階級にはドイツ人が多かった。異民族の混じった国家は、エリオットの考える「同一民族国家」の理想(『文化の定義のための覚え書き』)に反する。彼にとってはこれも文明の衰退の一面。

一五 **マリー** 『荒地――草稿ファクシミリ』につけたヴァレリー・エリオットの注によれば、エリオットはマリー・ラリッシュ伯爵夫人に会ったことがあり、「橇遊び」の記述(一四―一六行目)はそのときの会話の記憶だという。マリー・ラリッシュは、バヴァリアの王位継承権をもつルートヴィヒ・ヴィルヘルムの庶出の娘。一八五九年にルートヴィヒは王位継承権を放棄し、マリーの母と結婚した。一八七四年頃、マリー(十六歳)はルートヴィヒの姉でオーストリア皇后のエリザベスと一緒に暮らすことになり、彼女の息子ルドルフと親しくなった。マリーとルドルフの橇遊びのエピソードは、オーストリア＝ハンガリー帝国(一八六七―一九一八年)の消滅を回想させる。

一九―二〇　つかみかかる……なんの若枝？　「ヨブ記」八章一六―一七節に、「彼日《かれ》の前に青緑《みどり》を呈《あら》はしその枝を園に蔓延《はびこ》らせ　その根を石堆《いしづか》に盤《から》みて……」とある。

二〇　人の子よ　エリオットの原注にあるように、出典は「エゼキエル書」二章一節。神は預言者エゼキエルに呼びかけて、「人の子よ起《た》ちあがれ我汝《なんぢ》に語《ものい》はんと」と言う。ここではもっと広い意味で、「人の子」とはアダムの子孫を指すのであろう。

二二　壊れた石像《イメージ》の山　「エゼキエル書」六章四節で、偶像崇拝に対する神の裁きを述べた個所《かしょ》に、「汝等《なんぢら》の壇は荒《あら》され日の像は毀《こぼ》たれん」とある。「壊れた石像の山」はイギリス人にとっては宗教改革時代の聖像破壊を思わせるイメージであるが、広くヨーロッパ文明の歴史を考えると、北アフリカの古代ローマの都市の遺跡、カルタゴの遺跡、さらには第一次大戦によるヨーロッパの破壊の跡を連想させる。また、『荒地』という詩における不連続な「イメージの山」という意味もある。第Ｖ部四三〇行目の「これらの断片」を参照。

二三　蟋蟀《こおろぎ》は囁《ささや》かず　エリオットの原注に書かれている「伝道の書」一二章五節には、死を前にした者について「かゝる人々は高き者を恐《おそ》る　畏《おそろ》しき者多く途《みち》にあり……」とあるが、同じ個所に「蝗《いなご》もその身に重く」という句がある。

二四　石は乾いていて、水の音はしない　「出エジプト記」一七章に、イスラエルの民が、旅の途中、飲み水がなくてモーセを責める場面がある。

二五　**赤い岩の下の陰**　「イザヤ書」三二章二節では、神の国の祝福の一つに「大岩の陰」がある。

二六　**この赤い岩の陰に来なさい**　「イザヤ書」二章一〇節「汝岩間《いはのひま》にいり　また土にかくれてヱホバの畏《おそ》るべき容貌《みかたち》とその稜威《みいつ》の光輝《かがやき》とをさくべし」からか。

二七―二九　**朝、きみの……違ったものを**　詩の語り手が呼びかける「きみ」は、朝も夕方も東を指して歩いている。『荒地』の視点は、第Ⅰ部冒頭のイングランド南部(ミュンヒェンへの旅の回想を含む)に始まり、第Ⅱ部ではロンドンにとどまるが、第Ⅲ部の後半でテムズ河を下《くだ》り、第Ⅳ部で地中海、第Ⅴ部で「東ヨーロッパ」(三六六―三七六行目への原注)、さらに「ヒマラヤ山脈」へと向かっている。

三〇　**一握りの灰**　ジョン・ダンの『危機に際しての献身』(一六二四年)の「瞑想Ⅳ」に、わが身を使い果たして「一握の灰になるとき」という句がある。「灰」は、「汝《なんぢ》は塵《ちり》なれば塵に皈《かへ》るべきなり」(「創世記」三章一九節)の「塵」と同じ。〈生〉の帰結としての〈死〉。エピグラフの中のシビュラの掌《てのひら》に握られた砂粒の暗示もある。

三一―三四　**サワヤカニ風ハ……ドコニイル?**　エリオットの原注にあるように、リヒャルト・ヴァーグナー(一八一三―一八八三)のオペラ『トリスタンとイゾルデ』(一八六五年初演)の若い水夫の歌(一幕一場および二場)からの引用("Frisch weht der Wind / Der Heimat zu / Mein

Irisch Kind / Wo weilest du ?")。マルク王との結婚のため、アイルランドの王女イゾルデを船でコーンウォールにつれ帰る途中、王の甥《おい》のトリスタンが、船中でイゾルデと恋に落ちる挿話は、『荒地』における「性」のテーマの一部をなすと同時に、「愛」と「水」の物語として「愛なき情欲」のモチーフの対極をなす。

三五-四二　あなたが初めて……海ハスサンデ寂シイ眺メ　この一節は「ヒアシンス娘」の恋の話。ヒアシンスという花の名前は、ギリシア神話の中の少年ヒュアキントスから来ている。スパルタの少年ヒュアキントスはアポロンに愛されたが、二人が円盤投げをしているとき、アポロンの円盤が誤ってヒュアキントスの顔に当たり、傷から血が落ち、そこから真っ赤な花が生《は》え出た（オウィディウス『変身物語』巻一〇、一六二―二一九行目）。ヒアシンスは植物神崇拝儀礼における「再生」の象徴。「髪」は動物性の象徴。同時にまた豊饒の象徴。

三九-四〇　生きているのか……わからなかった　『神曲』のダンテが、地獄の底で初めて悪魔大王サタンを見たときの印象を思い出す言葉「私は死にはしなかった、だが生きた心地はしなかった」（「地獄篇」三四歌二五行目（平川訳））から。

四二　海ハスサンデ寂シイ眺メ　『トリスタンとイゾルデ』三幕一場で、トリスタンが死ぬまえ、イゾルデの船がまだ見えない、と牧人が海を見て告げる言葉からの引用（"Oed, und leer das Meer")。愛の姿は見えず、海に再生の気配はまだない。

四三-五九　マダム・ソソストリスは……用心しなくちゃね　マダム・ソソストリスは、古代の預言者シビュラ(エピグラフの注参照)に対応する現代の「預言者」であるが、エリオットは、W・B・イェイツ(一八六五—一九三九)が神智学者／降霊術師マダム・ブラヴァツキー(「料理用卵」二二行目の注参照)について書いた文章(『ダイアル』一九一九年八月)に示唆されたのかもしれない。「ソソストリス(Sosostris)」という名前は'so-soish'(そこそこ、いいかげん)を連想させる。「随一の賢い女」の原語'wisest woman'には'wise woman'(魔女)の含意がある。彼女が占いに用いるタロット・カードは現代のトランプに似たカードで、杯、槍《やり》、剣、皿の四組五十六枚と一から二一の番号のついた二十一枚、番号のない一枚、都合七十八枚のカードから成る。杯、槍、剣、皿は、古代の豊穣儀礼における聖杯、槍、剣、皿に対応するというのが『祭祀からロマンスへ』のウェストンの意見。原注にあるように、『荒地』におけるソソストリス夫人のカードは、実際のタロット・カードとは必ずしも一致しない(たとえば「フェニキアの船乗り」の札はタロット・カードにはない)。エリオットは、タロット・カードを「自分の詩に都合のいいように利用している」。

ソソストリス夫人による神なき世界の予言は、この詩の残りの部分で一応実現する。㈠フェニキアの船乗りの「水死」は第Ⅳ部で実現を見、㈡「ベラドンナ」は、ポーター夫人、クレオパトラ、エリザベス、「テムズの娘たち」といったさまざまな女として、㈢「三本の棒もつ男」(タロット・カードで最も強い札の一つで海神ポセイドン(=ネプチューン)を暗示する)は、聖杯伝説の〈漁夫王〉とその変奏であるさまざまな人物として、(四)「車輪」と「水死」は第Ⅳ部のフレバスの水死体と海の渦、船の舵輪《ウィール》として、(五)〈首吊り男〉は(原注にあるように)三五九―三六五行目の「フードをかぶった人物」、すなわち磔刑《たっけい》のキリストとして、(六)「片目の商人」は「スミルナの商人」ユーゲニデスとして、(七)「歩いているたくさんの人」は、ロンドン・ブリッジを流れる群集(六二行目)、フードをかぶり平原を行く群集(三六八―三六九行目)として、現われる。

四七　**あなたのカード**　タロット・カード占いで最初にめくる「求占者カード」。

〃　**フェニキアの船乗り**　フェニキアは東地中海の海岸で、今はシリアとして知られる地方の、紀元前二〇〇〇年頃に栄えた国で、船乗りと商人で有名。この地方で毎年、夏至《げし》の頃、植物神タムムズの死と再生の儀礼がおこなわれた(フレイザー『金枝篇』二九章)。アレキサンドリアでは、アドニスをかたどった人形《ひとがた》が海に投じられ、海流に流されてビュブロスで拾われて再生神として祀《まつ》られた(ウェストン『祭祀からロマンスへ』四章)。『荒地』では、第Ⅳ部で「フェニキア人フレバス」が〈植物神/漁夫王〉を演じる人物の一人として、植物神の再生儀礼の型に従って海に投げ入れられている。

四八　**この真珠は彼の目だった**　シェイクスピアの『あらし』一幕二場のエリアルの歌からの引

用。ナポリの王子ファーディナンドが、父王アロンゾーは海で溺れ死んだものと思い込んで悲しんでいるとき、彼を慰めるためにエアリアルがうたう歌の一句。死者の目が真珠に変わる不思議な「海での変容」による再生の暗示。乾燥した荒地での死に対して「水死」は再生につながる望みを内包する。「水」は伝統的に生命、浄化、再生の象徴である。

四九―五〇　ベラドンナ、〈岩窟の女〉、／さまざまな情況の女　「ベラドンナ」はイタリア語で「美しい女」(茄子《なす》科の有毒植物の名でもある)。「ベラドンナ」もタロット・カードにはない。〈岩窟の女〉は、レオナルド・ダ・ヴィンチ(一四五二―一五一九)の〈岩窟の聖母〉および〈モナリザ〉を思い出させる。ウォルター・ペイターは『ルネッサンス』(一八七三年)で、〈モナリザ〉を「まわりの岩よりも古く、何度も死んだ妖婦にも似た」不可思議な女性と呼んでいる。『荒地』では、「赤い岩」(二五―二六行目)は不毛の象徴として、〈岩窟の女〉は「石女《うまずめ》」を意味するものとも読める。「さまざまな情況の女」は、情況に身をまかせる節操のない女、あるいは(二一八行目への原注にある)「すべての女である一人の女」。

五一　三本の棒もつ男……〈車輪〉　タロット・カードには〈三本の棒もつ男〉の札、〈車輪〉の札がある。〈三本の棒もつ男〉をエリオットは聖杯伝説の〈漁夫王〉と結びつけている。〈車輪〉は〈運命の女神〉の廻《まわ》す有為転変《ういてんぺん》の車輪。仏教の「輪廻《りんね》」の暗示もある。

五二　片目の商人　第Ⅲ部二〇九行目の「スミルナの商人」である。彼が「背負って」いてソソストリス夫人が「見ちゃいけない」ものは聖杯の神秘。磔刑のキリストの「背負って」いる十字架でもあるだろう。植物神アッティス信仰と聖杯伝説をアーサー王伝説の国にまで伝えたのは、フェニキアの商人たちだという（ウェストン『祭祀からロマンスへ』一二章）。カードの〈商人〉は、横顔が描かれているので「片目」。

五五　〈首吊り男〉　タロット・カードの〈首吊り男〉は、頭を下にしてT字形の十字架に片足で釣り下げられている。農作物の豊穣のために殺され再生する〈豊穣神〉として、三五九―三六五行目の「フードをかぶった人物」（人類の救いのために殺され甦《よみがえ》ったキリストを暗示する）に結びつく。ここで予言されている「水死」は第Ⅳ部で実現している。

五七　ありがとう。エクィトーン夫人に　「ありがとう」と言って、マダム・ソソストリスは客から鑑定料を受けとる。エクィトーン夫人は別の鑑定依頼者。

六〇　〈非現実の都市〉　原語は'Unreal City'で、「シティー」は都市を意味すると同時にロンドンの金融街を指す。イングランド銀行も、王立取引所も、エリオットが銀行員として働いていたロイド銀行も、ここロンドン・ブリッジ近くの〈シティー〉にある（エリオットの見たロンドン・ブリッジは一九六七年に改築された）。冬の霧に覆われた〈非現実の都市〉とも見えるロンドンのこの地区は、六三行目ではボードレールの「雑踏する大都会、妄想で一ぱいな大都会、／ここでは幽霊が真昼間現われて道行く人の袖《そで》をひく！」（堀口大学訳、新潮文庫）、そんな幽鬼の街パリ(『悪の華』「七人の老人」冒頭の一―二行)と重ねられ、六二―六五行目ではダンテ『神曲』「地獄篇」の〈地獄〉と重なる。ここは、ロンドンであると同時に地獄でもある〈非現実の都市〉である。

六二　**ロンドン・ブリッジを群集が流れていった**　エリオットの原注には、六三行目への注として、ダンテ『神曲』「地獄篇」三歌五五―五七行目からの引用があるが、エリオットは、ロンドン・ブリッジに近い地下鉄のキャノン・ストリート駅から〈シティー〉の銀行や保険会社へ向かう勤め人たちの群集を、ダンテ『神曲』「地獄篇」の「誉《ほま》れもなく譏《そし》りもなく生涯を送った連中」(三歌三五行目(平川訳))、「死の希望さえない」哀れな亡霊たち、と重ねて見ている。現代人は「本当に生きたことがない人たち」だということ。

六三　**死神にやられた人が**　原注にあるように、ダンテ『神曲』「地獄篇」三歌五五―五七行目からの引用。地獄の門を過ぎるとすぐ、ダンテは「溜息《ためいき》や泣き声や声高《こわだか》の叫び」(三歌二二行目(平川訳))を聞き、それから「奇怪な言語、恐ろしい叫び、苦悩の言葉、怒りの声音《こわね》、高い声、かすれた声」を聞く(二五―二七行目)。そして「長い亡者の行列」(五五行目)を見る。

六四　**短いため息が……吐き出され**　原注にあるように、ダンテ『神曲』「地獄篇」四歌二五―二七行目からの引用。ダンテは地獄の第一の圏で、キリスト到来以前の善良だがキリストの洗礼を受けず辺獄《リンボ》に堕とされた人びとの「ため息」を聞く。

六六　**キング・ウィリアム通り**　ロンドン・ブリッジから北にのびて〈シティー〉に入る通り。

六七　**セント・メアリー・ウルノス教会**　キング・ウィリアム通りがロンバード街と交差するところにある新古典主義様式の教会（一七一六―一七二四年に建てられた）。一九一七年から一九二五年まで、エリオットはロンバード街にあるロイド銀行のオフィスに通うため、毎朝この教会のまえを通った。都市化のため教区民を失った教会は、いわば廃墟になっていた。

六八　**最後の鈍い音**　原注参照。一九二〇年代には九時は〈シティー〉の始業時間であった。キリストの死が当時の九時（今の午後三時頃）であったことへの連想もあると言われる。

六九―七五　**見覚えのある男を……掘り出しちまうからね**　詩の語り手は昔の戦友に出会って、話しかけたのである。

六九　**ステットソン**　いつも'sombrero-stetson'帽をかぶっていたエズラ・パウンドを指すとも言われるが、エリオット自身は、ごく普通のボウラー・ハットをかぶった銀行員をイメージしているのだと言っている。

七〇　**ミュラエ**　シチリア島北岸の町。ポエニ戦争で、ローマとカルタゴがミュラエの沖合で戦ったのは、前二六〇年のこと。『荒地』では、すべての戦争は一つの戦争として、「ミュラエの海戦」が第一次大戦と重ねられ、過去の「記憶」としての死体が「球根」（七行目）のように埋葬されることで、未来の再生への「欲望」と相互浸透を起こしている。

七一-七五　**庭に植えたあの死体……掘り出しちまうからね**　「生気のない根をふるい立たせる」(四行目)につながるイメージ。「球根」を「死体」と呼んでいる。植物神オシリスの再生儀礼では、穀物の種《たね》を包み込んだ土の人形《ひとがた》が地中に埋められ、芽が出る。「コリント前書」一五章三五—三八節では、死者の甦りが麦の種の発芽と比べて説かれている、「なんぢの播《ま》く所のもの先《ま》づ死なずば生きず」(三六節)。

七四　**〈犬〉は寄せつけるなよ……人間の味方だから**　原注にあるように、ジョン・ウェブスターの『白い悪魔』五幕四場からの引用。抗しがたい性的魅力をもつ「白い悪魔」ヴィットリアとブラキアーノ公爵の不倫の愛を軸に展開するこの劇では、裏切りと殺人がつぎつぎに起こる。ヴィットリアにはフラミネオとマルセローという二人の兄弟があるが、フラミネオはブラキアーノの腹心の家来で、善良なマルセローを殺す。彼らの母コーネリアは、マルセローの亡骸《なきがら》の前で〈悲しみの歌〉をうたう。歌詞の中に「狼は寄せつけないで、あれは人間の敵、／爪で彼らを掘り起こしてしまうから」という句があるが、エリオットはその中の「狼」を「犬」に、「敵」を「味方」に変えて引用している。聖書では、犬は悪の手先。たとえば「詩篇」二二篇二〇節には、「わがたましひを剣《つるぎ》より助けいだし　わが生命《いのち》を犬のたけきいきほひより脱《のが》れしめたまへ」とある。埋葬した死骸を掘り起こしてしまう犬は、生命の再生を妨げる安易なヒューマニズムを意味するのかもしれない。

七六　きみ、偽善家の読者よ！……わが兄弟よ！　原注にあるように、ボードレールの詩集『悪の華』「序歌——読者に」最終行からの引用（"You! hypocrite lecteur!—mon semblable,—mon frère!"）。「ぼく」のステットソンへの、同時にまたエリオットの読者への、呼びかけ。

【鑑賞】　一—一八行目は、イングランドの春の情景（フェニキアの「残酷な」再生儀礼の暗示も？）。幼年期の「欲望」の「記憶」。一九—四二行目は、不毛の荒地の情景とトリスタンとイゾルデの恋。四三—五九行目は、女占い師の予言（この詩の第Ⅱ部以下で実現する）。六〇—七六行目は、地獄としてのロンドンの情景と、植物神の埋葬。

第Ⅰ部「死者の埋葬」は、豊穣神話の枠組で言うと、オシリスの、アッティスの、埋葬である。聖杯探究のプロットから言うと、探究の騎士（と語り手の視点）は、春雨の降るイングランドのどこかの地から（ドイツ旅行を回想しながら）東に向かい、朝は太陽に向かい、夕方は太陽を背に、ひたすら東へ東へと歩いていく。

Ⅱ　チェス遊び（A Game of Chess）

題　「チェス遊び」は、トマス・ミドルトンの『女よ、女に心せよ』（一六二一年初演）二幕二場からとった語(一三七行目に『女よ、女に心せよ』からの引用がある)。ミドルトンの劇の二幕二場では、美しい人妻ビアンカに欲望を抱《いだ》くフロレンス公爵のために、策謀家のリヴィアはビアンカの義母をチェス遊びに誘い、そのあいだに別の部屋で、まるでチェスの攻防と照応するように公爵がビアンカを誘惑する。'Game'という語は、もともと「遊び」、「性愛の行為」、「狩猟の獲物」、「性愛の対象としての女」などを意味するが、『荒地』では「チェス遊び」は「性愛」の象徴。

七七―九三行　女の坐る〈椅子《いす》〉は……模様が揺れ動いた　「女の坐る〈椅子〉は……大理石の上で輝き」は、シェイクスピアの『アントニーとクレオパトラ』二幕二場で、クレオパトラの玉座の豪華さを述べるイノバーバスの台詞《せりふ》「彼女の坐る小舟は、磨きあげられた玉座のように、水の上で燃えるがごとく……」のもじり。「出エジプト記」二五―二七章に、エルサレムの「聖所」に備えるべきものを神がモーセに指示する言葉があるが、その中に、黄金の椅子、黄金の天使の像、七つに枝分かれした燭台などがある。この一節の女性の豪華な部屋の描写は、誇張文体のもじりになっている。アレグザンダー・ポウプ(一六八八―一七四四)の『髪《かみ》盗人《ぬすびと》』(一七一二年)や、シェイクスピアの『シンベリン』二幕四場のイモジェンの寝室の描写を、エリオットは重ねて見ているのかもしれない。七七―九三行目の重層的な意味を、ウィリアム・エンプソンが分析している。「溢れる」、「小函《こばこ》」、「宝石」、「きらめき」、「光」、

「練り油……」以下の行では、たとえば「これら」（九〇行目）が「香料」と「感覚」と「匂い」を同時に指すように読め、陶酔の感覚が生まれている（『曖昧の七つの型』「第二の型」）。「豪華」といった語を含む詩行は、文法がぼやけて「豪華」そのものになっている。

八〇　**キューピッド**　キューピッド（クピド）はヴィーナス（ウェヌス）の息子で、幼い子供の姿をし、翼をもち、携えた弓矢で若者の胸を狙《ねら》い、恋に陥らせる。ルネサンス期には売春宿の看板にしばしばキューピッドが描かれていた。

八三　**七つに枝分かれした燭台《しょくだい》**　ユダヤ教のシナゴークの燭台。この部屋の主《あるじ》はユダヤ人女性かもしれない。

九二　**格天井《ごうてんじょう》**　エリオットの原注にあるように、『アエネーイス』一巻七二六行目から。トロイア戦争に敗れて船で逃亡するアエネアスとその部下たちがカルタゴに着くと、その地の女王ディドーが彼らを歓迎し晩餐会《ばんさんかい》を開く。その部屋は「黄金の格子天井から灯火《ともしび》が下がり、ひらめく松明《たいまつ》が夜を追放する」豪華な部屋であった。ディドーはアエネアスを愛するようになり、彼のために尽くすが、アエネアスはローマ建国の使命のためにディドーを棄て、彼女は絶望して焼身自殺する。「格天井」のような細部にもこの詩の引喩性がはたらいている。

九六　**海豚《いるか》**　中世美術では、海豚は愛と結びつくものとされた。

九八　**森の情景**　原注にあるように、ジョン・ミルトン（一六〇八―一六七四）の『失楽園』四巻一四〇行目からの引用。セイタンがイヴを誘惑するためにエデンの園に赴《おもむ》いたとき最初に目にしたのが「森の情景」であった。

九九―一〇一　ピロメラの変身……ひびきわたった　アテナイ王パンディオンの娘ピロメラは、トラキア王テレウスに凌辱され舌を切られたが、タペストリーを織って、何が起こったかを姉でテレウスの妻であったプロクネに知らせた。プロクネは自分とテレウスのあいだに出来た子を殺し、彼に食べさせて復讐《ふくしゅう》した。テレウスは二人を追ったが、ピロメラはナイチンゲールに、プロクネは燕《つばめ》に変身して森に逃れた。この話はオウィディウスの『変身物語』巻六に語られている。これに似た凌辱と人肉嗜食《ししょく》のモチーフを、シェイクスピアは『タイタス・アンドロニカス』で扱っている。ピロメラ凌辱のモチーフは、第Ⅲ部二〇四行目の「ジャグ ジャグ ジャグ……」と呼応することを、エリオットは一〇〇行目への原注で記し、凌辱が〈荒廃〉の一因であることに読者の注意を喚起している。

一〇三　「ジャグ ジャグ」　エリザベス朝の詩で鳥の声を表わす擬声語。ジョン・リリー(一五五四頃―一六〇六)の喜劇『キャンパスピ』(一五八四年)五幕一場に「あれは凌辱されたナイチンゲール、／ジャグ ジャグ ジャグ ジャグ、テレウー! と鳴いているのです」という例がある。'Jug'は'juggle'(性交する)を連想させる。

一〇四―一〇五　枯れた時間の……壁にかかっていた　古い神話のエピソードを描いたタペストリー

が壁にかかっている。その一つがテレウスによるピロメラ凌辱の話らしい。「切り株」はピロメラの切られた舌を、また、シェイクスピアの『タイタス・アンドロニカス』で悪女タモラの息子たちに犯され舌と両手を切られたラヴィニアの姿（五幕三場）を、連想させる。

一〇七　**階段を……摺《す》り足の音**　女のところに客が来たのである。女は高級娼婦か。

一〇八―一一〇　**彼女の髪は……静寂に達する**　ジョン・ウェブスターの悲劇『モルフィ公爵夫人』（一六一三または一六一四年初演）三幕一場で、公爵夫人は髪を梳《す》くのに気を奪われているうちに子供たちと一緒に殺され、すべては「静寂に達する」。「ヒアシンス娘」のエピソードではぬれていた女の髪が、ここでは炎になり、その尖端が「言葉に変容」する。一一一行目以下はその「言葉」。炎の尖端が言葉を発するイメージはダンテ的である。『神曲』「地獄篇」二六歌八八―九〇行目に、「そして炎の先端をあちらこちらへやりながら、／まるで何かを物語る舌のように、／外に声を発していった……」（平川訳）とある。

一一一―一一四　**今夜、わたし……何すりゃいいの？**　不安におびえる神経症の女とその夫（？）の会話。男の言葉に引用符がないのは「ある婦人の肖像」と同じ手法。

一一五　**鼠《ねずみ》の路地**　原注にあるように、第Ⅲ部一九五行目にも鼠への言及がある。第一次大戦中、西部戦線では「塹壕《ざんごう》」のことを「鼠の路地」と言っていた。鼠と南京虫《なんきんむし》が蔓延《はびこ》っていた。そこでは戦死者の骨が回収されず、「死者たちが自分の骨を見失う」ことがしばしばあった。

一二七　**あの音は何？**　ジョン・ウェブスター『モルフィ公爵夫人』四幕二場で、未亡人の公爵夫人が密《ひそ》かに家令《かれい》と結婚したことに立腹した兄のファーディナンドが、公爵夫人を苦しめるために狂人たちを彼女のところに向かわせると、公爵夫人が「あら、あの音は何？」と言う。

一二八　**ドアの下から入る風だよ**　これの材源《ソース》として原注で言及されているジョン・ウェブスターの悲喜劇『悪魔の訴訟』（一六一七年頃）では、二人の医者が、殺したはずの男がうめき声を発しているのを聞いて、「戸口の風の音ではないか」と訝《いぶか》るところがある。「ドアの下から入る風」は、無気味さ、不安、死を暗示している。

一三一―一三三　**あなた、なんにも……なんにも？**　シェイクスピアの『ハムレット』三幕四場で、ガートルードの私室《クローゼット》で彼女とハムレットが話しているとき、先王ハムレットの亡霊が現われるが、ガートルードの目には何も見えない。ハムレットは「ほら、そこに。何も見えないのですか」と言う。

一三五　**その真珠は……目だった**　第I部四八行目の注参照。死者の目が真珠になるのは〈水〉による変容。ここでは、乾いた〈風〉が吹いて骨がカラカラ鳴る「鼠の路地」で神経を病む女に対するアイロニーになっている。

一三六　**あなた、生きてるの……何もないの？**　第I部三九―四〇行目参照。後年の詩「空《うつ》ろな人びと」（一九二五年）の「藁《わら》をつめた頭」（四行目）のイメージにつながる。

一二八　シェイクスピヒアリアン・ラグ　'Shakespeherian Rag' は、第一次大戦の初め（一九一二年頃）のアメリカ大衆音楽のヒット曲（'Rag' はジャズ・ダンス曲の一種 'ragtime' の縮約形）。この行の「おお、おお、おお」は、シェイクスピア悲劇の登場人物の悲歎の嘆き声（たとえばデスデモーナを殺したのは間違いだったとわかったときのオセローの叫び（『オセロー』五幕二場））を真似《まね》た擬声音。「おお、おお、おお」と「シェイクスピヒアリアン」は、ラグタイム音楽のシンコペーションのリズムを模している。ジャズは第一次大戦中のニューヨークを席巻していた。ジャズがヨーロッパにたどりつくのは一九二〇年代以降。ちなみに、『荒地』第Ⅱ部にあるシェイクスピア劇の反響は、七七行目の『アントニーとクレオパトラ』、一二五行目の『あらし』、一二二、一三三、一七二行目の『ハムレット』の反響、その他にも「シェイクスピア時代」のエコーが九九行目、一三七行目にある。むしろ『荒地』全体が、過去と現在の相互浸透としての「シェイクスピアまがいのジャズ」と言うべきかもしれない。

一三三　**髪を垂らしたまま**　「髪を垂らした」女は、狂気のオフィリア（『ハムレット』四幕五場）とアエネアスに棄てられて自害するディドー（『アエネーイス』四巻）を連想させる。

一三七　**チェスを一勝負やりましょうか**　原注では一三八行目への注として、トマス・ミドルトンの『女よ、女に心せよ』への言及がある。第Ⅱ部の題「チェス遊び」への注参照。

一三九―一七二　**リルの亭主が……ご婦人方、おやすみ、おやすみ**　労働者階級の女たちのパブでの会話。エリオットがときどき家事のために雇ったハウス・メイドから聞いた話を再現したのだという。ギヨーム・アポリネール(一八八〇―一九一八)は、「月曜日、クリスティーヌ通り」という詩(一九一三年)で、街頭で耳にした会話の断片を詩にとり入れた。「効果は、キュビスムのコラージュで商業的な素材が思いがけなく組み合わされるのと同様のものだった」(マシュー・ゲール『ダダとシュルレアリスム』(巌谷國士・塚原史訳、岩波書店))

一四一 **イソイデクダサーイ、時間デース**　原文は"HURRY UP PLEASE ITS TIME"で、パブの主人のラスト・オーダーを促す叫び。閉店まえの酒場の雰囲気を醸《かも》し出すと同時に、反復されて、ヨーロッパ文明の終末の警告とも聞こえる。イギリスのパブについての予備知識なしに『クライテイリオン』創刊号(一九二二年十月)で『荒地』を読んだアメリカ詩人ジョン・ピール・ビショップ(一八九二―一九四四)は、女たちの会話に突然割り込んでくる誰のものとも知れぬ脅迫するような声、その「終末」を告げるかのような圧倒的なひびきに戦慄《せんりつ》を感じたという(Rainey, *Revisiting 'The Waste Land'*)。

一四八 **四年も兵隊に行ってた**　第I部のステットソンと同じように、アルバートも第一次大戦に従軍した。

一五九 **ピル**　ピルは八七行目の「合成香料」に呼応する反自然の要素。現代の〈荒地〉では、生命は反自然の薬物によって歪《ゆが》められ、堕胎による早老で歯が抜け、人は醜悪になっている。

健康な性と再生はない。産児制限は、一八七〇年代から英国の中産階級のあいだでおこなわれるようになったが、第一次大戦まえ、労働者階級でもおこなわれるようになっていた。

一六六　ギャモン　ハムの薫製《くんせい》を焼いたもの。

一七二　おやすみ、みなさん……おやすみ、おやすみ　シェイクスピアの『ハムレット』四幕五場で、水死するまえの狂気のオフィリアが口にする「おやすみ」が、酒場の女たちの「おやすみ」と重ねられている。オフィリアの水死は、「フェニキアの船乗り」の水死（四七、三一二行目）、『あらし』の「水死」のイメージ（四八、一九一―一九二行目）、さらにナイル河でのオシリス神の「水葬」、に連なる。オフィリアの狂気は『荒地』結末のヒエロニモの狂気の予兆。

【鑑賞】『荒地』第Ⅱ部は、生と死と再生のリズムを逸脱した不毛な性愛のエピソードの蒐《しゅう》集《しゅう》になっている。

七七―一一〇行目は、「ピロメラの凌辱」の絵のある贅沢《ぜいたく》な女（たぶん娼婦）の部屋の描写。この閉じられた空間――チェスの〈クィーン〉の部屋――ではすべてが人工のもので、家具調度だけでなく、香りも人の作ったもの、海豚も森の情景も絵に描いたものである。階段を昇ってくる足音は今夜の客のご到来（「ベデカーを携えたバーバンク……」二七行目参照）。

一一一一—一一三八行目は、神経症の女とその相手の男の会話。「ゲーム」は一方的で、話す人も話し方も自然な人間の交わり方を逸脱している。

一一三九—一一七二行目は、チェスで言えば〈ポーン〉の部屋の情景。夜の酒場にたむろする労働者階級の女たちの堕胎と早老についての会話である。性はここでも自然な愛と生殖を逸脱したものである。この詩に現われる「すべての女は一人の女」(二一八行目への原注)であり、「情況の女」(第I部五〇行目)である。

III 火の説教 (The Fire Sermon)

題 「火の説教」とは、仏陀《ぶっだ》の伽耶山《がやさん》での説教を指す。第III部は、エリオットが一九一二年から一九一三年にハーヴァードで読んだ仏典、ヘンリー・クラーク・ウォレン(一八五四—一八九九)の『翻訳仏教経典(*Buddhism in Translation*)』(一八九六年)の一五一—一五二頁から想を得て書かれた(三〇八行目への原注および注参照)。この経典の中で、仏陀は人間の情念(色欲、怒り、憎悪、など)を劫火《ごうか》に譬《たと》え、現世離脱を説いている。離脱すべき「情念」の火が第III部「火の説教」の主題である。

一七三—一八六行 **河辺のテントは破れ……忍び笑い** 秋の夜のテムズ河畔。逢引きする若い男女が立ち去ったあとの情景。リッチモンドからメイドンヘッドとヘンレイにいたるテムズの河辺は、若者たちの逢引きの場所だった。「河辺のテントは破れ」は、恋人たちに木陰を提供していた河岸の木の葉が落ちた情景。処女喪失を読みとる評家もいる。旧約聖書では「テント」は「幕屋《まくや》」、すなわち放浪するユダヤ人の移動神殿であり、「破れたテント」は神と人との関係断絶を暗示する。「イザヤ書」三三章二〇―二一節には、神が選民に与える力と安全のイメージとして、幕屋と川がある。

一七五　**妖精たちはもういない**　夏のあいだ河辺で若者と逢引きしていた娘たちはいなくなった。次行と併《あわ》せて読むと、スペンサーの詩のあの美しい「妖精たち」はいなくなった、という意味になる。

一七六　**美しいテムズよ……わが歌の尽きるまで**　エリザベス一世に献じた騎士道ロマンス『妖精の女王』で知られるエドマンド・スペンサーの詩「プロサレイミオン――婚約の歌」（一五九六年）のリフレイン。この詩はウスター伯爵の二人の娘の婚約を祝って書かれた。「テムズの岸辺で美しい妖精たちが花を摘み、二羽の白鳥に花を投げかける」情景のあるルネサンス時代の牧歌的結婚愛が、ロンドンのタイピストたちの情事と対比されている。

一八〇　**彷徨《さまよ》える御曹子《おんぞうし》**　タイピストと逢引きする青年たちが、ジョン・キーツ（一七九五―一八二一）の詩「無情なる美しき女」（一八二〇年）の「ひとり蒼ざめて彷徨う騎士」と対比されている。キーツの騎士は、妖精に誘惑されて魔法の洞窟で死んだ多くの騎士の話を語る。

一八二　**レマン湖の岸辺に坐ってぼくは泣いた**　「われらバビロンの河のほとりにすわり　シオンをおもひいでて涙をながしぬ」(「詩篇」一三七篇一節)のもじり。バビロン捕囚のときエルサレムを思って河のほとりで泣いたユダヤ人、レマン湖(シュタルンベルク湖と重なる)のほとりの恋人、テムズ河畔の〈漁夫王〉と、さまざまな水辺の人の重層イメージ。ここでも過去の栄光と現代文明の衰退が対照される。「レマン湖」はジュネーヴ湖のフランス名。スイスとフランスの国境にある。'Leman'は「恋人」あるいは「情婦」を意味する古い語。エリオットは一九二一年十一月末から数週間ローザンヌで療養しつつ、レマン湖の岸辺に坐って『荒地』の第Ⅳ部、第Ⅴ部の草稿を書いた(三〇〇行目への注参照)。

一八五―一八六　**だが、背後の……忍び笑い**　アンドルー・マーヴェルの詩「恥じらう恋人に」の「だが、背後に絶えず聞こえる／翼ある〈時〉の凱旋車《がいせんしゃ》のいそぎ来る音」から。「翼ある〈時〉」は、背中に天使のような翼をもち、大鎌を手にした〈時の老人《ファーザー・タイム》〉のこと。凱旋車に乗った〈時〉は、ペトラルカ(一三〇四―一三七四)の連作詩『凱旋』五歌のテーマ。『荒地』の「ぼく」が聞くのは〈時〉の羽音ではなく、乾いた骨の鳴る音と不気味な忍び笑い。第Ⅴ部の〈危険堂〉(三八五―三九〇行目)の予感。

一八七　**鼠が一匹**　第Ⅱ部一一五行目の注参照。

一八九―一九二　ぼくは、よどんだ……思いかえしながら　一九二行目は、原注ではシェイクスピアの『あらし』一幕二場のファーディナンドの台詞《せりふ》「岸辺に坐り、父王の難破を思いつつ泣き……」の引喩だと記されている(ナポリの王子ファーディナンドと父王アロンゾーについては第I部四八行目の注参照)。ここの「運河で釣り」をする探究者は、父の死を悲しむファーディナンドと釣りをする〈漁夫王〉の二重《ダブル》イメージ(〈漁夫王〉については、『荒地』へのイントロダクション」と第V部四二三―四二四行目の注参照)。『荒地』では、二一八行目への原注にあるように、「片目の商人」はフェニキアの水夫に変容し、さらにファーディナンドに融合する。この男たちのイメージが〈穀物神〉に収斂《しゅうれん》するとき、ファーディナンドもまた父や兄と同じように死なねばならない。

一九三　低い湿地には……死体が　〈夏の死〉の象徴として豊穣神の像が海に投げ込まれる儀礼(第I部四七行目の注参照)を暗示する。

一九六―一九七　だが、背後でときどき……エンジンのひびき　この二行も一八五行目と同じマーヴェルの詩「恥じらう恋人に」のもじり。マーヴェルの「翼ある〈時〉の凱旋車のいそぎ来る音」は、『荒地』では、狩人《かりうど》の「角笛《つのぶえ》」と自動車の「警笛」の二つの意味を重ねた「ホーン(horn)」と連想され、一九七―二〇一行目のディアナとアクタイオンの神話につながっていく。

一九七―一九八　スウィーニーが……ポーター夫人を　エリオットは原注で、ジョン・デイ(一五七四頃―一六四〇頃)の対話体牧歌詩『蜂の会議』(一六四一年)から引用し、「〈時〉の凱旋車の音→角笛→ディアナの泉」の連想を示している。一九七行目の'horns'は「角笛」と「(自動車の)警笛」と、二重の意味。ストラヴィンスキー(一八八二―一九七一)のバレエ「春の祭典」(一九二一年)からのヒントがあったらしい。「泉でからだを洗うポーター夫人」は、森の泉で水浴する女神ディアナのイメージ。ディアナは貞潔と狩猟の女神。この女神の裸の姿を覗き見た狩人アクタイオンは、女神の怒りにふれて鹿に変身させられ、自分の猟犬に食い殺された(オウィディウス『変身物語』巻三)。貞潔の女神ディアナがスウィーニーの情婦ポーター夫人に変貌しているのは強烈なアイロニー(スウィーニーは「直立したスウィーニー」と「ナイチンゲールたちに囲まれたスウィーニー」に現われる毛深い男)。

一九九―二〇一　おお、月に照らされ……ソーダー・ウォーター　原注ではこの歌をエリオットは「シドニーから聞いた」としているが、"O the moon shone bright"の句は、サーランド・チャタウェイのバラッド「赤い翼」(一九〇七年)のコーラスの一行"Now the moon shines bright on pretty Red Wing"からとも言われる(Southam)。「月」はポーター夫人を月の女神ディアナ(もともとは豊穣神)と結びつける。

二〇一　足洗いにはソーダー・ウォーター　ヴァーグナーの『パルジファル』(一八八二年初演)三

幕では、騎士パルジファルが聖槍でアンフォルタス王（＝漁夫王）の傷を癒し、聖杯を厨子《ずし》から開示して国土を荒廃の呪いから解放するまえ、悔い改めた魔女クンドリーが彼の足を洗う。「ソーダー・ウォーター」は洗剤としての炭酸ソーダー。

二〇二　ソシテ聖堂デ歌ウ少年タチノ歌声！　原文は“Et O ces voix d'enfants, chantant dans la coupole!”で、ポール・ヴェルレーヌ（一八四四―一八九六）のソネット「パルシファル」（一八八六年）の最終行からとられている。このソネットの材源《ソース》となったヴァーグナーのオペラ『パルジファル』では、純潔の騎士パルジファルは、まずクリングゾールの魔法の庭にいる「花の娘たち」の誘惑を退け、つぎに美女クンドリー（クリングゾールの魔法にかけられている）の誘惑に打ち勝ったあと、磔刑《たっけい》のキリストの脇腹を刺した槍を取り戻し、騎士たちの待つモンサルヴァトの城に帰る。〈漁夫王〉アンフォルタスは、槍にふれることで病いを癒されるが、そのまえに魔法を解かれたクンドリーが彼の足を洗う。〈漁夫王〉が癒されると唱歌隊の少年たちが歌う。

二〇三―二〇四　チュッ　チュッ……ジャグ　ジャグ　『荒地』でいま聞こえるのは少年たちの歌声ではなく鳥たちの囀《さえず》り。「チュッ　チュッ　チュッ」は燕《つばめ》の声。トラキアの王テレウスの妻プロクネが燕に、彼女の妹ピロメラがナイチンゲールに変身した話については第Ⅱ部九九―一〇一行目の注参照。「ジャグ　ジャグ　ジャグ……」はナイチンゲールの鳴き声（第Ⅱ部一〇三行目の注参照)。

二〇四-二〇六　**ジャグ ジャグ……テリュー**　ジョン・リリーの『キャンパスピ』五幕一場の少年トリコの歌に「あれは犯されたナイチンゲール。ジャグ、ジャグ、ジャグ、ジャグ、テリュー！と鳴いている」という句がある。「テリュー」はピロメラの変身の話の「テレウス」を指す。

二〇七　**〈非現実の都市〉**　第Ⅰ部六〇行目の注参照。

二〇八　**冬の正午の褐色の霧の下**　第Ⅰ部六〇―六一行目から数時間後のことになる。

二〇九-二一四　**ユーゲニデス氏は……ご一緒しませんか、と**　「ユーゲニデス」は、ギリシア語'εὐγενής'(生まれのよい)を連想させる。スミルナは現在のトルコのイズミールで、かつて小アジアの港町として栄えた。トルコ人、ユダヤ人、アルメニア人、ギリシア人など、多くの民族が住んでいた。一九一九年から一九二二年にはこの地の領有権をめぐってトルコとギリシアが争っていた。「乾し葡萄」(乾いている!)を商う「スミルナの商人」は第Ⅰ部五二行目の「片目の商人」。たぶん同性愛者(Brooks ; Rainey, *Revisiting 'The Waste Land'*)。二一一行目の「ロンドン渡し運賃保険料込み」の原語は'C. i. f. London'で、'the price inclusive of "cost, insurance, freight" to London'の略。二一二―二一四行目のユーゲニデス氏の招待は、探究の騎士を〈聖杯の城〉に招じ入れる〈漁夫王〉を連想させる。

二三 **キャノン・ストリート・ホテル**　キャノン・ストリート駅に隣接し、ロンドンとヨーロッパを行き来するビジネスマンたちがよく利用した。

二四 **メトロポール**　イングランド南海岸の保養地ブライトンにある豪華ホテル。「ブライトンで週末を」という言い方には性的含意がある。

二五―二六 **すみれ色の時間……レコードをのせる**　現代の都市における不毛な愛の情景。銀行や会社のオフィスで働く事務員やタイピストたちは、夕方、勤務時間が終わって机を離れる。タイピストは家に帰って食事（二二二行目）。そのあと彼女は「にきび面《づら》の若者」と逢引き（二三一行目以下）。二一五―二二三行目の都会の夕暮れの情景描写は、ダンテ『神曲』「煉獄篇」八歌一―六行目の

親しい友に別れを告げた日、はや夕暮となると
海を行く人には帰心が湧《わ》き、
心は情《じょう》にやわらいでくる。
遠くから沈み行く日を悼《いた》む鐘の音《ね》が聞えると、
異郷に来た旅人は
哀惜《あいせき》の情に胸が痛む。（平川訳）

をモデルにしているのかもしれない。

二二五―二二六　目と背中が……人間エンジンは待っている　人間をあたかも機械であるかのように扱っている。「目と背中」は機械の部品のように、心臓の鼓動は自動車のエンジンのように動く。内燃機関は現代人のリズム感覚を変えてしまった。

二一八―二一九　われテイレシアスは……見ているのだ　詩の語り手は、ここで初めて自分がテイレシアスだと明かしている。ただし、この詩では、「片目の商人」と「干し葡萄を商う男」は、「フェニキアの水夫」と一つであり、「すべての女は一人の女」であり、すべての登場人物は相互に浸透融合してテイレシアスに統一される。テイレシアスは、エリオットの原注にあるように、『荒地』の最も重要な人物。彼が男と女の二つの性を生きたこと、未来を予知する力を与えられていたことについての物語を、エリオットはオウィディウス『変身物語』巻三から原注に引用している。テイレシアスは現在・過去・未来を見通す者(マダム・ソソストリスよりも信じるに足る預言者)として、この詩の中のすべての出来事の証人として、人類の過去・現在・未来について証言する。その意味でテイレシアスは、『荒地』の語り手であるエリオット自身だとも言える。二四三―二四六行目の注参照。

二二一　船乗りを海から帰らせる夕暮れどき　エリオットの原注にあるサッポーは、前七世紀の古代ギリシアの女性詩人。言及されている詩は断片で、「ヘスペルスよ。おまえは暁が四散させたものを帰らせる／羊を帰らせ／山羊《やぎ》を、子供を、母のもとに帰らせる」というもの。

エリオットが原注で言う「日暮れに帰港する近海漁業の漁師や平底舟の船頭」は、二六三行目にある「魚市場で働く男たち」を見た印象から連想したものかもしれない。

二二二　**タイピストが夕食に帰り**　一八八五年以降、いろいろな事務所でタイピストが働くようになり、小説や映画にも現われるようになった。一九一〇年以後のリアリズム小説には、タイピストが上司や同僚と性的関係をもつ挿話がよく見られる。「夕食」の原文は‘teatime’で、‘tea’はここでは夕食時間の‘high tea’のこと。

二二五　**下着**　原語は‘combinations’で、シュミーズとズロースがつながった女性用下着。一八八〇年代から用いられたが、第二次大戦後は見られなくなった。

二三四　**ブラッドフォードの富豪**　ブラッドフォードはヨークシャー西部の羊毛・繊維工業都市。十九世紀に急成長した。第一次大戦のとき軍服や軍用毛布の生産で産をなした者が多かった。

二四三―二四六　**われテイレシアスは……歩いたこともあるのだ**　テイレシアスが男女両性を経験した者であることについては、二一八行目へのエリオットの原注に詳しい。テイレシアスが「身分卑しき死者たちのあいだを歩いた」とは、彼が地獄にいたことを指す。テイレシアスは、オデュッセウスが冥界に下《くだ》ったとき、オデュッセウスに彼の帰国の旅のこと、帰国後のことについて予言を与えた（『オデュッセイア』一一歌）。

二五三　**可愛《かわい》い女が誘惑に負け**　原注にあるように、オリヴァー・ゴールドスミス（一七三〇頃―

一七七四)の小説『ウェイクフィールドの牧師』(一七六六年)からの引用。この小説の二四章で、男に裏切られた娘オリヴィアがうたう歌に「可愛い女が誘惑に負け／冷たい男の心を知るとき／どんな魔法が愁《うれ》いをしずめ／どんな手だてが罪を洗える?」という一節がある。十八世紀の純情な娘の失恋の嘆きは、二十世紀のタイピストの自由恋愛的性生活に対するアイロニーになっている。

二五五　**機械仕掛けの手つき**　人体を機械として見ている。二一五—二一六行目の注参照。

二五七　**さっきの音楽は波間を這って過ぎていった**　シェイクスピアの『あらし』一幕二場のファーディナンドの台詞の引用で、第Ⅱ部一二五行目、第Ⅲ部一八九—一九二行目と反響し合っている。『荒地』でタイピストのかけるレコードの音楽は、『あらし』の連想によってエリアルの歌に変容し、視点はタイピストのアパートからテムズ河に向かって移動する。タイピストの歌は、『オデュッセイア』一二歌のセイレンの歌を連想させる(Kenner)。

二五八　**ストランド……クィーン・ヴィクトリア・ストリート**　ストランドは、ロンドンのトラファルガー広場からテムズ河に平行して北東にのびる通り。フリート・ストリートにつながって〈シティー〉(金融街)とウェストミンスター(官庁街)を結んでいる。レストラン、劇場、パブ、ホテルが多い。一五六六年に、エリザベス一世は、ストランドにあったレスター伯爵の邸《やしき》に招かれ食事をした。クィーン・ヴィクトリア・ストリートは、〈シティー〉の中心バンク・ジャンクションから南西にのび、西に向かってブラックフライアーズ・ブリッジに達する通り。

二六〇　**ロウアー・テムズ・ストリート**　ロンドン・ブリッジ北端からテムズ河左岸を東にのびる通り。『荒地』の時代には、ビリングズゲイト魚市場があった。

二六一　**マンドリン**　ロンドンの酒場では、流しのマンドリン演奏がよく聞かれた。

二六三　**魚市場で働く男たち**　原語'fishmen'は漁夫ではなく、船着き場から魚市場へ魚を運ぶ男たちのこと。

二六四　**マグナス・マーター教会**　十七世紀にフィッシュ・ストリート・ヒルに建てられた美しい教会。殉教者《マーター》マグナスにちなんで名づけられた。原注にあるように、クリストファー・レン（一六三二―一七二三）の設計。「イオニア様式の白と金色」の輝きは、教会内部の壁と円柱の美しさを述べたもの。

二六六―二七八　**河は汗かき……レイアララ**　二六六行目への原注でエリオットの言う「テムズの娘たち」の歌の第一節。一九二〇年頃の汚れたテムズ河のイマジスト風のスケッチ。二七五行目の「グリニッジ」は、テムズ河のロンドンから少し下流の南岸で、エリザベス一世が寵臣《ちょうしん》レスター伯爵を招き歓待したグリニッジ・ハウスがある（対岸がアイル・オヴ・ドッグズ）。二七七―二七八行目のリフレイン「ウェイアララ　レイア……」は、ヴァーグナーの「ラインの娘たち」が黄金の喪失を嘆くときの嘆きの歌声（二九二―三〇六行目の注参照）。原注の「テムズの娘たち」という言い方は、スペンサーの詩「プロサレイミオン」の「河の娘たち」（＝テムズの妖精たち）にも似ている。

二七九―二八九　エリザベス女王と……白い塔、塔　「テムズの娘たち」の歌の二節。グリニッジでのエリザベスとレスターの舟遊び（エリオットの原注にある「デ・クワドラの手紙」は、一五六一年六月三〇日付け、ロンドン在駐のスペイン大使であったアルバレス・デ・クワドラがスペイン王フィリップに宛てたもの）。エリザベスの恋の情景は、過去の栄光の一例として現代の汚辱と対照されているとも考えられるが、女王とレスターがスペイン大使のまえで政治的目的で「恋愛関係」を演じたとすれば、これも愛のない戯《たわむ》れという意味でタイピストと事務員の恋愛と同類。「白い塔、塔」は、ロンドン塔に付随したいくつかの白い石造の塔。

二九二―三〇六　「電車と汚れた並木……何もなくて。」ララ　二六六行目への原注で言われているように、ヴァーグナーの『神々の黄昏』（一八七六年初演）三幕の「ラインの娘たち」を思わせる「テムズの娘たち」の歌。ヴァーグナーの楽劇では三幕一場、ラインの娘たちは自分たちが守ってきた黄金が失われたことを嘆く。三場では、ジークフリートが死んだとき、恋人ブリュンヒルデは彼の手から〈ラインの指輪〉を取り、それを自分の指につけて火中に身を投じる。火は神々を焼き、ライン河が溢《あふ》れ、水に呑まれたブリュンヒルデの指輪を取ろうと水に飛び込んだハーゲンを、ラインの娘たちが溺れさせる。エリオットの「テムズの娘たち」は、一人目はテムズ河上流のリッチモンドとキュー（有名な植物園キュー・ガーデンズがある）のあたりで、二人目はロンドン市の裏門にあたるムアゲイトで、三人目はテムズ河口を出たケント州の漁港マーゲイトで純潔を失う。この三人は、エリザベス、ポーター夫人／娘、タイピスト（二二二行目）だとも言われる（Smith）。

二九三―二九四　**ハイベリがわたしを生み……破滅させました**　「テムズの娘」の一人目は、ダンテ『神曲』「煉獄篇」五歌一三四行目で「シエーナで生まれました私をマレンマが死なせました」（平川訳）と語るシエーナの女性ピーアの語り口で語っている。「煉獄篇」五歌のピーアは、城の窓から突き落とされ、罪を悔い改める時間を与えられず殺されたので、その魂は煉獄の浄火の中にいる。第一の「テムズの娘」は現代のピーアである。ハイベリは、ロンドン北東部の郊外。リッチモンドとキューは、ロンドン西部のテムズ河沿いの地。

二九六　**ムアゲイト**　ロンドンの〈シティー〉東部の金融街のあるところ。二人目の「テムズの娘」は金融街オフィスのタイピストらしい。エリオットはロイド銀行に勤めた時期、ムアゲイトの地下鉄駅を利用していた。

三〇〇　**マーゲイト**　テムズの河口にある保養地で、日帰りの客が多い。一九二一年秋、エリオットはここで病気療養中、『荒地』の第Ⅰ部から第Ⅲ部の草稿をまとめた。その後、十一月中旬、スイスのローザンヌに転地した。

三〇七　**それからわたしはカルタゴに来た**　詩の場面はテムズ河から遠く地中海のカルタゴに移る。原注にある引用は、アウグスティヌス(三五四—四三〇)の『告白』(三九七—四〇〇年)三巻一章の冒頭から。性的退廃で知られるカルタゴに来た若き日のアウグスティヌスが見た「情事」の大釜は、アイロニカルに聖杯を連想させる。燃える情欲のイメージは次行に続く。

三〇八　**燃える……燃える**　エリオットが読んだウォレンの『翻訳仏教経典』の中の仏陀の「火の説教」に、「すべては燃えている。……目に見えるものは燃えている。目に見えるものから生ずる感覚は、快いものも不快なものも、そのどちらでもないものも、すべて燃えている。……何によって燃えているのか？　情念の火によって、憎悪の火によって、惑溺の火によって。誕生、老衰、死、悲哀、悲歎、悲惨、悲愁、絶望によって、燃えている」とある。エリオットは、仏陀の「火の説教」に、キリストが天国を説いた「山上の垂訓」(「マタイ伝」五—七章)に通じるものを見ている。

三〇九—三一一　**おお　主《しゅ》よ……燃える**　三〇九行目への原注にある「聖アウグスティヌスの『告白』からの引用」とは、『告白』一〇巻三四章の「わたしもまたこのようなことを語ってそれを認めながら、かの美しいものの罠《わな》に足をとられるのである。しかし、主よ、あなたはそれを引き出して下さる」(服部英次郎訳、岩波文庫)を指す。『荒地』のこの部分における「東洋と西洋の禁欲主義」の提示にもかかわらず、三一〇行目では前行の「わたしを」が脱落、次の三一一行目は、「燃える(burning)」のみで一行をなし、第Ⅲ部の終わりの部分では、情欲の火が浄化される望みなく燃えつづけている感じである。

【鑑賞】　第Ⅲ部「火の説教」の場面は、テムズ河の岸辺。一七三―二〇六行目では、夏の恋人たち――〈シティー〉の事務員とタイピストたち――はいなくなって、「冬の夕暮れどき」に「ぼく」はガス・タンクの裏で釣りをする(一八九―一九二行目)〈漁夫王〉である。二〇七―二一四行目では、スミルナの商人がマダム・ソソストリスの予言(第Ⅰ部五二行目)どおり現われて、「ぼく」をホテルに誘う。二一五―二五六行目では、予言者テイレシアスが現われ、タイピストの部屋での機械的な情事の一部始終を見ている。二五七―三一一行目では、視点は魚市場の近くを通ってテムズ河に移動する。河の風景。川遊びのエリザベスとレスターの残像と、「テムズの娘たち」の破滅。情欲の町ロンドンは、アウグスティヌスのカルタゴと二重《ダブル》イメージになる。

Ⅳ　水　死(Death by Water)

題　『荒地』の構成原理をなす再生神話では、「水」は生命の原理、「水死」は再生儀礼の中心部分である。古代アレキサンドリアでは毎年春、植物神アドニスの頭部をかたどった人形《ひとがた》が海に投じられ、七日後にフェニキアのビュブロスで拾われて再生の神の像として祀《まつ》られた(ウェストン『祭祀からロマンスへ』四章)。フェニキアは、現在のレバノンとシリアの海岸を含む地中海東岸にひろがっていた古代王国。アドニス信仰はフェニキアから貿易商人によって伝えられたという。オシリス神話でもナイル河の「水」が神の再生に関わっている。水による再生の伝統はキリスト教の洗礼にも見られる。

第Ⅳ部の場面は地中海。登場人物はフェニキアの水夫フレバスである。

三一二行　**フェニキア人フレバス**　第Ⅲ部の「スミルナの商人」(二〇九行目)の別の姿だとエリオットは言う(二一八行目への原注)。フレバスの水死は、第Ⅰ部のマダム・ソソストリスの占いに出ていた「水死」の実現と言える。フレバスという名は、快楽について論じたプラトンの対話篇『ピレボス』からとられたものかもしれない。ホメロスの『オデュッセイア』一四歌に、水死したフェニキア(ポイニケ)人水夫の話がある。エリオットの「フレバス」にはダーダネルス海峡で死んだジャン・ヴェルドナル（一三一頁参照）の影が重なっている。

三一五―三一六　海底の潮の流れが……骨をひろった　『荒地』ではこれまで骨は誰にもひろわれず「打ち棄てられ」（第Ⅲ部一九四行目）、あるいは「死者たちが自分の骨を見失って」（第Ⅱ部一一六行目）いたのだが、ここに来て「潮の流れ」が「骨をひろう」。このことは、ナイル河でオシリスの骨を拾い集めたイシス（フレイザー『金枝篇』三八章）とオシリス再生を思い出させる。「囁き」は祈りの声の暗示。

三一八　渦　「渦」と三二〇行目の「舵輪《ウィール》」は、第Ⅰ部五一行目の〈車輪〉、五六行目の「輪になって歩いている」人びとに、また仏教の輪廻《りんね》に通じる。死んで間もないフレバスはまだ「廻《まわ》る世界」を脱していないが、第Ⅳ部は全体としてイメージも語調も清澄、流麗であり、詩人はこの水死者の霊的救済を祈っていることがわかる。

三一九　ユダヤ人であれ異邦人であれ　人種、宗教を問わずすべての読者への呼びかけ。「ロマ書」一章一六節には、「ユダヤ人《びと》を始めギリシヤ人《びと》にも、凡《すべ》て信ずる者に救《すくひ》を得さする神の力」とあり、また、三章九節には、「我ら既にユダヤ人《びと》もギリシヤ人《びと》もみな罪の下《した》に在《あ》りと告げたり」とある。

三二一　思いたまえ……フレバスのことを　フレバスの鎮魂を祈る言葉。「思いたまえ」から連想されるのは、ダンテ『神曲』「地獄篇」二六歌一一八―一二〇行目の「諸君は諸君の生まれを考えよ。／諸君は獣《けだもの》のごとき生を送るべく生を享《う》けたのではない。／諸君は知識を求め徳に従うべく生まれたのである」(平川訳)という句。エリオットは「ダンテ論」(一九二九年)でこの一節について論じている。

【鑑賞】「フェニキア人フレバス」の水死は、第I部の占い師ソソストリス夫人の予言(四七、五五行目)の成就《じょうじゅ》であるが、植物神再生神話のコンテクストでは、彼はナイル河に投じられる死んだオシリス、あるいはアレキサンドリアで海に投じられるアドニスの人形《ひとがた》と重なる。第IV部「水死」の詩形は、スペンサリアン・スタンザに似て弱強格《アイアンビック》の一行十音節の詩行が続いたあと最後にアレグザンドリン(十二音節)一行がついた形。この短詩は、詩形も意味も端正にととのっていて、植物神の「水による浄化と再生」の儀礼、あるいは死者の目が真珠に変わる「海の変容」(第I部四八行目の注参照)のプロセスにふさわしい調子になっている。ジャン・ヴェルドナルのための鎮魂の詩とも言われる第IV部「水死」の静かな調子は、第V部の「帆と櫂《かい》に熟達した人」(四一九行目)のイメージにつながる。

V　雷の言ったこと(What the Thunder said)

題　「雷の言ったこと」は、『荒地』の結論として〈雷〉の言葉を伝える部分である。だが、それは平明な言葉ではなく、神秘的なメッセージとして聴く者の解釈にゆだねられる。

第Ⅴ部は、探究の騎士が最後の試練を経て〈真理〉に到達する〈聖杯探究〉物語の結末である。情念からの解脱《げだつ》を説く第Ⅲ部「火の説教」に続いて、キリストの磔刑と〈危険堂〉の試練を経て、仏陀《ぶっだ》の三つの教えが「雷鳴」を通じて与えられる。第Ⅴ部では（原注にあるように）前半（三二二—三九四行目）のテーマは三つである。すなわち㈠「ルカ伝」二四章に語られているキリストのエマオへの旅（乾いた岩地を通り抜けての旅）（三二二—三六五行目）、㈡聖杯探究の騎士の〈危険堂〉への接近（三三一—三九四行目）、㈢東ヨーロッパの衰退（三六六—三七六行目）。後半（三九五行目以下）のテーマは東洋の禁欲主義。ここでは、ヒマラヤ山脈に湧く黒雲からとどろく雷鳴が、〈慈雨〉を渇望する者の耳に〈神〉の教えとして聞こえる。三八四行目までのピリオドのない文は、ジョイスの『ユリシーズ』最終章に似せたもの。

三二二—三二八行　汗にぬれた顔……今は死者　ユダの裏切り、キリストの逮捕、ゲッセマネの園での祈りから磔刑《たっけい》へと続く出来事を念頭に書かれている。「汗にぬれた顔……松明《たいまつ》の輝きの後」は「ヨハネ伝」一八章三節の「かくてユダは一組の兵隊と祭司長・パリサイ人《びと》等よりの下役どもとを受けて、炬火《たいまつ》・燈火《ともしび》・武器を携へて此処《ここ》にきたる」から。イエスの磔刑は、第Ⅰ部のマダム・ソソストリスの〈首吊り男〉の予言（五五行目）の実現と見られる。この数行にはまた聖杯伝説と豊穣神崇拝儀礼に関わる意味も含まれている(特に三二七―三三八行目)。

三四 **苦悶《くもん》** 「ルカ伝」二二章四四節の「イエス悲しみ迫り(in an agony)、いよいよ切に祈り給へば、汗は地上に落つる血の雫《しづく》の如し」から。「岩地」は、「詩篇」一四一篇六節、「マタイ伝」一三章五節および二〇節にある言葉。三二六行目の「牢獄と宮殿」は、イエスの逮捕と彼を審問する祭司長の屋敷(「ヨハネ伝」一八章一二―二四節)を、三二七行目の「春雷のひびき」は、キリストの死の時刻に大地が揺れたこと(「マタイ伝」二七章五一節、「ルカ伝」二三章四四―四五節)を思い出させる。「苦悶」、「岩地」、「雷鳴」は、また、聖杯探究の騎士に与えられる試練を連想させる。

三五 **喚き声や泣き声** 磔刑のときエルサレムに集まった群集を暗示するが、三六九行目の「果てしない平原を行くあの群集」も連想させる。

三七 **春雷のひびき** 植物神再生神話の儀礼における「春の雨」の暗示として、三九六―三九七行目の雨を含んだ「黒い雲」に続く。

三八 **生きていた者** キリストを指すと読めるが、第Ⅳ部のフレバスや、アドニス、オシリスなどの「死んで甦る」神々をも指す。

三九 **生きていたわれわれはいま死にかけている** 第Ⅰ部の「生の中の死」のモチーフ(三九―四〇行目)を思い出させる。また、「真の意味で生きているとは言えない現代人」を指す。つまり、苦境にあって救済を待つ人類を暗示している。

三三一‐三五八　ここには水はなく……だが水はない　「出エジプト記」一七章五―六節に、「ヱホバ、モーセに言給《いひたま》ひけるは汝《なんぢ》……かの汝が河を撃《う》ち杖を手に執りて往《ゆ》けよ……汝磐《いは》を撃つべし然《しか》せば其《それ》より水出《い》でん民これを飲むべしモーセすなはち……斯《かく》おこなへり」とあるが、いま乾いた岩の〈荒地〉を行く探究の騎士のために、岩を打ち水を流れ出させるモーセはいない。探究の騎士の試練の旅と、十字架上のイエスの「苦悶」（三二四行目）が重ねられている。この一節で渇望されているのは、もちろん〈水死〉の水ではなく〈生命〉の水である。

三四四‐三四五　ただ赤い不機嫌な顔……戸口から　聖杯探究の騎士が〈危険堂〉に近づいてまず目にする無気味な幻影は、「泥壁の戸口から」覗いている「赤い不機嫌な顔」である。〈危険堂〉についてウェストンは言う、「聖杯ロマンスを研究した人は記憶しているであろうが、物語の主人公――ときに女主人公――は、神秘的な礼拝堂で不思議な恐ろしい危機に出くわす。生命を危うくする危険である。出来事の細部には異同がある――祭壇に死者が置かれている、〈黒い手〉が現われて蠟燭《ろうそく》を消す、何者かの威嚇《いかく》の声がする、など。全体的印象としては、これはまさに超自然の、悪の力が深く関わっている危険である」（『祭祀からロマンスへ』一三章）。〈危険堂〉で騎士に与えられる試練の情況は、このあと三七七―三九四行目で描かれる。「赤い不機嫌な顔」は「アジア系の人（チベット人）で、『荒地』の場面はパレスチナから中央アジアに移る」とジョン・ヘイワードは言う(Southam)。

三四五　もし水さえあれば　原書の行数指示では先行の「裂けた泥壁の戸口から」と合わせて一行と数えている。

三五三―三五四　蟬《せみ》の声……枯れ草の歌う声ではなく　第I部二三行目の「蟋蟀《こおろぎ》は囁《ささや》かず」参照。

三五六　鶫《つぐみ》が松の樹に　鶫(hermit-thrush)は隠者を連想させる。松はアッティスとその妻キュベレの聖樹(『金枝篇』三六章)。

三五七　ポトッ　ポト……ポト　ポト　エリオットの原注ではチャプマン『アメリカ北東部の鳥類ハンドブック』(一九一二年)からの引用となっているが、実際はアメリカの博物学者E・P・ビックネル(一八五九―一九二五)の『わが国の鳥類の歌の研究』(一八八五年)からチャプマンが引用したもの(Rainey, *The Annotated Waste Land*)。

三五九―三六五　いつもきみのそばを……誰なんだ?　第V部冒頭のキリストのゲッセマネの祈りと磔刑に続く情景。神は復活した(詩の調子は一行に五つのアクセントをもつ無韻詩《ブランク・ヴァース》に近い落ちついた感じ)。磔刑のあと復活したキリストが「フードをかぶった」男としてエマオへの道を辿《たど》る。「ルカ伝」二四章一三―三一節に、復活の日の翌日、キリストは、夕食のときまで二人の使徒に気づかれないままエマオまで彼らに同行したと書かれている。エリオットは原注で「シャクルトンの探検記」(サー・アーネスト・シャクルトンの『南』(一九一九年)

のこと）に言及しているが、そこに述べられた南極探検隊員の幻覚を「ルカ伝」のエマオへの旅の記述と重ねている。この幻覚は、聖杯探究のコンテクストで見ると、〈危険堂〉で騎士に与えられる試練としての幻影――〈黒い手〉が現われて蠟燭を消すなど――とも重なる。ここの「フードをかぶった」人物は第Ｉ部五五行目の〈首吊り男〉と結びつくと、エリオットは四六行目への原注で言っている。また、三六四行目の「男だか女だかわからない」は、テイレシアス（二一八行目への原注参照）を連想させる。

三六六―三七六　空の高みから……〈非現実〉　原注ではヘルマン・ヘッセ（一八七七―一九六二）の『混沌を見る』（一九二〇年）に言及しているが、ヘッセの言う「ヨーロッパの東半分」の「混沌」は、ロシア革命と、ドイツ、オーストリア＝ハンガリー帝国の崩壊を指す。だが、エリオットにとって「混沌」は、単に「東ヨーロッパ」だけのものではない。エルサレム、アテネ、アレキサンドリア、ウィーン、ロンドンに代表される文化圏が、すべて崩壊しつつある（三七四―三七五行目）。

三六七　母親が悲しみ嘆く押し殺した声　イエスの死を嘆く女たちの声（「ルカ伝」二三章二七―二八節）であると同時に、アドニス、オシリス、アッティスの死を嘆く古代の人びとの声、ペルセポネの失踪《しっそう》を嘆くデメーテルの声、ボルシェヴィキの革命を嘆く母なるロシアの声を連想させる。

三六八―三七六　フードをかぶり……〈非現実〉　「フードをかぶった」群集は、エマオへの道の「フードをかぶった」人物とは逆に、神を見失った〈荒地〉の人びと。迷える魂たち。「フードをかぶった」群集と三七三行目の「倒れかかる堂塔」は、第一次大戦中のニュース映画の場面から来たイメージかもしれない（ケナー）。三七一―三七六行目の「山地の向こうのあの都市……〈非現実〉」は、ヘブライ、ギリシア、ヘレニズム世界、そして近代ヨーロッパ、いくつかの文明を代表する都市が一つに重なった〈非現実の都市〉の崩壊のヴィジョン。

三七七―三八四　女が長い黒髪を……歌声がした　第Ⅲ部でロンドンのタイピストが「機械仕掛けの手つき」で撫でつけた「髪」（二五五行目）が、ここでふたたび現われ、弦楽器になって音楽を奏《かな》でる。第Ⅰ部のヒアシンス娘の「ぬれた髪」（三八行目）、第Ⅱ部の「炎の形にひろがって言葉に変身する髪」（一〇八―一一〇行目）、結わずに垂らした髪（一三三行目）が思い出される。「赤ん坊の顔をした蝙蝠」は、聖杯探求の騎士を〈危険堂〉で襲う幻影の一つ（ヒエロニムス・ボス〔一四五〇頃―一五一六〕のグロテスクで恐ろしい地獄のイメージから暗示を受けたことをエリオットは認めている）。髪を弦に音楽を奏でる女、蝙蝠とその声、すみれ色の光、逆立ちした堂塔のヴィジョンは、〈危険堂〉で騎士に与えられる試練の情況を構成するが、形式的には既出のモチーフの反復でもある。

三八三　鐘　騎士が〈危険堂〉での試練を克服し、一夜を過ごしたあと鳴らす鐘を連想させるが、ロンドン市中の教会の時鐘（第I部六七行目）、文明の終焉《しゅうえん》を告げる弔いの鐘でもある。

三八四　涸れた井戸　生命の涸渇を意味するが、信仰心涸渇のイメージ（「エレミヤ記」二章一三節）でもある。

三八五　山地のこの崩れた穴で　〈危険堂〉で騎士に与えられる試練が続く。「穴」は、聖杯伝説の古層にある霊的救済のためのイニシエーション儀礼が密《ひそ》かに生き残ったところ（ウェストン『祭祀からロマンスへ』一三章）。

三八八　空《うつ》ろな会堂は……ただ風の住処《すみか》　恐怖に囲まれた〈危険堂〉。トマス・マロリーの『アーサー王の死』一三巻一四章には、「それからサー・ガラハードは丘の上に来たが、そこにはひどく古い礼拝堂があり、中は誰もいなくて荒れ果てていた」とある。

三九二　コ　コ　リコ　コ　コ　リコ　原文は "Co co rico co co rico" で、フランス語の雄鶏の鳴き声。雄鶏の夜明けを告げる鬨《とき》の声で悪霊や亡霊は姿を消す。シェイクスピアの『ハムレット』一幕一場の先王ハムレットの亡霊と同じように、『荒地』でも〈危険堂〉の幻影や悪霊は、夜明けを告げる雄鶏の声とともに消える。「マタイ伝」二六章七五節「ペテロ『にはとり鳴く前に、なんぢ三度《みたび》われを否《いな》まん』と、イエスの言ひ給ひし御言《みことば》を思《おも》ひ出《いだ》し、外に出《い》でて甚《いた》く泣けり」の連想もある。

三九三―三九四　折しも……雨を含んで　待ち望んだ雨を含む風が来て、『荒地』という詩は最終場面に向かう。探究者は雷の言葉を聞くばかりとなる。

三九五–三九八　ガンジスの水位は……身をかがめていた　ガンジスはインドの聖なる河。雨を運ぶ雲がヒマラヤに湧き出て、アフリカのジャングルを経てヨーロッパに向かう。〈危険堂〉の試練のあと、探究者がもし雷の教えに従えば、再生の雨は降るだろう。

三九九–四二三　そのとき、雷が言った……従順に鼓動して　「雷が言った」三つの「DA」(四〇〇、四一〇、四一七行目)は、『ブリハッド・アーラニヤカ・ウパニシャッド』五・二に出ているもの(村田)。神々、人びと、霊たちが、それぞれ創造主プラジャーパティに近づき、教えを求めると、創造主はそのたびに「DA」と答えた。神々はそれを「己を制せよ」と聞き、人びとは「与えよ」と理解し、霊たちは「相憐れめ」と解釈したという。『ウパニシャッド』は、古代ヒンドゥー教の経典『ヴェーダ』のあとに置かれた詩的対話と注釈。

「DA」には、ダダイズムの「DADA」の暗示がある。ダダイズムは、一九一六年にチューリッヒで起こった無政府主義的な前衛芸術運動で、反芸術、絶対否定を唱えた。スイス・ダダの中心人物はトリスタン・ツァラ(一八九六—一九六三)で、一九一八年に『ダダの七つの宣言』を発表した。エリオットはツァラの詩集『二十五の詩篇』(一九一八年)の書評を文芸誌『エゴイスト』(一九一九年七月)に載せた。

四〇一　ダッタ　原語 'Datta' は、サンスクリット語で「与えよ」、すなわち「布施せよ」、「自己放棄せよ」を意味する（村田）。エリオットが四〇一行目への原注で言う『ウパニシャッド』における「雷の意味の寓話」については、三九九―四二二行目の注参照。

四〇三-四〇九　友よ……現われはしない　探究者（作者、読者）がこれまで他者に与えたものは「一瞬の」情念のほとばしりのみ。「自己放棄」ではなかった。

四〇七　善意の蜘蛛《くも》の巣が覆いかくしてくれる　原注にあるジョン・ウェブスター『白い悪魔』五幕六場一五六―一五八行目からの引用は、この劇の女主人公ヴィットリアに裏切られた彼女の兄フラミネオが、女の節操のなさを言う台詞。第Ⅰ部七四行目の注参照。

四一一-四一六　ダヤヅワム……を甦《よみがえ》らせる　「ダヤヅワム（Dayadhvam）」は、「相憐れめ」、「同情せよ」、「慈悲心をもて」の意。大乗仏教の説く「利他行為」につながる（村田）。探究者は〈自己〉の独房からまだ出られない、自己犠牲の心をもち得ないでいる。原注でエリオットが引用しているダンテ『神曲』「地獄篇」三三歌四六―四七行目は、十三世紀イタリアのウゴリーノ伯爵が地獄の第九の圏谷にあって、生前、息子と孫と合わせて四人の幼い子供たちと一緒に塔に幽閉されたときのことを語っている言葉から。『神曲』のウゴリーノは「扉を釘づけにする音」を聞いたのだが、ダンテの「釘（chiave）」は現代のイタリア語では「鍵」を意味するので、エリオットは「鍵」が回される音を聞いたと読みとってしまったらしい（Rainey, *The Annotated Waste Land*）。ともあれ「一度だけ扉で鍵が回される音を聞いた」は、孤独の部屋への終わりなき幽閉を意味するもので、四一一行目への原注の後半に置かれたF・H・ブラッドリー(一八四六—一九二四)の『現象と実在』(一八九三年)からの引用と軌を一《いつ》にする。というのも、ブラッドリーは、認識主体としての個人にとって「世界」はそれぞれ孤立した固有の存在だ、と主張するからである。

四一六　コリオレイナス　前五世紀のローマの将軍で、シェイクスピアの『コリオレイナス』の主人公。貴族として、英雄的な将軍として、高慢な〈自己〉を脱することができず、最後には軍人として剣を振るうことなく虐殺された。

四一八-四二三　ダミヤタ……従順に鼓動して　「ダミヤタ(Damyata)——己を制せよ」は、「精神統一せよ」、「座禅正定せよ」の意味。「印度・仏教思想」に言う「ヨーガ」あるいは「禅定」を指す(村田)。「帆と櫂に熟達した人の手に」船が従うとは、風と波の動きに順応して船を進めることのできる人は、船を滑らかに帆走させることができる、すなわち「己を制した」人は、彼をとりまく自然や社会と調和的な関係を維持することができる、ということ。これが『荒地』の詩人の希求する「解脱」であり、第Ⅳ部の「フレバス」の肯定的イメージはその予表であったことになる。だが、「きみの心も快く/応じたことだろう」の原文の動詞は'would have responded'と条件法になっていて、現実には「きみの心」は熟達した舵手の手に従う船のように「楽しげに」指図する者の手に応じたわけではないが、「指図する者」に

「誘われれば」従順に従う心の準備は出来ている。

四二三–四二四　ぼくは岸辺に坐って……平原が広がっていた　ひたすら東に向かっての探究者の旅は終わったらしい。彼は（第Ⅲ部一八九行目でそうしていたように）不毛の荒地を背にして岸辺に坐り、釣り糸を垂れている。この釣り人には〈漁夫王〉の暗示がある（〈漁夫王〉については「『荒地』へのイントロダクション」と第Ⅲ部一八九―一九二行目の注参照）。

『荒地』の人称代名詞が誰を指すかは、きわめて漠然としている（第Ⅲ部二一八行目への原注および二一八―二二九行目の注のテイレシアスについての記述を参照）が、四二三行目の「ぼく」はこの詩を語っているエリオット自身に非常に近い。彼は詩を語る詩人であり、瞑想する探究者であり、生命の再生のために生贄《いけにえ》にされる〈漁夫王〉である。

四二五　せめて……けじめをつけておきましょうか？　「イザヤ書」三八章一節で、アッシリアに征服されて国土が荒廃しているヒゼキヤ王に預言者イザヤが次のように忠告している、「エホバ如此《かく》いひ給《たま》はく　汝家《なんぢ》に遺言をとゞめよ（Set thine house in order）　汝しにて活《い》くることあたはざればなり」と。ヒゼキヤは神に祈り、神はアッシリアからの解放と王の生命を十五年間のばすことを約束する。『荒地』の語り手／探究者も、自分の力で世界を荒廃から救うことはできないが、自分の死を思い、「せめて自分の土地だけでも」と考えるのである。

四二六　ロンドン・ブリッジが……落っこちる　よく知られた童謡のリフレインである。ロンドン・ブリッジは、かつて共同体の一部として橋上に家並みのある生きた橋であったが、近代の都市化の中で、群集がダンテの「地獄」の亡者たちのようにため息をつきながら橋を渡るようになった。橋に象徴される文明が崩壊しつつある今、探究者は〈荒地〉の再生を希求しつつ自分の死を覚悟する。キリスト教ではまた「橋」は天国への道を暗示する。

四二七　ソレカラ彼ハ……姿ヲ消シタ　原文は"Poi s'ascose nel foco che gli affina"で、イタリア語。探究者は受動的にではなく、自らすすんで罪の浄化を受けるべきことの暗示である。「ダンテ論」でエリオットは「煉獄の魂は苦しむことを願うゆえに苦しむのである、苦悩の中の浄化は……希望である」と述べている。原注にあるダンテ『神曲』「煉獄篇」二六歌からの引用は、情欲の罪の浄化のため煉獄にいたアルナウト・ダニエルがダンテに声をかけ、自分の嘗《な》めている苦しみを忘れないでほしいと頼む個所《かしょ》から。

四二八　イツワタシハ燕《ツバメ》ノヨウニナレルノダロウ　原文は"Quando fiam uti chelidon"で、ラテン語。「いつになったら(春に燕が来るように)わたしにも春が来て歌いはじめられるのだろう」の意。エリオットの原注にある『ヴィーナス前夜祭』は、以前は作者不詳とされていたが、今では作者はおそらくティベリアヌスで、詩は四世紀の初めに書かれたと考えられている(Rainey, *The Annotated Waste Land*)。罪の浄化のあと(ナイチンゲールに変身したピロメラや、燕に変身したプロクネのように)変身して新しい生命を得ることを待ち望んでいることの暗示。この行にアルフレッド・テニソンの叙事詩『王女』(一八四七年)の中の歌「おお、燕よ、燕」(燕に愛の使者になってほしいと望む歌)への引喩を見る人もいる(たとえばSoutham)。

四二九　**廃墟ノ塔ノ、アキタニア公**　原文は"Le Prince d'Aquitaine à la tour abolie"で、フランス語。ジェラール・ド・ネルヴァルのソネット「遺産を奪われた者」(一八五三年)からの引用。その詩では、トルバドゥール詩人の伝統を引き継ぐ者としてのアキタニア公は、廃墟の塔にいて「遺産を奪われて」いる。探求者エリオットもここでは自分を「伝統を奪われた者」と見ている。「塔」には〈非現実の都市〉と〈危険堂〉への連想がある。「雷に打たれて崩れたタロット・カードの塔」でもある(Smith)。

四三〇　**これらの断片**　四二六—四二九行目の、英語、イタリア語、ラテン語、フランス語の引用を指す。同時に、論理的シークエンスのない言葉の集積としての『荒地』そのものともとれる。〈危険堂〉の騎士のように、これらの断片の意味を「問う」ことで、秘められた真実は啓示される。『荒地』では、探究者と読者は伝統の深みに導かれる。

〃　**これらの断片を支えに……抗してきた**　この一行は、文明の崩壊に対するエリオットの抵抗の告白。読者は「わが同類、わが兄弟」(第Ⅰ部七六行目)であるから、「崩壊」はすべての者の直面する問題であるはず。抵抗は最終二行の「ダッタ……シャンティ」における救済への祈りにつながる。なお、原文は"These fragments I have shored against my ruins"であるが、草稿では"These fragments I have spelt into my ruins"で、つまり「これらの断片をぼくは自分の崩壊に折り込んできた」となっている。

四三一　では、おっしゃるように……ふたたび狂う　「おっしゃるようにいたしましょう」は、雷の教えに従う意志の表明ととれる。原注にあるように、トマス・キッド(一五五八―一五九四)の『スペインの悲劇』(一五八七年)四幕一場六九行目からの引用である。この劇の副題は「ヒエロニモふたたび狂う」。殺された息子の復讐《ふくしゅう》を企てるヒエロニモは、宮廷余興劇の上演を頼まれると「では、おっしゃるようにいたしましょう」と引き受け、劇中劇の演技と見せかけて仇敵を殺そうと計画する。この劇中劇の台詞は(『荒地』の結びの部分と同じように)さまざまな言語の断片、いわば狂気の戯言《ざれごと》で出来ている。「ヒエロニモふたたび狂う」は、雷鳴の「DA」を自己放棄、同情、自制の教えと解釈することは合理主義者の目には狂気とも見えるだろうということ。

四三三　シャンティ　シャンティ　シャンティ　原文は"Shantih shantih shantih"で、サンスクリット語。遠ざかっていく雷鳴のひびき。同時に、原注に書かれているように『ウパニシャッド』の結語として「知的理解を超えた平安」の祈りを意味する。「知的理解を超えた平安」は、「ピリピ書」四章七節の「さらば凡《すべ》て人の思《おもひ》にすぐる神の平安は、汝《なんぢ》らの心と思《おもひ》とをキリスト・イエスによりて守らん」から。この祈りの言葉を最後に置くことによって、『荒地』

が瞑想的雰囲気で、霊的光明に達したことが暗示され、同時に、キリスト教と仏教がそれぞれめざす「平安」が究極的には一つのものであることを暗示している。

【鑑賞】　第V部では、植物神再生の物語と聖杯探究の物語は、キリストの磔刑と復活の物語へと収斂《しゅうれん》し、仏陀の「解脱」の教えと融合して、待ち望んだ「生命の水」がヒマラヤから吹く雨風に感じられる。

三二二―三三〇行目は、ゲッセマネに始まりゴルゴタの丘に向かうイエスの苦悶の道行き。三三一―三四五行目の水なき岩の荒地を進む悪夢のような旅では、イエスの道行きに聖杯探究の騎士の〈危険堂〉への接近が重なり、「裂けた泥壁の戸口から」無気味な「赤い不機嫌な顔だけが歯を剥いて笑う」。三四五―三五八行目では、水のない岩地の情景の中、磔刑のイエスの苦悶と〈危険堂〉の騎士の苦難が暗示される。三五九―三六五行目はイエスのエマオへの旅。イエスは復活した。オシリス、アッティス、アドニス等「死んで甦る神」たちにも、たぶん甦りの時は来た。三六六―三八四行目は、ヨーロッパ崩壊のヴィジョン。歴史の中の死の季節の一つ（第一次大戦）にヨーロッパは多くの死者を出した。平原を行く群集は、地獄の亡者たちか〈死の軍隊〉か。ヨーロッパ文明の精華として栄えたいくつかの都市は、いま空中に逆さになっている（三七三―三七六、三八二行目）。三八五―三九四行目で、聖杯探究の騎士はついに骨の散らばった〈危険堂〉に着く。雄鶏が鳴き、稲妻が閃《ひらめ》き、雨を含んだ風が来る。三九五―四二二行目では、黒い雲がヒマラヤ山脈に湧き、雷鳴が三度とどろく――「与えよ」、「相憐れめ」、「己を制せよ」。神々の復活は〈荒地〉に生命を甦らせる救いの道を啓示した。四二三―四三三行目では、「ぼく」は神話の〈漁夫王〉になって、釣りをしながら自らを死にゆだねる覚悟をし(四二五行目)、平安を祈る。

チョーサーのイングランドから東へ歩み始めた〈荒地〉の旅は、ロンドンをしばらく彷徨《さまよ》ったあと、テムズ河を下《くだ》り、地中海に入って、カルタゴ、アレキサンドリア、フェニキア、中央アジア、アテネ、イスラエルを経てヒマラヤに達し、雷の声によって解脱に導かれたと言える。

【『荒地』をどう読むか】

1

一九二二年秋、『荒地』が発表されたとき、それはまったく斬新な詩として驚きをもって迎えられた。『タイムズ文芸付録』の書評は、『荒地』は現実世界の汚辱《おじょく》と美を啓示する感動的な詩だと激賞し、アメリカでは〈ダイアル賞〉が与えられた。だが、一方で、これは詩として体を成していないという否定的な意見も賞讃に劣らず多かった。当時、ケンブリッジで革命的とも言うべき新しい文学批評を実践しつつあったI・A・リチャーズ(一八九三―一九七九)は、『荒地』は詩人の信念や倫理観とは関係のない「観念の音楽」だと主張した。ウィリアム・エンプソンは、エリオットの詩に触発され、フロイト(一八五六―一九三九)の深層心理学を応用して詩の意味の重層性を「七つの型」に分け、「曖昧《あいまい》」の理論を構築した。アメリカではクリアンス・ブルックス(一九〇六―一九九四)が、一九三〇年代になってリチャーズのアイロニー論とエンプソンの「曖昧」理論を合成、これを形式化して詩を「パラドックスの言語」と定義し、『荒地』をパラドックスとアイロニーの言語によって「失われた信仰の回復」をめざす詩として分析(一九三七年)した。ブルックスの『荒地』解釈は広く流布し、『荒地』はモダニズムを代表する優れた作品としてその評価が定まった。

2

最初の評論集『聖林』(一九二〇年)に収められたエッセイ「伝統と個人の才能」で、エリオットは前時代のウォルター・ペイターに代表される印象批評に対して個人の主観を排した文学理論を主張し、詩人にとって必要なものは個性ではなく「伝統」への帰属であり、詩人は「歴史的感覚」をもたねばならないと言う。つまり、「過去が過去としてあるばかりでなく、それが現前にあることを認識させ、また自分の時代を骨髄の中にもつとともに、ホメロス以来のヨーロッパ文学全体が同時的に存在し、同時的な秩序を構成しているという感覚」をもて、と言うのである。エリオットのこの主張は、批評家としてのエリオットの批評基準の宣言であったが、同時にエリオット自身の詩作品を擁護《ようご》するものでもあった。

たとえば「J・アルフレッド・プルーフロックの恋歌」では、詩の語り手のプルーフロックはラフォルグの口調で独白をつづけるが、マーヴェルの恋愛詩からの引用(あるいは引喩)やシェイクスピアの『ハムレット』への言及をまじえ、何度も古典文学作品の連想を喚起しつつ、詩の意味の流れを重層的に推し進めていく。しかも、エピグラフとしてダンテ『神曲』の「地獄篇」からの引用があって、プルーフロックの独白自体がダンテをゆるやかな枠組としながら意味をつくり出している。この詩を充分に理解するためには、読者はダンテやラフォルグやシェイクスピアやマーヴェルの作品について知っていなければならない、ということになる。そして、この引喩の詩法をさらに徹底して用いた作品が『荒地』である(「現代詩の引喩的性格」の問題は、I・A・リチャーズの『文芸批評の原理』(一九二四年)二八章が理論的に扱っている)。エリオットが「伝統」論で、詩人は「ホメロス以来のヨーロッパ文学全体」の「同時的な秩序」を意識していなければならないと主張するとき、この言葉は、引喩的性格の強い彼自身の詩こそヨーロッパ文学全体についての「歴史的感覚」をもった正統的な詩であるという主張になっているのである。エリオットは自分の詩を十七世紀の形而上派詩人たちやフランス象徴派詩人たちの作品と結びつけることで、自分がヨーロッパ文学の正統を引き継いでいることを主張したのである。

ところで、今エリオットの「伝統」論をベルクソンの『時間と自由』と並べてみると、ベルクソンの言う「純粋持続」としての意識――「われわれが音楽を思い出すとき、いわばその一つ一つの音が互いに浸透し合うように、現在の状態と過去の状態が一つの有機的全体に統合される」持続――とエリオットの「歴史的感覚」のあいだには一つのアナロジーが見られる。つまり、エリオットはベルクソンの「純粋持続」の観念を文学の「歴史」に適用し、過去の文学作品が歴史の中で相互に浸透してつくり上げる「有機的全体」を想定し、これを「伝統」と呼んだのだということである。エリオットの詩は、それまでのテニソンやスウィーンバンの詩とは違って、過去の作品からの引用や引喩を詩人の経験の中に取り込み、それらを衝突させ相互浸透させることで新しい意味をつくり出すものであったから、そうした引喩性の強い詩を彼は新しい詩として定義しておきたかったのである。エリオットの「伝統」論における「歴史的感覚」の主張は、エリオットの詩作品の正統性の主張と、同じコインの裏表の関係にあった。

だが、エリオットの詩論のめざしていることは、それだけにとどまらなかった。彼は、自分の詩概念を、前世紀から思想界の大きな力となっていた人類学と結びつけた。「伝統」論におけるベルクソン的「相互浸透」の観念は、エリオットの中で、フレイザーの『金枝篇』とつながっていた。彼は、一九二一年の夏、ストラヴィンスキーのバレエ「春の祭典」の舞台を見て、その年の十月、『ダイアル』にその批評を書いた。

芸術においては、相互浸透と変容があるべきである。『金枝篇』は二つの読み方で、つまり、楽しい神話の蒐集《しゅうしゅう》としても、われわれの心とつながっているあの過去の心の啓示としても、読める。「春の祭典」には、音楽そのものを別にすれば、現在の感覚はない。ストラヴィンスキーの音楽が永遠のものか、ほどなく滅び去ってしまうものか、わたしにはわからない。だが、それは確実に、大草原のリズムを、自動車の警笛のわめき声、機械の騒音、車輪の軋《きし》む音、鉄や鋼のぶつかる音、地下鉄の轟音《ごうおん》、その他の野蛮な現代生活の叫びに変え、しかも、人を絶望させんばかりのこれらの騒音を音楽に変容させたように思われる。

この一節にはベルクソン的な「純粋持続」の観念がはたらいている。「春の祭典」における大草原のリズムと現代生活のさまざまな騒音の相互浸透と変容が、『金枝篇』におけるさまざまな宗教的事例の相互浸透と変容と同じように、芸術作品の特性としてとらえられている。エリオットにとって『金枝篇』は芸術作品なのである。そこに集められた神話は、互いに溶け合って相互浸透をおこない、過去は現在に、現在は過去に変容している。そして、いま引用したこの一節において特に重要な点は、エリオットにとってベルクソン的(と同時にフロイト的)な意識と無意識の対比は、現在の心と「あの過去の心」の対比としてとらえられているということである。エリオットはおそらく、人類の進化を個人の意識の進化に譬《たと》えるいわゆる「パスカルのアナロジー」を逆転させ、個人の意識の層を人類の進化になぞらえて把握し、現代人の意識の深層に、フレイザーがキリスト教の基底にあると認めたアッティス、アドニス、オシリスの神話における「死んで甦《よみがえ》る神」を見ていたのである。

芸術作品としての『金枝篇』は「神話の蒐集としても、われわれの心とつながっているあの過去の心の啓示としても」読めるという『金枝篇』の受けとり方は、ベルクソンの「純粋持続」から来た「歴史的感覚」と重なって、芸術作品としての『荒地』を擁護する議論になっている。『荒地』にはさまざまな場面／情況／モチーフの相互浸透があり、芸術的変容があり、たとえば第Ⅲ部一九六―一九八行目の

だが、背後でときどきぼくの耳に聞こえる
警笛とエンジンのひびき――スウィーニーが
泉でからだを洗うポーター夫人をご訪問だ。

では、自動車の警笛のわめき声が、大草原の狩りのリズムと、あるいは水浴する狩猟の女神ディアナの耳に聞こえてくる角笛《つのぶえ》と、一つに溶け合っている。『荒地』にはこうした相互浸透と変容が意図され実現されており、この詩は現代の不毛な性生活の場面の蒐集としても、「われわれの心とつながっているあの過去の心の啓示」としても、読めるのである。つまり、『荒地』における「相互浸透と変容」の詩学は、ベルクソン的であると同時にまたフレイザー的である。『荒地』の詩学の核心が、いわゆる〈意識の流れ〉の方法にあると考えれば、それはベルクソン的であるが、この詩学を〈引喩〉と〈並置〉と〈神話的構成〉の詩学と呼ぶとすれば、それはきわめてフレイザー的なものと言える。

「伝統」論のエリオットは、また、「詩人の精神は、無数の感情や語句やイメージをとらえて蓄えておく容器で、そうした感情や語句やイメージは、新しい複合体を構成するための細部がすべて揃《そろ》うまでそこにとどまる」と言っているが、これはエリオットの詩の作り方——過去の作品から記憶に残っているイメージや語句を自分の経験と結び合わせ新しい複合体を作ることで、絵画におけるコラージュに似た効果を生み出すやり方——を述べたものと見ることができる。記憶の中の要素は、相互浸透と、化学反応に似た変容によって、これまでになかった新鮮な驚きの感覚をつくり出すのである。

エリオットは、『荒地』における不連続なイメージやモチーフの「相互浸透と変容」を、彼の批評理論によって弁護していたのである――ベルクソンとフレイザーを拠り所としながら。

3

『荒地』という詩をどう読むかという問題は、パウンドが手を加えるまえの『荒地』の原稿がニューヨーク・パブリック・ライブラリーに所蔵されていることが一九六八年に公表され、一九七一年に『荒地――草稿ファクシミリ』が出版されるにおよんで大きく変わった。新しく知られたことは、この詩が草稿の段階では「彼はいろんな声色《こわいろ》でポリス・ガゼットを読む」(ディケンズの『互いの友』一六章にある言葉)という題のもとにまとめられた「人物スケッチの寄せ集め」であったということ、第Ⅱ部「チェス遊び」に現われる神経を病む女はエリオットの妻ヴィヴィアンであり、パブでの女たちのおしゃべりは、詩人の家のハウス・メイドの世間話をほとんどそのままエリオットが文字にしたものだということ、草稿にはヴィヴィアンの筆が幾個所も、特に最終稿で削除された部分に認められるということなど、『荒地』は「伝統と個人の才能」でエリオットが主張したような「非個性」の詩ではなくて、詩人の私生活と私的感情から生まれたものだと見られるようになった。

『荒地――草稿ファクシミリ』の編者ヴァレリー・エリオットは、この詩が私的なテーマの詩だということを強調しようとした。エリオット自身の言ったこととして、「多くの批評家がこの詩を現代文明批判の詩、社会批評の詩と考えてくれたのは名誉なことだが、わたし自身にとってこれは、現実に対する個人的な、まったくとるに足らぬ不満のつぶやきにすぎなかった」という言葉が、事実にもとづくものかどうかもはっきりしないまま引用された。こうしたこともあって、『荒地』は、文明批評の詩というよりもむしろ間接的な形で書かれた自叙伝だという認識が広まった。だが、もちろん反対意見もあった。

ヴァレリー・エリオットの言うように『荒地』がもしエリオットの愚痴《ぐち》だとしたら、愚痴の原因はヴィヴィアンのことだろうと推察する人も多いかもしれないが、『荒地——草稿ファクシミリ』出版後の書評(のち『伝記的方法』〔一九八四年〕に再録された)でエンプソンはこれを否定している。エンプソンによれば、エリオットの愚痴の原因は彼の父にあった。『荒地』の中心的なテーマは「父」に関わるものであり、詩では、〈漁夫王〉の後継者は(エリオットのペルソナとして)父王の死を瞑想《めいそう》し、シェイクスピアの『あらし』からの引用「これは彼の目であった真珠」が繰り返し現われる。エンプソンは、エリオットをとりまくいくつかの事情に言及する。エリオットの父は息子とヴィヴィアンとの結婚に反対であった。アメリカを棄てユニテリアンの信仰を棄てた息子に、彼は遺産を残すことを拒否した。彼は経済的な苦境にある息子への援助を断ち、遺贈されるはずの遺産は、エリオットが死んだ場合にもヴィヴィアンのものにはならないことに決められていた。父に対する割り切れない思いは、エリオットの意識の深層で想像上のユダヤ人(金持ち)に向けられることになった。ユニテリアン派の信仰をもつ実業家としての父のイメージは、イエスが神であることを否定するユダヤ人の金持ちのイメージとして、エリオットの無意識の心を支配した。イエスの神性を否定する金持ちを憎むとすれば、そういうタイプの人間はユダヤ人であった。つまり、父に対するコンプレックスが、エリオットの意識に反ユダヤ主義的な色彩を帯びさせることになったと言うのである。

エンプソンの批評は、『荒地』を作者から独立した一つの作品世界と見るブルックス式の見方とは別の、作者の伝記的事実から作品を解釈する批評である。「非個性」理論は棄てられ、伝記的方法が用いられている。草稿の公刊以後のエリオット研究は、『荒地』制作のときのエリオットの私生活の情況、パウンドとの関係、エリオットと両親の関係、女性に囲まれて育ったエリオットの女性観の形成、等々、「詩を詩として」読むことから離れた研究が多くなった。最近では、たとえばロレンス・レイニーが、『荒地』のテクストの生成の書誌学的研究のほか、『荒地』制作のときの情況について、エリオットの当時の私的な生活、経済的情況、パウンドとの関係、さらにエリオットが使った用紙やタイプライター、出版社との印税交渉のプロセスにいたるまで、詳しく実証的に研究している。

4

『荒地』がエリオット自身の「個人的な不満のつぶやき」だということは、ある程度まで正しいとしても、この詩はやはりまぎれもなく文明批判の詩である。神経を病む人の愚痴がまじっていようと、父親コンプレックスが読みとれようと、詩全体を一つのシークエンスとして成り立たせているものが植物神再生神話と聖杯伝説であることは否定できないし、また、それが一九二〇年という歴史的危機のコンテクストに置かれることで、危機からの救い、再生の可能性の探究となっていることは間違いない。

『荒地』にはいくつかの意味が読みとれる。だが、主たる意味が、現代文明を「荒地」として認識し、ヨーロッパ世界の再生の可能性をキリスト教信仰の回復に求めようとしている点は揺るがない。この詩はたしかに難解であり、聖杯伝説について教えられても詩の理解の鍵にはならないという意見もあるが、詩が伝えようとしているメッセージは明確である――われわれは自分たちの心の中の「荒廃」を見つめねばならない、ということ。エリオット自身、詩劇『岩』のコーラスでこう言っている

沙漠《さばく》ははるか南の熱帯にあるのではない。

沙漠はすぐ近くにある、それも
沙漠は地下鉄できみの隣りで圧されている。
沙漠はきみの兄弟の心の中にある。

『荒地』の主題はエリオットの愚痴ではなかった。エリオットの精神的苦境と憂鬱《ゆううつ》は詩の主題ではなく、それは詩人の心の中に蓄えられた経験と語句とイメージが詩作品に変容する契機を詩人に与えた。パスカル（一六二三―一六六二）の『パンセ』についての文章でエリオットは、「ある種の病気は、宗教的啓示にとってだけでなく、芸術、文学の制作にとっても大変いい効果を及ぼす」と述べているが、『荒地』制作のときエリオットに起こったことは、まさにそういうことであった。

解説

一　T・S・エリオット小伝

トマス・スターンズ・エリオット(一八八八―一九六五)は、一八八八年九月二十六日、アメリカ合衆国のミズリー州セント・ルイスに生まれた。祖父は行動的なユニテリアン派の牧師で、一八三四年に、それまで住んでいたニュー・イングランドをはなれてセント・ルイスに移住し、この地に教会を建て、大学創設に大きな貢献をした人物。父はやはりユニテリアン派の信仰篤い実業家で、一族にはニュー・イングランド・ピュリタンの血が色濃く流れていた。

一九〇六年、エリオットはハーヴァード大学に進み、フランス文学、古代および近代哲学、比較文学などを学び、やがてシャルル・ボードレール(一八二一―一八六七)を読み、アーサー・シモンズ(一八六五―一九四五)の『象徴主義の文学運動』(一八九九年)に出会い、ジュール・ラフォルグ(一八六〇―一八八七)を知るようになって、自分の気質を最もよく表現できる詩の形式と音調を発見した。一九一〇年、パリに留学し、当時、新しい思想、哲学のるつぼであったこの都市で、エミール・デュルケーム(一八五八―一九一七)、レミ・ド・グールモン(一八五八―一九一五)、アナトール・フランス(一八四四―一九二四)、シャルル・モーラス(一八六八―一九五二)を知るようになり、また、コレージュ・ド・フランスでのアンリ・ベルクソン(一八五九―一九四一)の講義に深い影響を受けた。

一九一一年、ハーヴァードに帰ったエリオットは、サンスクリットと古代インド哲学を研究したが、一九一四年、ふたたびヨーロッパに赴《おもむ》き、大戦前夜のベルリンに二週間滞在したあと渡英、オックスフォード大学マートン・コレッジでF・H・ブラッドリー(一八四六―一九二四)の思想の研究に従事した。そのころエリオットは、当時ロンドンにいた先輩アメリカ詩人エズラ・パウンド(一八八五―一九七二)にその才能を認められ、パウンドは、この若い詩人の作品がイギリス、アメリカの雑誌に発表されるよう、ロンドンで詩人としての地位を確立できるよう、あらゆる支援をおしまなかった。エリオットは、パウンドのすすめもあってロンドンに住むことを決意し、一九一五年六月、バレリーナで文学的才能もあったヴィヴィアン・ヘイ＝ウッドと結婚した。

だが、エリオットの両親はこの結婚には反対で、父からの経済的支援は断たれ、ヴィヴィアンの病気もあってエリオットは苦境に陥ったが、一九一七年三月、ロイド銀行に職を得て一応の経済的安定を得た。同年六月に処女詩集『プルーフロックその他の観察』を出版、一九一九年には、有名な「伝統と個人の才能」論を含む批評論集『聖林』を出したが、妻の病気や母のロンドン滞在のための心労が重なって、エリオット自身、神経を病み、一九二一年十一月に転地療養のためスイスのローザンヌに赴いた。このとき、少しまえからとりかかっていた『荒地』の草稿が完成され、パウンドのもとに送られた。この先輩詩人はエリオットの草稿に大きく手を加え、詩は、一九二二年十月、エリオット自身の編集になる『クライティリオン』創刊号に、アメリカでは『ダイアル』十一月号に発表された。この詩の出現は文学界に大きな衝撃を与え、それまでの詩の概念を大きく変えた。それは『聖林』における新しい批評理論と一体となって、英詩におけるモダニズムの中核を形成することになり、英文学の歴史の二十世紀前半部分は「エリオットの時代」と呼ばれるにいたった。

『荒地』の成功以後、エリオットは一九二五年にロイド銀行を退き、フェイバー・アンド・ガイヤー出版社の編集部に勤めることになったが、一九二七年イギリスに帰化し、英国国教会の信者となって、翌一九二八年、小冊子『ランスロット・アンドルーズのために』の序文で、「文学では古典主義者、政治では王党派、宗教ではアングロ・カトリック」と自分の立場を宣言した。一九三二年から三三年にかけて、アメリカのハーヴァード大学に招かれて連続講演をし、一九三三年秋にはヴァージニア大学で講演をした。ヴァージニア大学での講演は一九三四年『異神を求めて』と題して出版され、「反ユダヤ主義」を非難される根拠ともなった。

一九二二年以来、ヨーロッパの文化的統一を目ざして活動を続けてきた季刊誌『クライテリオン』は、第二次大戦前夜の一九三九年一月に廃刊となったが、エリオットのヨーロッパ文化擁護の姿勢は『キリスト教社会の理念』(一九三九年)、『文化の定義のための覚え書き』(一九四八年)その他の文化論として公表された。同時に彼は、詩の社会的効用とその実現のための詩劇に関心を抱くようになり、一九三五年に殉教者トマス・ベケット(一一一八―一一七〇)を扱った詩劇『大聖堂の殺人』、一九三九年に悲劇『一族再会』を書き、一九四九年のエディンバラ・フェスティヴァルで上演された風俗喜劇風の『カクテル・パーティー』は、現代の詩劇として大きな成功を収めた。その間、詩人としては自分の想像力に不安を感じていたが、『大聖堂の殺人』の最終稿から省かれた詩行――主としてコーラスのために書かれた詩行――をもとに、『荒地』の五部構成を踏襲した形で瞑想詩《めいそうし》「バーント・ノートン」を書くことで、新しいスタイルを見出した。「バーント・ノートン」は、詩人としてのエリオットに自信を与えた。彼は、故国喪失の若い詩人の野心と失意、世界と言葉についての思索、精神的な苦悩と宗教的回心、時間と永遠についての瞑想――そうした自分の経験をモチーフとする瞑想詩を「バーント・ノートン」と同じ形で書くことを考えるようになり、一九四〇年に「イースト・コウカー」、一九四一年に「ドライ・サルヴェイジズ」、さらに一九四二年に「リトル・ギディング」を書いて、一九四三年にこれら四篇をまとめて『四つの四重奏』として出版した。

その後、一九四七年、エリオットは妻ヴィヴィアンと死別、一九五七年にヴァレリー・フレッチャーと結婚し、平穏な晩年を過ごした。エリオットの文学的業績は広く認められ、一九四八年にはメリット勲位とノーベル文学賞、一九五五年にはハンブルクでハンザ同盟ゲーテ賞を受けたが、一九六五年一月四日、七十五年余の生涯を終えた。

二　エリオット詩の発展――『荒地』まで

『荒地』にいたるまでのエリオット詩の発展は、彼がその青春を過ごした都市ボストンとパリ、そしてロンドンと深く結びついたものであった。

初期のエリオットは、シモンズの『象徴主義の文学運動』によって知るようになったフランスの詩人たち、とくにラフォルグと、イギリス十七世紀の形而上派《けいじじょうは》詩人たちの影響の下に、自分の詩のテーマと文体を発見した。端的に言えば、それは愛や悲しみや田園的喜びといった伝統的なテーマを棄て、現実世界の表層の下に隠された悲惨と恐怖とその奥にあるものを見つめようとする態度であり、詩語を拒否して日常会話の言葉で詩を書くことであった。

ハーヴァード時代のエリオットの詩は、大学の町ケンブリッジと近くのボストンの人びとを「観察」してそこに見て取ったものを語っている。詩集『プルーフロックその他の観察』の中の「J・アルフレッド・プルーフロックの恋歌」や「ある婦人の肖像」には、ボストンの人びとの慎重な振舞い、几帳面《きちょうめん》な態度、控え目な物言い、が見られる。ボストンでは、エリオットが学生であったころ、郊外に工場ができ、立ち並んだアパートから、朝のきまった時間に目覚まし時計で起こされた工場労働者や事務員がいっせいに仕事に向かう光景が見られたし、ケンブリッジからボストンに地下鉄が通じ、人びとは短時間で移動できるようになって、生活のリズムが大きく変わりつつあった。たとえば「前奏曲集」の「煤《すす》けたブラインドを押し上げている」「無数の手」のイメージは、そうした労働者の住む街の朝の様子を記録したものである。

ハーヴァードでエリオットは、『ヘンリー・アダムズの教育』(一九一八〔私家版一九〇七〕年)を読んだ。アダムズ(一八三八―一九一八)のこの本は、ニュー・イングランドの名門の出であった政治家、外交官、知識人ヘンリー・アダムズの自己成型の記録であり、国家と人類と歴史についての思索を記したものであるが、政治、外交の発展と科学の進歩、近・現代の歴史の恐るべき加速度的変化、そして変化しない女性の考察において、エリオットの精神に深い刻印を残した。プルーフロックの「蟹のはさみにでもなって」しまいたいという惨めな自己意識と、女性を太古以来変わらぬ生命力と見る女性観が『教育』のエコーであることはこれまで見過ごされてきたが、この詩に見られるアダムズの影響の大きささそのものは、すでに認められている。プルーフロックの暗い自意識や、「ある婦人の肖像」の中の青年のピュリタン的な真面目《まじめ》さ、臆病さといったボストン人の特性はもちろん、「ゲロンチョン」や『荒地』、さらに後年の『四つの四重奏』に見られる「歴史」への強いこだわりは、すべてエリオットが青年時代に読んだ『ヘンリー・アダムズの教育』と切り離しては考えられない。

一九一〇年十月、エリオットはソルボンヌ大学に留学し、ベルクソンの講筵《こうえん》に列し、深い影響を受けた。彼は、活発な思想的、芸術的な活動に満ちた国際都市パリの街と人びとを観察した。エリオットのパリはボードレールの『悪の華』(一八五七〈再版一八六一〉年)のパリであり、シャルル＝ルイ・フィリップ(一八七四―一九〇九)の『ビュビュ・ド・モンパルナス』(一九〇一年)のパリである。フィリップのこの小説についてエリオットは、「ディケンズの小説がロンドンの象徴となっているように、『ビュ・ビュ』はわたしにとってパリの象徴となっていた」と書いているが、たとえば「前奏曲集」Ⅲの「ベッドの端に坐って……／カール・ペーパーを髪から剝がしたり、／汚れた両手の掌《てのひら》で／黄ばんだ足裏を握りしめたり」する女性には、『ビュビュ・ド・モンパルナス』の中の娼婦ベルタの影を見ないわけにはいかないし、「風の夜の狂想曲」の擦《す》り切れたドレスの娼婦や、「溝でバターのかけらを喰らっている」猫は、ボードレールの詩のモチーフである。

「風の夜の狂想曲」には、パリ時代のエリオットの心を占めていたもう一つのもの、ベルクソン的内面時間――〈純粋持続〉の中の瞬間と瞬間、イメージとイメージの相互浸透――が見られる。深夜十二時から未明の四時までの街の印象が記憶の中で溶解するこの詩には、ラフォルグからの引用があり、フィリップの小説の雰囲気があり、ボードレールの引喩があり、パリへのエリオットの惑溺とも言える沈潜がうかがわれる。

パリからいったんハーヴァードに帰ったエリオットは、一九一四年の秋からオックスフォードで哲学研究に従事することになり再び大西洋を渡ったが、オックスフォードの秋の学期の始まるまえ、ロンドンで、ハーヴァード時代からの友人コンラッド・エイキン(一八八九―一九七三)の紹介で、エズラ・パウンドに会った。この先輩詩人との出会いは、しばらく詩を書いていなかったエリオットを生き返らせ、彼はロンドンで詩人として身を立てることを決意した。ロンドンが彼の詩のテーマとなり、やがて『荒地』として結晶する〈非現実の都市〉ロンドンのヴィジョンが形成されていった。

ロンドン・ブリッジをはじめ、〈シティー〉界隈《かいわい》の通り、テムズ河沿いのいくつかの土地の名が、この詩には現われる。エリオットが〈シティー〉の銀行に勤め、毎朝、見たものは、決まった時間にいっせいに地下鉄駅から吐き出され、暗い霧の中をオフィスに向かう事務員やタイピストたちであった。銀行や会社では、このころタイプライターが盛んに用いられるようになり、多くのタイピストたちが働いていた。当時の小説には、タイピストの恋愛や火遊びが風俗として描かれた。『荒地』に現われる彼女らのテムズ河畔での逢い引きやアパートでの情事は、時代の風俗の一部であった。そうした都市の情景は、同じように地下鉄をもち、群集の移動するパリと重なって、とりわけ霧の深い日には、亡者の群れるダンテ(一二六五―一三二一)の『神曲』の〈地獄〉に見えた。ロンドンであり、パリであり、ダンテの〈地獄〉でもある〈非現実の都市〉は、エリオットが現実に観察したものであった。

エリオットの詩は都市の詩であり、それは二十世紀におけるモダニズム芸術運動の渦中にあった。この時代にロンドンやパリのような都市をテーマとし、新しい芸術をめざす野心的な詩人たち――ガートルード・スタイン(一八七四―一九四六)、エズラ・パウンド、ジェイムズ・ジョイス(一八八二―一九四一)、アーネスト・ヘミングウェイ(一八九九―一九六一)等――は、その都市の土着の人間ではなく故国喪失の移民であり、そうした国際的に開かれた都市――パリ、ロンドン、チューリッヒなど――に外から来た人びとであった。エリオットも例外ではなかった。都市に住む民衆を観察しながら、新しい芸術をめざす詩人たちは、群集の中で孤立した孤独な個人であった。彼らのテーマはほとんど必然的に、都市の内部で経験される孤立と疎外の問題であった。

モダニズムは都市から生まれた。モダニズムとは「衝撃的なリズム(内燃機関のリズム)と直線(地下鉄路線図や道路網の直線)を用いた芸術運動」であり、それは「地下鉄を擁したロンドンやパリのような首都からのみ出現した」と、ヒュー・ケナー(一九二三—二〇〇三)も言っているが、地下鉄で運ばれる群集と彼らの住む都市の裏通りをテーマとすることが、新しいことであった。伝統的な詩のテーマ——愛とか、悲しみとか、田園的詩情とか——も、伝統的な詩法も、棄てられた。過激な破壊はスイスのダダイストたちによって始められ、パリのダダイストとシュールリアリストたちに引き継がれた。「現実」ではなくて「超現実」を描くことが、詩人と画家の仕事になった。エリオットの詩も、こうしたモダニズムの流れの中にあった。

『荒地』にいたるまでのエリオットの詩の発展は、端的に言えばボストンとラフォルグから、パリとボードレールおよびフィリップを経て、ロンドンとモダニズムへ、ということになるだろう。形式的には、『プルーフロックその他の観察』のラフォルグ的な会話文体の自由詩から、『詩集(一九二〇年)』に支配的な、押韻のある弱強五歩脚の四行詩を経て、『荒地』の混合文体——定型詩と自由詩とイマジスト風の短い行との混合——へと変わっていった。

三　エリオットとシュールリアリズム

大都市に住む異邦人であるモダニスト詩人にとって、言語は自然に話せる母語ではなく、意識的に操作すべき材料であった。都市の群集の中の疎外と孤独を表現するための語彙《ごい》と構文を、彼らは考え出そうとした。そのとき言語は、彼らにとって彫刻家の粘土のように操作し加工すべき材料であった。詩の言語は、安定した現実を描写する自然な言語ではなく、見慣れぬ相貌の都市の顔のない群集の中で、疎外された個人を描く人工的な言語であった。彼らは突飛《とっぴ》な比喩や、ショッキングなイメージをつくり出し、〝Rose is a rose is a rose is a rose〟(ガートルード・スタイン)のような文法ルールを破る文や、大文字も句読点もない文章を書いたりした。タイプライターと電話も、言語のデフォルメにかかわった。詩人たちはタイプライターで文字や単語を絵画のように配置して、いわゆるタイポグラフィカルな詩を打ち出した。実用化された電話は、会話を顔の見えない音のやりとり、第三者には独白のように聞こえる不自然な発話にしてしまった(『荒地』第Ⅱ部一一一行目の「今夜、わたし神経がおかしいの……」以下一三八行目までの部分は、電話の会話から暗示されたスタイルであろう)。モダニスト詩人の詩の中で、自然言語はいったん切り刻まれ、歪《ゆが》められ、見慣れない形に組み立てられて、二十世紀モダニズム詩の文体が生まれた――ダダイズムとシュールリアリズムの文体、〈意識の流れ〉、イマジストの文体、など。

文章が破砕され、会話が分断されたとき、人間もまた統一的人格を奪われ、断片化されたように見えた。機械が人間の歩行移動や会話を代行すると見えたとき、人間もまたパブロフの犬のように、条件刺戟《しげき》に反射的に反応するメカニズムを内包した機械として見られるようになった。『荒地』のロンドンでは、夕方、ビッグ・ベンが終業時間を告げると、事務員やタイピストは「目と背中が／事務机からはなれ、人間エンジンは待っている」(二一五―二一六行目)ようになった。人間は機械に還元され、目と背中はまるで機械の部品のように、心臓の鼓動は自動車のエンジンのように、動く。顔もトルソも描かず、ただ「目と背中」だけを描く描写は「ピカソのデフォルメを思い出させる」(ケナー)が、それはまた、たとえばキリコの絵〈放蕩《ほうとう》息子〉(一九二二年)の中で、人間が単純な部品で組み立てられた人形に還元されているのを思い出させる。『荒地』では、情事のあとのタイピストは「機械仕掛けの手つきで」髪を撫でつけ、レコードを蓄音機にのせる。ここにある人間機械論は、やがてマルセル・デュシャン(一八八七―一九六八)の大作

〈花嫁は彼女の独身者たちによって裸にされて、さえも〉(一九一五―一九二三年)の機械としての花嫁――「彼女(花嫁)の内気な力は……一種の自動装置であり……愛のガソリンが……かぼそいシリンダーに供給され……この処女を花ひらかせるために用いられる」(デュシャン「制作準備ノート」)――に行きつくものである。

一九一九年七月、エリオットは、自ら編集に携わっていた文芸誌『エゴイスト』に、トリスタン・ツァラ(一八九六―一九六三)の詩集『二十五の詩篇』(一九一八年)の書評を載せた。エリオットは、スイスのダダイストたちだけでなく、パリのダダイストたちのこともパウンドやジョイスを通して知っていたであろう。『荒地』の結末で繰り返される雷鳴を表わす擬声音「DA」には、ダダイズムの「絶対否定」の観念がこめられているのかもしれない。ダダイズムとその延長としてのシュールリアリズムの詩と絵画は、深く『荒地』と関わっている。端的に言えばコラージュの技法である。

コラージュは、常識的にはまったく関係のない二つのものを衝突させ、今まで経験したことのない新しい感情を喚起する。たとえばマックス・エルンスト(一八九一―一九七六)のコラージュ〈雲の上を真夜中が歩く〉(一九二〇年)では、大きな糸玉の上に蝶のような左右対称の形のレース飾りがついていて、糸玉の下には靴をはいた女性の足が歩行のポジションで描かれ、この奇妙な形の「真夜中」が雲の上を歩いている。『荒地』に現われる「赤ん坊の顔をした蝙蝠《こうもり》」は、ヒエロニムス・ボス（一四五〇頃―一五一六）の地獄のイメージから来たものだが、まぎれもなくシュールリアリズム的グロテスクであり、貞潔と狩猟の女神ディアナがポーター夫人になって、風呂で不倫のからだを洗っているイメージも、「庭に植えた死体」から「芽が出る」イメージも、女の「髪が炎の形にひろがる」のも、どれもシュールリアリズムの絵画を強く連想させる。

ギヨーム・アポリネール（一八八〇―一九一八）は、一九一三年に、街で耳にした会話をそのまま詩の中にとり入れた。それは、シュールリアリズムの画家たちが、広告や新聞の切り抜きを絵に貼りつけるコラージュと同じ手法だと言える。エリオットの『荒地』第Ⅱ部の、ロンドンのパブでの女たちの会話や、第Ⅰ部のマダム・ソソストリスと客の会話も、アポリネールの手法に似ている。『荒地』では、古典作品からの引用や引喩、ややルースなリズムの無韻詩《ブランク・ヴァース》やスペンサリアン・スタンザの変形、ダダ的文体、コラージュ、イマジズム、モンタージュなど、さまざまな文体とレトリックが用いられ、雑然そのものと見える混合文体が、ジョイスの『ユリシーズ』の文体混淆《こんこう》をさらに推し進めている。そして、その中核をなしているのが並置の原理であり、コラージュである。

ハーヴィー・コックスが『愚者の饗宴』(一九六九年)で言っている「並置の神学」に倣《なら》って言えば、『荒地』におけるエリオットの詩法は「並置の美学」と呼んでいいものであろう。コックスは、スーザン・ソンタグ(一九三三―二〇〇四)を引用しつつ言う――

絵画におけるシュールリアリズムは、マグリット、エルンスト、ダリ、キリコ、その他の名前と結びつけて考えられてきた。だが、スーザン・ソンタグがそのハプニング論で指摘しているように、シュールリアリズムは、詩、映画、音楽、そして建築をさえ含む「二十世紀のすべての芸術を貫く感受性の一様式」である。ソンタグ女史はまた言っている――「これらすべての芸術におけるシュールリアリズムの伝統を一つに結びつけているものは、過激な並置(「コラージュの原理」)を通して慣習的な意味を破壊し、新しい意味もしくは反意味を創造するという理念である」(『愚者の饗宴』九章)

現代のキリスト教神学の一理論としての「並置の神学」を、コックスは、シュールリアリズムにおける「過激な並置」としてのコラージュと関連づけているのである。現代における伝統宗教の危機は、現実世界における現代人の経験と信仰の乖離《かいり》にある、とコックスは見る。現代人が過去から継承した信仰と、信仰の表象である宗教儀礼とそのシンボルは、現実の情況と矛盾する。そこで「並置の神学」は、伝統的な信仰と現実世界の〈不連続〉に新しい経験と認識の機会を見、両者を〈衝突〉させ、そのあいだの創造的摩擦を最大限に増幅して、その「過激な並置」を通して「新しい意味もしくは反意味を創造」しようとする。

コックスの言う「並置の神学」は、芸術におけるコラージュの原理である「過激な並置」と並行する。そして、現代芸術におけるこの「過激な並置」こそ、『荒地』を一貫するエリオット詩の構成原理としてわれわれの認めるものである。『荒地』におけるエリオットの手法――異質なイメージとイメージを衝突させ、場面と場面を相互に浸透させ、引喩の中に字義的意味と含意と連想を重ね、こうした技法によって、過去と現在の汚辱《おじょく》と恐怖と栄光を並置し、「慣習的な意味を破壊し、新しい意味を創造する」手法――これこそまさにソンタグの言う「過激な並置」以外の何ものでもない。

『荒地』のエリオットは、文明の崩壊のヴィジョンを論理的関係を失ったイメージや非連続な場面の集積として、「過激な並置」の手法によって提示した。「並置の美学」とも呼びうるエリオットのこの詩法を「並置の神学」と併《あわ》せて考えてみると、『荒地』の構成原理である「並置」は、同時にエリオットの信仰のありようとも関わっているのではないかと思われてくる。というのも、エリオットの考える信仰は、一つの教義への忠誠ではなく、つねに二つの原理の並置の緊張の中で、知性と感性のかぎりを傾けて真実を求めつづけることにあったと思えるからである。思い浮かぶのは、ランスロット・アンドルーズ(一五五五―一六二六)の説教の文体を論じた文章の中で、エリオットが「エリザベス時代の英国国教会が、カトリック教会と長老派教会のあいだで中道を見出そうと努力しつづけたことは、当時の英国の最も優れた精神を示すものである」と述べて、英国国教会の「ヴィア・メディア」の精神を賞揚したこと、また、ブレーズ・パスカル(一六二三―一六六二)の『パンセ』を論じた文章で、魂の救済のために必要とされる「自由意志」と「恩寵」について、どちらか一方にかたよることは異端である、と強く主張していること、である。

四　エリオットと日本の現代詩

端的に言えば、第二次大戦後の日本の現代詩はT・S・エリオットの『荒地』から出発した。

エリオットの『荒地』が日本に最初に紹介されたのは、一九三三年の土居《どい》光知《こうち》（一八八六―一九七九）の「文学形態論」（『岩波講座世界文学』第一、所収）に収められた『荒廃の国』第一部「屍を埋む」（一九三五年に土居の『英文学の感覚』に再録）であったが、のちに〈荒地派〉と呼ばれる若い詩人たち――中桐雅夫（一九一九―一九八三）、鮎川信夫（一九二〇―一九八六）、北村太郎（一九二二―一九九二）、田村隆一（一九二三―一九九八）といった人たち――の目にふれたのは、一九三八年八月号の『新領土』（三巻六号）に載った上田保（一九〇六―一九七三）訳の「死者の埋葬」であった。その後ほどなく、この若い詩人たちは同人として『新領土』に参加し、並行して〈荒地グループ〉を結成した。また、一九三九年三月から翌一九四〇年五月までのあいだに、当時、早大在学中の鮎川が中心となって詩誌『荒地』（第一次）全五冊を出した。

〈荒地派〉の中心的な存在であった鮎川は、『荒地』に出会うまえすでにモダニズムを志向し、西脇順三郎（一八九四―一九八二）の『超現実主義詩論』（厚生閣書店、一九二九年）に心酔していた。西脇は、一九二六年に英国留学から帰ると、のちに『ジョイス中心の文学運動』（第一書房、一九三三年）を出す春山行夫（一九〇二―一九九四）の季刊誌『詩と詩論』（一九二八―一九三三年）などを通じて、ジョイス、エリオットを中心とするモダニズム文学を日本の文学界に紹介したが、同時に慶応義塾大学教授として、エリオット、ジョイス、ウルフを学生たちに教え、その門下から上田敏雄（一九〇〇―一九八二）、瀧口修造（一九〇三―一九七九）、三浦孝之助（一九〇三―一九六四）、佐藤朔（一九〇五―一九九六）、上田保といった人たちを輩出し、この人たちの活動によって日本のダダイズム、シュールリアリズム、イマジズムといった前衛的な詩が広がっていった。若い詩人たちに衝撃を与えた上田保訳の「死者の埋葬」は、西脇の推進したモダニズム文学運動の一部であり、〈荒地派〉の詩的活動は、いわば西脇のモダニズム運動のエリオット的瞬間から生まれたものであった。

『新領土』の若い詩人グループの作品の特徴は、「焦点をほとんど故意に抹殺した散文的、記述的スタイル」（大岡信）であった。論理性を排除した〈荒地派〉の詩の文体は、「昭和十年代の現実に対する拒絶であり、それからの主観的分離の宣言だった。……言葉の論理性の破壊は、現実否認の端的な表明だった」（同）。論理性を剝奪《はくだつ》された言葉による詩世界は、言いかえれば「接続詞のない世界」（深瀬《ふかせ》基寛《もとひろ》）であり、つまりはエリオットの『荒地』の文体の、彼らなりの模倣、あえて言えばエリオットの『荒地』の「誤読」であった。

〈荒地派〉の詩人たちは、エリオットの詩を自分たちの戦争体験と歴史認識のコンテクストで受けとめた。彼らの「荒地」とはすなわち第Ⅰ部「死者の埋葬」だったのであり、『荒地』全体の主題的枠組であるフレイザー／ウェストン的テーマは注目されず、いわゆる〈神話的方法〉も〈並置〉も視野に入っていなかった。第Ⅴ部「雷の言ったこと」のインド仏教的な言葉も、その裏に暗示されたキリスト教的モラルも、彼らの「荒地」の視野の外にあった。彼らが『荒地』第Ⅱ部の翻訳を目にするのは、一九三九年の『新領土』六月号に載った「将棋遊び」によってであり、鮎川が仲間とともに第Ⅴ部「雷の言ったこと」の翻訳に挑戦するのは一九四〇年五月の『荒地詩集』第五輯でのことであった。このころまで、エリオットの『荒地』の全貌は、〈荒地派〉の詩人たちには見えていなかったのである。

重ねて言えば、〈荒地派〉の詩人たちにとって、『荒地』とは言葉の論理性の否定であり、現実拒否と虚無と絶望であった。エリオットの『荒地』の荒廃のイメージを、〈荒地派〉の詩人たちは戦後日本の〈荒廃〉と重ねて見ていた。戦争による破壊は伝統的な詩理念の破壊と重なり、『荒地』のヴィジョンは、ダダイズムからシュールリアリズムへと流れる伝統破壊と一つになって、古い詩の理念は壊され、戦後詩の理念がつくられていった。一九三九年、W・H・オーデン(一九〇七—一九七三)の「スペイン」の反ファシズム思想が紹介されると、それはエリオットの「荒地」のヴィジョンと部分的に重なって、〈荒地派〉の詩人たちは、自分たちの「新領土」を発見しようと考えた。

『荒地』の全体像が日本の読者層に広く知られるようになるのは、一九五〇年代に入って、複数の訳者による翻訳がつぎつぎと現われてからである。一九五二年十一月に西脇順三郎訳『荒地』が出版され、それにつづいて一九五五年までの三年間に、『荒地』の訳が五人の訳者によって相ついで発表された。すなわち、一九五三年に中桐雅夫訳が『荒地詩集 1953』に、つづいて一九五四年に深瀬基寛(一八九五—一九六六)訳が〈鑑賞世界名詩選〉『エリオット』(筑摩書房)に、上田保訳が『エリオット詩集』(白水社)に、吉田健一(一九一二—一九七七)訳が新潮社の『現代世界文学全集』第二六巻〈エリオット篇〉に、一九五五年に大沢実(一九一六—一九六八)訳が三笠書房の『現代世界文学全集』第二七巻〈現代世界詩選〉に、それぞれ発表されたのである。このことは、第二次大戦後の日本人の心が、第一次大戦後のヨーロッパの精神風土に深く共鳴したことを証言している。

〈荒地派〉の戦後詩は、日本の現代詩の主流を形成した。〈荒地派〉の詩人たちが、日本の戦後文学の形成に果たした役割は大きかった。彼らは戦後の混迷の中で、荒廃に対する一つの倫理的態度、鮎川の言葉で言えば「遺言執行人」としての態度を示し、幻滅に対処する強い冷静さを教えた。彼らの詩には、社会派として立つ覚悟と芸術派の感性があった。

『荒地』(第一次)から七十年経《た》った二〇一〇年のはじめ、雑誌『現代詩手帖』が〈鮎川信夫賞〉を設け、第一回受賞作品を四月号で発表した。賞の主催者は正式には〈鮎川信夫現代詩顕彰会〉で、現代の詩と評論の優れた作品を顕彰することを目的としている。今、詩と評論の業績に対して鮎川の名を冠した賞が贈られるということは、〈荒地派〉の文学理念が、そしてエリオットの詩とその理念が、今も敬意をもって遇されていることを意味するのであろう。

参考文献リスト(抄)

【翻訳の底本】

T. S. Eliot. *The Complete Poems and Plays of T. S. Eliot.* London : Faber, 1969.

【参照テクスト】

T. S. Eliot. *Collected Poems 1909-1935.* London : Faber, 1936.

——. *The Waste Land : A Facsimile and Transcript of the Original Drafts including the Annotaitons of Ezra Pound*, ed. Valerie Eliot. New York : Harcourt Brace Jovanovich, 1971.

【エリオットの翻訳】

上田保訳『エリオット詩集』白水社、一九五四年。

大沢実訳『荒地』、『現代世界文学全集』第二七巻〈現代世界詩選〉三笠書房、一九五五年、所収。

田村隆一編『エリオット詩集』(世界の詩43) 弥生書房、一九六七年。

中桐雅夫訳『荒地』、『荒地詩集 1953』荒地出版社、一九五三年、所収。

西脇順三郎訳『荒地』創元社、一九五二年。

西脇順三郎・上田保訳『エリオット詩集』（世界詩人全集16）新潮社、一九六八年。

深瀬基寛『エリオット』（鑑賞世界名詩選）筑摩書房、一九五四年（筑摩叢書版、一九六八年）。

福田陸太郎・森山泰夫訳注『荒地』大修館書店、一九六七年（増補版、一九七二年）。

吉田健一訳『荒地』、『現代世界文学全集』第二六巻〈エリオット篇〉新潮社、一九五四年、
所収。

＊

矢本貞幹訳『文芸批評論』岩波文庫、一九三八年（増補版、一九六二年）。

【参考文献】


ピーター・アクロイド『T・S・エリオット』武谷紀久雄訳、みすず書房、一九八八年。

ヘンリー・アダムズ『ヘンリー・アダムズの教育』刈田元司訳、八潮出版社、一九七一年。

レイモンド・ウィリアムズ『モダニズムの政治学』加藤洋介訳、九州大学出版会、二〇一〇年。

J・L・ウェストン『祭祀からロマンスへ』丸小哲雄訳、法政大学出版局、一九八一年。

ヒュー・ケナー『機械という名の詩神』松本朗訳、上智大学出版、二〇〇九年。

マシュー・ゲール『ダダとシュルレアリスム』巌谷國士・塚原史訳、岩波書店、二〇〇〇年。

アーサー・シモンズ『象徴主義の文学運動』前川祐一訳、冨山房百科文庫、一九九三年。

スティーヴン・スペンダー『エリオット伝』和田旦訳、みすず書房、一九七九年。

ダンテ『神曲』平川祐弘訳、全三巻、河出文庫、二〇〇八―二〇〇九年。

中井晨『荒野へ』(鮎川信夫と『新領土』I) 春風社、二〇〇七年。

ジェイムズ・フレイザー『金枝篇』永橋卓介訳、全五巻、岩波文庫、一九六六―一九六七年。

T・S・マシューズ『評伝 T・S・エリオット』八代中・中島斉・田島俊雄・中田保訳、英宝社、一九七九年。

村田辰夫『T・S・エリオットと印度・仏教思想』国文社、一九九八年。

安田章一郎『エリオットの昼』山口書店、一九八四年。

安田章一郎編『エリオットと伝統』研究社出版、一九七七年。

I・A・リチャーズ『文芸批評の原理』岩崎宗治訳、垂水書房、一九六三年(八潮出版社版、一九七〇年)。

クレイグ・レイン『T・S・エリオット――イメージ、テキスト、コンテキスト』山形和美訳、彩流社、二〇〇八年。

Brooks, Cleanth. "The Waste Land: Critique of the Myth", in *Modern Poetry and the Tradition.* Univ. of North Carolina, 1937.
Cox, Harvey. *The Feast of Fools : A Theological Essay on Festivity and Fantasy.* Harvard UP, 1969.
Drew, Elizabeth. *T. S. Eliot : the Design of his Poetry.* London : Eyre & Spottiswoode, 1950, 1954.
Empson, William. *Using Biography.* London : Chatto & Windus, 1984.

Gardner, Helen. *The Art of T. S. Eliot.* London : The Cresset Pr., 1949, 1950.

Kenner, Hugh. *The Invisible Poet : T. S. Eliot.* London : W. H. Allen, 1960 ; Methuen, 1965.

Laforgue, Jules. *Selected Writings of Jules Laforgue*, trans. W. V. Smith. New York : Grove Pr., 1956.

Matthiessen, F. O. *The Achievement of T. S. Eliot.* New York and London : Oxford UP, 1935, 1955.

Rainey, Lawrence. *Revisiting 'The Waste Land'.* Yale UP, 2005.

———. *The Annotated Waste Land with Eliot's Contemporary Prose.* Yale UP, 2006.

Ricks, Christopher. *T. S. Eliot and Prejudice.* London : Faber, 1988.

Smidt, Kristian. *Poetry and Belief in the Work of T. S. Eliot.* Norwegian Academy of Science and Letters, 1949 ; rev. Routledge, 1961.

Smith, Grover (Jr.). *T. S. Eliot's Poetry and Plays : A Study in Sources and Meaning.* Chicago UP, 1956.

Southam, B. C. *A Guide to the Selected Poems of T. S. Eliot.* London : Faber, 1968 ; rev. 1994.

訳者あとがき――エリオットとの六十年

T・S・エリオットとの出会いは、旧制度の高等師範学校の学生だったころ、福原麟太郎《ふくはらりんたろう》先生と工藤好美《くどうよしみ》先生の集中講義を聴いたときだったと思う。講義の内容は今は忘れたが、エリオットの名前は記憶に残った。

当時はまだ戦後まもないころで、日本中が貧しかった。ぼくも貧しかった。講義を欠席してアルバイトに出かける日が多かった。そんなある日、街でバスの運転手さんと話す機会があって、訊《き》かれるまま英語の勉強をしているのだと答えると、自分は東北帝国大学の英文科を卒業して戦地に出ていた、と言う。これまで読んだものの中でいちばん感銘を受けた本は何ですか、と訊くと、深瀬基寛《ふかせもとひろ》の『現代英文学の課題』だと答えてくれた。ぼくは街に出たとき、古本屋でこの本を買い求めて読んだ。この本は今も手許に残っていて、裏表紙の内側に「一九四八年五月一六日　名古屋中村則武、風羅書房にて」と書き込みがある。

高等師範学校を出て、一年間、英語教師をやったが、どうも自分のいるべき場所ではないという気がして、もういちど学生にもどり、エリオットの『カクテル・パーティー』について論文を書いて、卒業させてもらった。

一九五五年の春から、愛知学芸大学(現・愛知教育大学)に助手として勤めることになり、いくらか研究者としての自覚をもって勉強するようになった。そのころ名古屋に『近代批評』という同人誌を中心にしたいわば文学青年たちのグループがあり、そこの仲間に加えてもらって拙《つたな》い詩や詩論を書いていたが、『四つの四重奏』を翻訳し、やや詳しい解説をつけて『近代批評』六号(一九五六年九月)に載せてもらった。これについては、朝日新聞(名古屋版)の〈月評〉で詩人の齋藤光次郎氏が、ぼくの見逃していた「先年『詩学』に発表された訳」と比較して、好意的な論評をしてくれた。

一九五六年の夏休み、アメリカ大使館の主催で東大キャンパスで開かれたアメリカ・セミナーに参加した。ハーヴァード大学のハリー・レヴィン教授による現代アメリカ詩のexplication de texteを四週間にわたって聴講した。その中で『荒地』も取り上げられ、ジャン・ヴェルドナルのことや、レマン湖の意味や、テムズ河の情景描写のイマジスト的特徴の説明などを聴いたことが今も脳裏に残っている。

『現代英文学の課題』の深瀬先生の謦咳《けいがい》に接したのは、先生が京都大学を退官され、南山大学の教授として名古屋に赴任されたときであった。南山大学の英文学関係の先生方に近隣の大学の有志の先生方が加わって、納屋橋のとり料理の店で歓迎会が開かれ、弱輩のぼくにも声をかけてくださる方があって、出席した。会場で、司会者から、お前はエリオットをやっているのだからと、先生の隣りに席を与えられ緊張したが、くだけた話などできるはずもなく、先生訳の『オーデン詩集』の〝Or lonely on fell as chat〟の箇所は誤訳ではありませんか、などと、不遜《ふそん》なことを口にしてしまった。今にして思えば、よく叱られずにすんだものだという気がするが、先生は「そうかもしれません、まあ、もっと食べなさい」と、とり肉をぼくの皿にとってくださった。それまでに読んでいた深瀬先生のご著書『現代英文学の課題』や、筑摩書房から出ていた〈鑑賞世界名詩選〉『エリオット』が、ずっと身近なものになった。先生から得た学恩は大きい。

西脇順三郎先生から享《う》けた学恩も大きい。西脇訳の『荒地』を書店の棚に見つけたときの胸の高鳴りは今もおぼえている。このころのぼくは、エリオットを研究するなどという考えはまだなくて、ただ詩を読むのが好き、シュールリアリズムの絵を見るのが好き、といった人間にすぎなかったが、西脇訳『荒地』は何度読んだことか。この本との出会いは、ぼくの文学的人生にとって一つの事件だった。

西脇先生にはじめてお目にかかったのは、研究社の〈新英米文学評伝叢書〉『T・S・エリオット』が出た少しあとだったと思う。名古屋のアメリカ文学研究会が先生を招いて講演会を開いた。場所は大津橋のアメリカ文化センターだった。先生は、われわれのようにエリオットを偉大な詩人として崇めているというのではなく、一九二〇年代のはじめに、同じロンドンで新しい詩を発表しはじめたライヴァルと考えておられるようにお見受けした。会のあとで、持参した〈新英米文学評伝叢書〉『エリオット』にサインをお願いすると、快く花押のついた署名をくださって、しばらくお話をうかがうことができた。

一九六四年の秋から一九六六年夏まで、ブリティッシュ・カウンシルの奨学金を受けてケンブリッジに留学した。イギリスのP&O社のオロンセイ号で横浜を出航して、太平洋、東シナ海、南シナ海、インド洋、紅海、地中海、大西洋と一カ月余りの航海のあと、八月下旬、テムズの河口ティルベリの港に入った。ロンドンでは、ロンドン・ブリッジを見ても、ストランドを歩いても、地下鉄の駅でエリオットが乗ったはずの猛獣の檻《おり》のようなリフトに乗っても、このロンドンのどこかにエリオットがいるのだという思いがいつも頭の片隅にあった。

ケンブリッジでは、ちょうどF・R・リーヴィスが講壇を退いた直後で、彼の崇拝者たちがD・H・ロレンスを論じていた。ぼくの身分はチャーチル・コレッジの大学院生で、研究テーマはシェイクスピアだったが、M・C・ブラッドブルク先生が指導教授であったから、シェイクスピアのことも、エリオットのことも、いろいろと教えていただいた。

一九六四年のクリスマス・タームが終わってクリスマス休暇を湖水地方で過ごし、コレッジに帰った翌日だったか、一月五日の朝、携帯ラジオのスイッチを入れると〝T. S. Eliot died〟の声が耳をとらえた。六日の『タイムズ』や『ガーディアン』には追悼記事が出た。できたら、いつか、どこかで、と思っていたけれども、エリオットの風貌に接する機会にはついに恵まれなかった。

英国から帰って数年経《た》ったころ、東京のホテルで開かれたある出版記念会の席で、西脇先生にお目にかかった。ぼくが最初の著書『英文学の意識』を出したあとのことで、「西脇順三郎の詩」の章を含む小著を先生にもお送りしてあったので、あの本、届いてますか、とお尋ねすると、ああ、若い人がもっていきましたよ、とおっしゃった。お弟子さんをたくさんもっておられる先生は、日頃そういう風に若い人とつき合っておられるのだと納得した。

ぼくの西脇論には、あの有名な「南の風に柔い女神がやって来た」とはじまる詩の引用があって、これを丸山薫の「雨」(『鶴の葬式』所収)と比べて論じてあったのだが、伝統的なメタファーを越えた西脇詩を高く評価する語調が、丸山先生に失礼であったと、あとで気になった。丸山先生は、戦後、豊橋に住んでおられ、この地方の詩人たちから丸山さん、丸山さん、と敬愛されていて、ぼくもたびたびお目にかかる機会があったから、そんなとき気になっていた非礼を詫びた。先生の詩を引用させていただきましたが、ぼくがいちばんいいと思う詩を引用すべきであったのに、申し訳ありませんでした、とお詫びすると、丸山さんはまったく不快の色を見せず、そんなこと気にしません、とおっしゃって、いつも通り暖かく、親しくつき合ってくださった。『帆・ランプ・鷗』の、とりわけあの「砲塁」の詩人は、象に似た大柄な風貌で、小さいことにこだわらず、しかもただ磊落《らいらく》というのでもなく、ほんとうの意味で聡明、繊細で、丸山さんが亡くなられたとき、ぼくはいたたまれない思いがした。今、文学の最終的なあり方に思えたジョイスやエリオットや西脇のモダニズム文学が、歴史の遠近法の中で一つの時代現象として相対化されて見えるようになって、丸山の〈四季派〉の詩が、あらためて新鮮なものに見える。

ふり返ってみると、日本におけるエリオットは、西脇順三郎の紹介したモダニスト詩人としてのエリオットと、深瀬基寛を通して入ってきた批評家・思想家としてのエリオットと、二つの顔をもっていたように思う。第二次大戦後、荒廃したこの国の風景の中でわれわれに大きな衝撃を与えたあの詩人・批評家エリオット、あの「エリオット現象」の残したエリオット像を、今いちど検証してみたいという思いを、ここ数年抱《いだ》いてきた。加藤周一は、西洋の詩の翻訳が現代の日本の詩の大混乱の一因ではないか、とりわけエリオットの『荒地』の日本語訳は「詩というものについての誤解の種《たね》をまきちらした」のではないか、と言っているが、「誤解」があったとすれば、それは『荒地』の問題だったのか、紹介のされ方の問題だったのか、時代の精神風土の問題だったのか。

イギリスでは、二〇〇六年から毎年夏に、〈T・S・エリオット・フェスティヴァル〉が『四つの四重奏』ゆかりの地リトル・ギディングで開かれているという。二〇〇八年には、ロンドン図書館に隣接して〈T・S・エリオット・ハウス〉が設立され、また、二〇〇九年から〈T・S・エリオット・サマー・スクール〉が、毎年開かれることになった。

T・S・エリオットが歴史化され「伝統」の一部となった今、近年の研究資料も参照してエリオットの詩を見直してみることも、あながち無意味でもあるまいと思って拙訳を試みた。エリオットについて、現代詩というものについて、理解が深まることを願っている。

＊

本書ができ上がるまでには、当然、先学の著書や講義から多くを学ばせていただいているわけである。感謝している。翻訳は、西脇訳や深瀬訳の残響がいつも頭の中にあるので、剽窃《ひょうせつ》にならないよう、自分の訳を心がけた。エリオットについて数十年にわたっていろいろな文献を読んできたから、自分の考えだと思っているものも、先人から教わったものであるかもしれないし、ある著書から学んだと思っているものも、別の著書からであるかもしれない。本書中の引用のすべてについて、その出典を正確に記すことはとうてい不可能なので、とくに負うところの大きい著作を参考文献リストに掲げることにした。

編集を担当してくださった市こうた氏からは、いろいろなレヴェルで貴重な助言をいただいた。記して感謝したい。

二〇一〇年七月

岩崎宗治

荒《あれ》　地《ち》　T. S. エリオット作

2010年8月19日　第1刷発行
2025年4月4日　第13刷発行

訳　者　岩崎宗治《いわさきそうじ》

発行者　坂本政謙

発行所　株式会社 岩波書店
〒101-8002 東京都千代田区一ツ橋 2-5-5

案内 03-5210-4000　営業部 03-5210-4111
文庫編集部 03-5210-4051
https://www.iwanami.co.jp/

印刷・三陽社　カバー・精興社　製本・中永製本

ISBN 978-4-00-322582-0　　Printed in Japan

読書子に寄す

——岩波文庫発刊に際して——

岩波茂雄

真理は万人によって求められることを自ら欲し、芸術は万人によって愛されることを自ら望む。かつては民を愚昧ならしめるために学芸が最も狭き堂宇に閉鎖されたことがあった。今や知識と美とを特権階級の独占より奪い返すことはつねに進取的なる民衆の切実なる要求である。岩波文庫はこの要求に応じそれに励まされて生まれた。それは生命ある不朽の書を少数者の書斎と研究室とより解放して街頭にくまなく立たしめ民衆に伍せしめるであろう。近時大量生産予約出版の流行を見る。その広告宣伝の狂態はしばらくおくも、後代にのこすと誇称する全集がその編集に万全の用意をなしたるか。千古の典籍の翻訳企図に敬虔の態度を欠かざりしか。さらに分売を許さず読者を繋縛して数十冊を強うるがごとき、はたしてその揚言する学芸解放のゆえんなりや。吾人は天下の名士の声に和してこれを推挙するに躊躇するものである。このときにあたって、岩波書店は自己の責務のいよいよ重大なるを思い、従来の方針の徹底を期するため、すでに十数年以前より志して来た計画を慎重審議この際断然実行することにした。吾人は範をかのレクラム文庫にとり、古今東西にわたって文芸・哲学・社会科学・自然科学等種類のいかんを問わず、いやしくも万人の必読すべき真に古典的価値ある書をきわめて簡易なる形式において逐次刊行し、あらゆる人間に須要なる生活向上の資料、生活批判の原理を提供せんと欲する。この文庫は予約出版の方法を排したるがゆえに、読者は自己の欲する時に自己の欲する書物を各個に自由に選択することができる。携帯に便にして価格の低きを最主とするがゆえに、外観を顧みざるも内容に至っては厳選最も力を尽くし、従来の岩波出版物の特色をますます発揮せしめようとする。この計画たるや世間の一時の投機的なるものと異なり、永遠の事業として吾人は微力を傾倒し、あらゆる犠牲を忍んで今後永久に継続発展せしめ、もって文庫の使命を遺憾なく果たさしめることを期する。芸術を愛し知識を求むる士の自ら進んでこの挙に参加し、希望と忠言とを寄せられることは吾人の熱望するところである。その性質上経済的には最も困難多きこの事業にあえて当たらんとする吾人の志を諒として、その達成のため世の読書子とのうるわしき共同を期待する。

昭和二年七月

《イギリス文学》〔赤〕

ユートピア　トマス・モア　平井正穂訳
完訳カンタベリー物語　全三冊　チョーサー　桝井迪夫訳
ヴェニスの商人　シェイクスピア　中野好夫訳
十二夜　シェイクスピア　小津次郎訳
ハムレット　シェイクスピア　野島秀勝訳
オセロウ　シェイクスピア　菅泰男訳
リア王　シェイクスピア　野島秀勝訳
マクベス　シェイクスピア　木下順二訳
ソネット集　シェイクスピア　高松雄一訳
ロミオとジューリエット　シェイクスピア　平井正穂訳
リチャード三世　シェイクスピア　木下順二訳
対訳シェイクスピア詩集 —イギリス詩人選(1)　柴田稔彦編
から騒ぎ　シェイクスピア　喜志哲雄訳
冬物語　シェイクスピア　桒山智成訳
言論・出版の自由 —アレオパジティカ　他一篇　ミルトン　原田純訳
失楽園　全二冊　ミルトン　平井正穂訳

ロビンソン・クルーソー　全二冊　デフォー　平井正穂訳
奴婢訓　他一篇　スウィフト　深町弘三訳
ガリヴァー旅行記　スウィフト　平井正穂訳
トリストラム・シャンディ　全三冊　ロレンス・スターン　朱牟田夏雄訳
ウェイクフィールドの牧師 —むだばなし　ゴールドスミス　小野寺健訳
幸福の探求 —アビシニアの王子ラセラスの物語　サミュエル・ジョンソン　朱牟田夏雄訳
対訳ブレイク詩集 —イギリス詩人選(4)　松島正一編
対訳ワーズワス詩集 —イギリス詩人選(3)　山内久明編
湖の麗人　スコット　入江直祐訳
キプリング短篇集　橋本槙矩編訳
対訳コウルリッジ詩集 イギリス詩人選(7)　上島建吉編
高慢と偏見　全二冊　ジェーン・オースティン　富田彬訳
ジェイン・オースティンの手紙　新井潤美編訳
マンスフィールド・パーク　全二冊　ジェイン・オースティン　新井潤美・宮丸裕二訳
シェイクスピア物語　全二冊　チャールズ・ラム　メアリー・ラム　安藤貞雄訳
エリア随筆抄　チャールズ・ラム　南條竹則編訳
デイヴィッド・コパフィールド　全五冊　ディケンズ　石塚裕子訳

炉辺のこほろぎ　ディケンズ　本多顕彰訳
ボズのスケッチ　短篇小説篇　全二冊　ディケンズ　藤岡啓介訳
アメリカ紀行　全二冊　ディケンズ　伊藤弘之・下笠徳次・隈元貞広訳
イタリアのおもかげ　ディケンズ　伊藤弘之・下笠徳次・隈元貞広訳
大いなる遺産　全二冊　ディケンズ　石塚裕子訳
荒涼館　全四冊　ディケンズ　佐々木徹訳
鎖を解かれたプロメテウス　シェリー　石川重俊訳
アイルランド　歴史と風土　オフェイロン　橋本槙矩訳
ジェイン・エア　全二冊　シャーロット・ブロンテ　河島弘美訳
嵐が丘　全二冊　エミリー・ブロンテ　河島弘美訳
サイラス・マーナー　ジョージ・エリオット　土井治訳
アルプス登攀記　全二冊　ウィンパー　浦松佐美太郎訳
アンデス登攀記　全二冊　ウィンパー　大貫良夫訳
ジーキル博士とハイド氏　スティーヴンスン　海保眞夫訳
南海千一夜物語　スティーヴンスン　中村徳三郎訳
若い人々のために　他十一篇　スティーヴンスン　岩田良吉訳
怪談 —不思議なことの物語と研究　ラフカディオ・ハーン　平井呈一訳

ドリアン・グレイの肖像　オスカー・ワイルド　富士川義之訳
サロメ　ワイルド　福田恆存訳
嘘から出た誠　ワイルド　岸本一郎訳
童話集 幸福な王子 他八篇　オスカー・ワイルド　富士川義之訳
分らぬもんですよ　バアナード・ショウ　市川又彦訳
ヘンリ・ライクロフトの私記　ギッシング　平井正穂訳
南イタリア周遊記　ギッシング　小池滋訳
闇の奥　コンラッド　中野好夫訳
密偵　コンラッド　土岐恒二訳
対訳 イエイツ詩集　高松雄一編
月と六ペンス　モーム　行方昭夫訳
読書案内 ―世界文学　W・S・モーム　西川正身訳
人間の絆 全三冊　モーム　行方昭夫訳
サミング・アップ　モーム　行方昭夫訳
モーム短篇選 全二冊　行方昭夫編訳
アシェンデン ―英国情報部員のファイル　モーム　中島賢二・岡田久雄訳
お菓子とビール　モーム　行方昭夫訳

ダブリンの市民　ジョイス　結城英雄訳
荒地　T・S・エリオット　岩崎宗治訳
オーウェル評論集　小野寺健編訳
パリ・ロンドン放浪記　ジョージ・オーウェル　小野寺健訳
カタロニア讃歌　ジョージ・オーウェル　都築忠七訳
動物農場 ―おとぎばなし　ジョージ・オーウェル　川端康雄訳
対訳 キーツ詩集 ―イギリス詩人選(10)　宮崎雄行編
キーツ詩集　中村健二訳
オルノーコ 美しい浮気女　アフラ・ベイン　土井治訳
解放された世界　H・G・ウェルズ　浜野輝訳
大転落　イヴリン・ウォー　富山太佳夫訳
回想のブライズヘッド 全二冊　イーヴリン・ウォー　小野寺健訳
愛されたもの　イーヴリン・ウォー　中村健二・出淵博訳
対訳 ジョン・ダン詩集 ―イギリス詩人選(2)　湯浅信之編
フォースター評論集　小野寺健編訳
白衣の女 全三冊　ウィルキー・コリンズ　中島賢二訳
アイルランド短篇選　橋本槙矩編訳

灯台へ　ヴァージニア・ウルフ　御輿哲也訳
狐になった奥様　ガーネット　安藤貞雄訳
フランク・オコナー短篇集　阿部公彦訳
たいした問題じゃないが ―イギリス・コラム傑作選　行方昭夫編訳
真昼の暗黒　アーサー・ケストラー　中島賢二訳
文学とは何か ―現代批評理論への招待 全二冊　テリー・イーグルトン　大橋洋一訳
D・G・ロセッティ作品集　南條竹則・松村伸一編訳
真夜中の子供たち 全二冊　サルマン・ラシュディ　寺門泰彦訳
英国古典推理小説集　佐々木徹編訳

《アメリカ文学》〔赤〕

ギリシア・ローマ神話 付インド・北欧神話　ブルフィンチ　野上弥生子訳
中世騎士物語　ブルフィンチ　野上弥生子訳
フランクリン自伝　松本慎一・西川正身訳
スケッチ・ブック 全二冊　アーヴィング　齊藤昇訳
アルハンブラ物語 全二冊　アーヴィング　平沼孝之訳
ウォルター・スコット邸訪問記　アーヴィング　齊藤昇訳
ブレイスブリッジ邸　アーヴィング　齊藤昇訳
エマソン論文集 全二冊　エマソン　酒本雅之訳
完訳 緋文字　ホーソーン　八木敏雄訳
黒猫・モルグ街の殺人事件 他五篇　ポオ　中野好夫訳
対訳 ポー詩集 —アメリカ詩人選(1)　加島祥造編
黄金虫・アッシャー家の崩壊 他九篇　ポオ　八木敏雄訳
ポオ評論集　八木敏雄編訳
森の生活（ウォールデン） 全二冊　ソロー　飯田実訳
市民の反抗 他五篇　H・D・ソロー　飯田実訳
白鯨 全三冊　メルヴィル　八木敏雄訳

ビリー・バッド　メルヴィル　坂下昇訳
ホイットマン自選日記 全二冊　杉木喬訳
対訳 ホイットマン詩集 —アメリカ詩人選(2)　木島始編
対訳 ディキンソン詩集 —アメリカ詩人選(3)　亀井俊介編
不思議な少年　マーク・トウェイン　中野好夫訳
王子と乞食　マーク・トウェーン　村岡花子訳
人間とは何か　マーク・トウェイン　中野好夫訳
ハックルベリー・フィンの冒険 全二冊　マーク・トウェイン　西田実訳
いのちの半ばに　ビアス　西川正身訳
新編 悪魔の辞典　ビアス　西川正身編訳
ビアス短篇集　大津栄一郎編訳
ねじの回転 デイジー・ミラー　ヘンリー・ジェイムズ　行方昭夫訳
ワシントン・スクエア　ヘンリー・ジェイムズ　河島弘美訳
ノリス 死の谷 マクティーグ 全二冊　石田英二・井上宗次訳
シスター・キャリー 全二冊　ドライサー　村山淳彦訳
響きと怒り 全二冊　フォークナー　平石貴樹・新納卓也訳
アブサロム、アブサロム! 全二冊　フォークナー　藤平育子訳

八月の光 全二冊　フォークナー　諏訪部浩一訳
武器よさらば 全二冊　ヘミングウェイ　谷口陸男訳
オー・ヘンリー傑作選　大津栄一郎訳
アメリカ名詩選　亀井俊介・川本皓嗣編
魔法の樽 他十二篇　マラマッド　阿部公彦訳
青白い炎　ナボコフ　富士川義之訳
風と共に去りぬ 全六冊　マーガレット・ミッチェル　荒このみ訳
対訳 フロスト詩集 —アメリカ詩人選(4)　川本皓嗣編
とんがりモミの木の郷 他五篇　セアラ・オーン・ジュエット　河島弘美訳
無垢の時代　イーディス・ウォートン　河島弘美訳
暗闇に戯れて —白さと文学的想像力　トニ・モリスン　都甲幸治訳

《ドイツ文学》〔赤〕

ニーベルンゲンの歌 全二冊 — 相良守峯訳
若きウェルテルの悩み — ゲーテ 竹山道雄訳
ヴィルヘルム・マイスターの修業時代 全三冊 — ゲーテ 山崎章甫訳
イタリア紀行 全三冊 — ゲーテ 相良守峯訳
ファウスト 全二冊 — ゲーテ 相良守峯訳
ゲーテとの対話 全三冊 — エッカーマン 山下肇訳
スペインの太子 ドン・カルロス — シルレル 佐藤通次訳
ヒュペーリオン —希臘の世捨人 — ヘルデルリーン 渡辺格司訳
青い花 — ノヴァーリス 青山隆夫訳
夜の讃歌・サイスの弟子たち 他一篇 — ノヴァーリス 今泉文子訳
完訳 グリム童話集 全五冊 — 金田鬼一訳
黄金の壺 — ホフマン 神品芳夫訳
ホフマン短篇集 — 池内紀編訳
ミヒャエル・コールハース チリの地震 他一篇 — クライスト 山口裕之訳
影をなくした男 — シャミッソー 池内紀訳
流刑の神々・精霊物語 — ハイネ 小沢俊夫訳

ブリギッタ・森の泉 他一篇 — シュティフター 宇多五郎 高安国世訳
みずうみ 他四篇 — シュトルム 関泰祐訳
沈鐘 — ハウプトマン 阿部六郎訳
地霊・パンドラの箱 ルル二部作 — F・ヴェデキント 岩淵達治訳
春のめざめ — F・ヴェデキント 酒寄進一訳
花・死人に口なし 他七篇 — シュニッツラー 番匠谷英一 山本有三訳
ゲオルゲ詩集 — 手塚富雄訳
リルケ詩集 — 高安国世訳
ドゥイノの悲歌 — リルケ 手塚富雄訳
ブッデンブローク家の人びと 全三冊 — トーマス・マン 望月市恵訳
魔の山 全二冊 — トーマス・マン 関泰祐 望月市恵訳
トニオ・クレエゲル — トオマス・マン 実吉捷郎訳
ヴェニスに死す — トオマス・マン 実吉捷郎訳
講演集 ドイツとドイツ人 他五篇 — トーマス・マン 青木順三訳
講演集 リヒァルト・ヴァーグナーの苦悩と偉大 他一篇 — トーマス・マン 青木順三訳
車輪の下 — ヘルマン・ヘッセ 実吉捷郎訳
デミアン — ヘルマン・ヘッセ 実吉捷郎訳

シッダルタ — ヘッセ 手塚富雄訳
幼年時代 — カロッサ 斎藤栄治訳
ジョゼフ・フーシェ —ある政治的人間の肖像 — シュテファン・ツワイク 高橋禎二 秋山英夫訳
変身・断食芸人 — カフカ 山下肇 山下萬里訳
審判 — カフカ 辻瑆訳
カフカ短篇集 — 池内紀編訳
カフカ寓話集 — 池内紀編訳
ドイツ炉辺ばなし集 —カレンダーゲシヒテン — ヘーベル 木下康光編訳
ウィーン世紀末文学選 — 池内紀編訳
ティル・オイレンシュピーゲルの愉快ないたずら — 阿部謹也訳
チャンドス卿の手紙 他十篇 — ホフマンスタール 檜山哲彦訳
ホフマンスタール詩集 — 川村二郎訳
インド紀行 全二冊 — ボンゼルス 実吉捷郎訳
ドイツ名詩選 — 生野幸吉 檜山哲彦編
聖なる酔っぱらいの伝説 他四篇 — ヨーゼフ・ロート 池内紀訳
ラデツキー行進曲 全二冊 — ヨーゼフ・ロート 平田達治訳
ボードレール 他五篇 —ベンヤミンの仕事2 — ベンヤミン 野村修編訳

パサージュ論	全五冊	ヴァルター・ベンヤミン 今村仁司・三島憲一 大貫敦子・高橋順一 塚原史・細見和之 村岡晋一・山本尤 横張誠・與謝野文子 吉村和明 訳
ジャクリーヌと日本人		ヤーコプ 相良守峯訳
ヴォイツェク ダントンの死 レンツ		ビューヒナー 岩淵達治訳
人生処方詩集		エーリヒ・ケストナー 小松太郎訳
終戦日記一九四五		エーリヒ・ケストナー 酒寄進一訳
独裁者の学校		エーリヒ・ケストナー 酒寄進一訳
第七の十字架	全二冊	アンナ・ゼーガース 山下肇 新村浩 訳

《フランス文学》〔赤〕

ラブレー第一之書 ガルガンチュワ物語		渡辺一夫訳
ラブレー第二之書 パンタグリュエル物語		渡辺一夫訳
ラブレー第三之書 パンタグリュエル物語		渡辺一夫訳
ラブレー第四之書 パンタグリュエル物語		渡辺一夫訳
ラブレー第五之書 パンタグリュエル物語		渡辺一夫訳
エセー	全六冊	モンテーニュ 原二郎訳
ラ・ロシュフコー箴言集		二宮フサ訳
ブリタニキュス ベレニス		ラシーヌ 渡辺守章訳
いやいやながら医者にされ		モリエール 鈴木力衛訳
守銭奴		モリエール 鈴木力衛訳
完訳 ペロー童話集		新倉朗子訳
ラ・フォンテーヌ 寓話	全二冊	ラ・フォンテーヌ 今野一雄訳
カンディード	他五篇	ヴォルテール 植田祐次訳
哲学書簡		ヴォルテール 林達夫訳
ルイ十四世の世紀	全四冊	ヴォルテール 丸山熊雄訳
美味礼讃	全二冊	ブリア＝サヴァラン 関根秀雄 戸部松実 訳

近代人の自由と古代人の自由・征服の精神と簒奪	他一篇	コンスタン 堤林剣 堤林恵 訳
恋愛論	全二冊	スタンダール 杉本圭子訳
赤と黒	全二冊	スタンダール 桑原武夫 生島遼一 訳
艶笑滑稽譚	全三冊	バルザック 石井晴一訳
レ・ミゼラブル	全四冊	ユーゴー 豊島与志雄訳
ライン河幻想紀行		ユーゴー 榊原晃三編訳
ノートル＝ダム・ド・パリ	全二冊	ユーゴー 辻昶 松下和則 訳
モンテ・クリスト伯	全七冊	アレクサンドル・デュマ 山内義雄訳
三銃士	全二冊	デュマ 生島遼一訳
カルメン		メリメ 杉捷夫訳
愛の妖精（プチット・ファデット）		ジョルジュ・サンド 宮崎嶺雄訳
ボードレール 悪の華		鈴木信太郎訳
ボヴァリー夫人	全二冊	フローベール 伊吹武彦訳
感情教育	全二冊	フローベール 生島遼一訳
紋切型辞典		フローベール 小倉孝誠訳
サラムボー	全二冊	フローベール 中條屋進訳
未来のイヴ	全二冊	ヴィリエ・ド・リラダン 渡辺一夫訳

風車小屋だより　ドーデー　桜田佐訳
パリ風俗 サフォ　ドーデ　朝倉季雄訳
プチ・ショーズ —ある少年の物語　ドーデー　原千代海訳
テレーズ・ラカン 全二冊　エミール・ゾラ　小林正訳
ジェルミナール 全三冊　エミール・ゾラ　安士正夫訳
獣人 全二冊　エミール・ゾラ　川口篤訳
氷島の漁夫　ピエール・ロチ　吉氷清訳
マラルメ詩集　渡辺守章訳
脂肪のかたまり　モーパッサン　高山鉄男訳
メゾンテリエ 他三篇　モーパッサン　河盛好蔵訳
モーパッサン短篇選　高山鉄男編訳
わたしたちの心　モーパッサン　笠間直穂子訳
地獄の季節　ランボオ　小林秀雄訳
対訳ランボー詩集 —フランス詩人選(1)　中地義和編
にんじん　ルナアル　岸田国士訳
ジャン・クリストフ 全四冊　ロマン・ローラン　豊島与志雄訳
ベートーヴェンの生涯　ロマン・ロラン　片山敏彦訳

ミレー　ロマン・ロラン　蛯原徳夫訳
狭き門　アンドレ・ジイド　川口篤訳
法王庁の抜け穴　アンドレ・ジイド　石川淳訳
モンテーニュ論　アンドレ・ジイド　渡辺一夫訳
ヴァレリー詩集　ポール・ヴァレリー　鈴木信太郎訳
ムッシュー・テスト　ポール・ヴァレリー　清水徹訳
エウパリノス 魂と舞踏 樹についての対話　ポール・ヴァレリー　清水徹訳
精神の危機 他十五篇　ポール・ヴァレリー　恒川邦夫訳
ドガ ダンス デッサン　ポール・ヴァレリー　塚本昌則訳
シラノ・ド・ベルジュラック　ロスタン　辰野隆・鈴木信太郎訳
海の沈黙・星への歩み　ヴェルコール　河野與一・加藤周一訳
地底旅行　ジュール・ヴェルヌ　朝比奈弘治訳
八十日間世界一周　ジュール・ヴェルヌ　鈴木啓二訳
海底二万里 全二冊　ジュール・ヴェルヌ　朝比奈美知子訳
火の娘たち　ネルヴァル　野崎歓訳
パリの夜 —革命下の民衆　レチフ・ド・ラ・ブルトンヌ　植田祐次編訳
シェリ　コレット　工藤庸子訳

シェリの最後　コレット　工藤庸子訳
生きている過去　レニエ　窪田般彌訳
シュルレアリスム宣言・溶ける魚　アンドレ・ブルトン　巖谷國士訳
ナジャ　アンドレ・ブルトン　巖谷國士訳
ジュスチーヌまたは美徳の不幸　サド　植田祐次訳
とどめの一撃　ユルスナール　岩崎力訳
フランス名詩選　安藤元雄・入沢康夫・渋沢孝輔編
繻子の靴 全二冊　ポール・クローデル　渡辺守章訳
A・O・バルナブース全集 全二冊　ヴァレリー・ラルボー　岩崎力訳
心変わり　ミシェル・ビュトール　清水徹訳
悪魔祓い　ル・クレジオ　高山鉄男訳
失われた時を求めて 全十四冊　プルースト　吉川一義訳
子ども 全二冊　ジュール・ヴァレス　朝比奈弘治訳
星の王子さま　サン=テグジュペリ　内藤濯訳
プレヴェール詩集　小笠原豊樹訳
ペスト　カミュ　三野博司訳
サラゴサ手稿 全三冊　ヤン・ポトツキ　畑浩一郎訳

《別冊》

増補 フランス文学案内　渡辺一夫　鈴木力衛

増補 ドイツ文学案内　手塚富雄　神品芳夫

ことばの花束 ―岩波文庫の名句365　岩波文庫編集部編

愛のことば ―岩波文庫から―　岩波文庫編集部編

世界文学のすすめ　大岡信　奥本大三郎　川村二郎　小池滋　沼野充義編

近代日本文学のすすめ　大岡信　加賀乙彦　菅野昭正　曾根博義　十川信介編

近代日本思想案内　鹿野政直

近代日本文学案内　十川信介

ポケットアンソロジー この愛のゆくえ　中村邦生編

スペイン文学案内　佐竹謙一

一日一文 英知のことば　木田元編

声でたのしむ 美しい日本の詩　大岡信　谷川俊太郎編

《東洋文学》〔赤〕

楚辞　小南一郎訳注
杜甫詩選　黒川洋一編
李白詩選　松浦友久編訳
唐詩選　全三冊　前野直彬注解
完訳 三国志　全八冊　小川環樹・金田純一郎訳
西遊記　全十冊　中野美代子訳
菜根譚　洪自誠　今井宇三郎訳注
阿Q正伝・狂人日記 他十二篇（吶喊）　魯迅　竹内好訳
朝花夕拾　魯迅　松枝茂夫訳
歴史小品　郭沫若　平岡武夫訳
家　全二冊　巴金　飯塚朗訳
新編 中国名詩選　全三冊　川合康三編訳
聊斎志異　全二冊　蒲松齢　立間祥介編訳
李商隠詩選　川合康三選訳
白楽天詩選　全二冊　川合康三訳注
文選　全六冊　川合康三・富永一登・釜谷武志・和田英信・浅見洋二・緑川英樹訳注
曹操・曹丕・曹植詩文選　川合康三編訳
ケサル王物語 ―チベットの英雄叙事詩　アレクサンドラ・ダヴィッド＝ネール　アプル・ユンテン　富樫瓔子訳
バガヴァッド・ギーター　上村勝彦訳
ダライ・ラマ六世恋愛詩集　今枝由郎・海老原志穂編訳
朝鮮童謡選　金素雲訳編
朝鮮短篇小説選　全二冊　大村益夫・長璋吉・三枝壽勝編訳
尹東柱詩集 空と風と星と詩　金時鐘編訳
アイヌ民譚集 付 えぞおばけ列伝　知里真志保編訳
アイヌ叙事詩 ユーカラ　金田一京助採集並ニ訳

《ギリシア・ラテン文学》〔赤〕

ホメロス イリアス　全二冊　松平千秋訳
ホメロス オデュッセイア　全二冊　松平千秋訳
イソップ寓話集　中務哲郎訳
アイスキュロス アガメムノーン　久保正彰訳
アイスキュロス 縛られたプロメーテウス　呉茂一訳
アンティゴネー　ソポクレース　中務哲郎訳
ソポクレス オイディプス王　藤沢令夫訳
ソポクレス コロノスのオイディプス　ソポクレス　高津春繁訳
ヒッポリュトス ―パイドラーの恋　エウリーピデース　松平千秋訳
バッカイ ―バッコスに憑かれた女たち　エウリーピデース　逸身喜一郎訳
ヘシオドス 神統記　廣川洋一訳
女の議会　アリストパネース　村川堅太郎訳
アポロドーロス ギリシア神話　高津春繁訳
ダフニスとクロエー　ロンゴス　松平千秋訳
ギリシア・ローマ抒情詩選 ―花冠　呉茂一訳
オウィディウス 変身物語　全二冊　中村善也訳
サテュリコン ―古代ローマの諷刺小説　ペトロニウス　国原吉之助訳
ギリシア・ローマ神話 付 インド・北欧神話　ブルフィンチ　野上弥生子訳
ギリシア・ローマ名言集　柳沼重剛編
ローマ諷刺詩集　ペルシウス　ユウェナーリス　国原吉之助訳

岩波文庫の最新刊

ライプニッツ著／佐々木能章訳

形而上学叙説 他五篇

中期の代表作『形而上学叙説』をはじめ、アルノー宛書簡などを収録。後年の「モナド」や「予定調和」の萌芽をここに見る。七五年ぶりの新訳。

〔青六一六-三〕 **定価一二七六円**

ルートヴィヒ・ボルツマン著／稲葉肇訳

気体論講義（下）

気体は熱力学に支配され、分子は力学に支配される。下巻においてボルツマンは、二つの力学を関係づけ、統計力学の理論的な基礎づけも試みる。（全二冊）

〔青九五九-二〕 **定価一四三〇円**

若松英輔編

八木重吉詩集

近代詩の彗星、八木重吉（一八九八―一九二七）。生への愛しみとかなしみに満ちた詩篇を、『秋の瞳』『貧しき信徒』、残された「詩稿」「訳詩」から精選。

〔緑二三六-一〕 **定価一一五五円**

ゲルツェン著／金子幸彦・長縄光男訳

過去と思索（六）

亡命先のロンドンから自身の雑誌《北極星》や新聞《コロコル》を通じて、「自由な言葉」をロシアに届けるゲルツェン。人生の絶頂期を迎える。（全七冊）

〔青N六一〇-七〕 **定価一五〇七円**

今月の重版再開

ゴーゴリ作／平井肇・横田瑞穂訳

死せる魂（上）（中）（下）

〔赤六〇五-四〜六〕 **定価（上）八五八、（中）七九二、（下）八五八円**

岩波文庫の最新刊

坂元ひろ子・高柳信夫監訳

厳復 天演論

清末の思想家・厳復による翻訳書。そこで示された進化の原理、生存競争と淘汰の過程は、日清戦争敗北後の中国知識人たちに圧倒的な影響力をもった。

〔青二三五‐一〕 定価一二一〇円

フリードリヒ・シュレーゲル

武田利勝訳

断章集

「イロニー」「反省」等により既存の価値観を打破し、「共同哲学」の樹立を試みる断章群は、ロマン派のマニフェストとして、近代の批評的精神の幕開けを告げる。

〔赤四七六‐一〕 定価一一五五円

永井荷風著／中島国彦・多田蔵人校注

断腸亭日乗㈢ 昭和四―七年

永井荷風は、死の前日まで四十一年間、日記『断腸亭日乗』を書き続けた。㈢は、昭和四年から七年まで。昭和初期の東京を描く。（注解・解説＝多田蔵人）（全九冊）

〔緑四二‐一六〕 定価一二六五円

太宰治作／安藤宏編

十二月八日・苦悩の年鑑 他十二篇

第二次世界大戦敗戦前後の混乱期、作家はいかに時代と向き合ったか。昭和一七―二一（一九四二‐四六）年発表の一四篇を収める。（注＝斎藤理生、解説＝安藤宏）

〔緑九〇‐一二〕 定価一〇〇一円

……今月の重版再開……

忍足欣四郎訳

中世イギリス英雄叙事詩 ベーオウルフ

定価一二二一円

〔赤二七五‐一〕

プルタルコス／柳沼重剛訳

エジプト神イシスとオシリスの伝説について

定価一〇〇一円

〔青六六四‐五〕

定価は消費税10％込です　　2025.3